"저는『이 순간』을
기다리고 있었습니다.
장미의 색을 지닌 당신과
이곳에서 만나는 이 순간을—."
반듯하고 아름다운 얼굴.
불빛을 반사하여 희미하게
반짝이는 금색 뿔.
그리고 무엇보다 잊을 수 없는
길고 선명한 보랏빛 머리카락.
일찍이『둘째 마왕』에게서
로제를 구한 마인족 여성이었다.

"되찾겠어. 반드시!"
그 말은,
용사에 의한 일곱 마왕 섬멸을
의미하고 있었다.

“『용사』를 죽이는 건
재밌을 것 같아.”
버릇없이 빨간 혀로
손끝에 묻은 과자를 핥고서
금빛 소녀는 웃었다.
어딘가 선정적이면서
요염하고 우아한 동작은
겉으로 보이는 소녀의 나이와
어울리지 않았다.

우리 딸을 위해서라면, 나는 마왕도 쓰러뜨릴 수 있을지 몰라. 5

For my daughter, I might defeat even the archenemy.

저자 CHIROLU
일러스트 Kei
옮긴이 송재희

For my daughter,
I might defeat even the archenemy.

Contents

1. 백금의 아가씨, 황금의 왕과 다시 만나다.

부드럽고 여린 빛깔의 푸른 하늘 아래, 포근한 바람이 불고 있었다. 덥지 않아서 활동하기 편한 기온이라 야외에 개방적으로 테이블을 놓은 가게를 약속 장소로 골랐다.

"실비아!"

라티나가 웃으며 손을 흔들자 실비아는 오른손을 팔랑여 대답했다.

이 카페는 『초록의 신(아크다르)』의 신전과 그리 멀지 않은 곳에 있었다.

일에 몰두하면 먹고 자는 것도 쉽게 잊어버리는 초록의 신의 신관들이 이용하는 가게 중 하나였다. 지금도 움직이는(리빙데드) 시체 같은 양상으로 테이블에 앉아 허공을 바라보는 젊은 신관이나, 두꺼운 샌드위치를 아귀처럼 먹어치우는 여성 신관의 모습을 확인할 수 있었다.

'제대로 쉬고 있는 걸까…….'

이 근처에 올 때마다 눈에 들어오는 시체들의 모습을 보고 라티나는 그런 걱정이 들었으나, 주위 사람들은 『평상시 광경』이기에 아무도 주의를 기울이지 않았다.

'실비아는 언제나 건강해 보이지만.'

친구는 어릴 때부터 묘하게 요령이 좋았는데, 그것은 지금도 마찬가지인 모양이었다.

"오랜만이야, 실비아. 잘 지냈어?"

"물론이지."

살짝 칠이 벗겨진 나무 의자에 앉아 점원을 불렀다.

단골손님인 실비아의 추천 메뉴를 듣고 주문을 정했다. 홍차와, 과자 종류는 그저 그렇다고 하길래 차와 같이 먹을 것으로 작은 오픈 샌드위치를 부탁했다.

"라티나, 뭔가 분위기가 변했다?"

"어?"

거기서 실비아가 꺼낸 한마디에 라티나는 움찔했다.

짚이는 것은 여러 가지 있었다. 얼마 전의 『자신』과는 달라져 버렸다.

최근 너무나도 많은 일이 일어나서 라티나 자신도 마음이 들떠 있다는 자각이 있었다. 데일에게 프러포즈 받은 것만으로도 감당하기 힘든데 『초야』까지 보내면서 소녀의 마음은 터지기 직전이었다. 게다가 『마왕』이 되었고, 데일을 권속으로 만들어버리다니, 상상도 못 했던 사태가 되어버렸다. 긴 수명을 가진 마인족이지만 이토록 빠른 기세로 다양한 일이 일어나는 경우는 흔치 않을 거라고 단언할 수 있었다.

"뭐. 마침내 확실해졌으니까. 조금은 바뀌려나."

심술궂게 히죽 웃은 실비아는 라티나가 찬 약혼 기념 팔찌를 보고 있었다. 과실과 꽃이 공존하는 아름다운 세공은 티스로우에서 전통적으로『결혼』을 의미하는 의장이었다.

“라티나의 신부 모습을 못 보는 건 아쉽지만 말이지~.”

“아직 그런 예정은 전혀 정해지지 않았어.”

그렇게 말하고 라티나는 손목에 찬 팔찌를 보면서 쑥스러운 듯이 미소 지었다. 어릴 적부터 품었던 연심을 알고 있는 친구에게 약혼을 보고하게 되어 기쁜 반면, 역시 멋쩍었다.

라티나가 데일과 약혼했음을 들은 실비아가 이야기와 애인 자랑을 듣는다는 축하 자리를 마련한 것이 오늘의 주된 취지였다.

그리고 동시에 실비아가『여행길』에 오르는 날도 가까워져 있었다.

“실비아는 먼저 어디로 가?”

“우선은 선배를 따라 근처부터. 여행 그 자체에 익숙해져야 하고.”

오랫동안『초록의 신』의 신전에서 훈련을 쌓은 실비아도 정식 신관으로서 여행을 떠날 날이 다가오고 있었다.

손꼽아 기다리던 그때를 목전에 두고 실비아의 표정도 반짝였다.

“조심하라고 말하고 싶지만, 실비아가 줄곧 노력했던 것도 알고 있으니까 축하한다고 말해둘게. 즐겁게 다녀와.”

“물론이지.”

『초록의 신 가호 소유자』에게 모르는 토지에 가서 모르는 것을 느끼며 자신의 욕구를 채우는 것은 무엇과도 바꿀 수 없는 최상의 기쁨이었다.

둘이서 서로의 근황과 예정을 포함해 그런 대화를 나누었다.

정신이 들고 보니 차게 식어버린 홍차는 마지막 한 모금만이 남아 있었다. 다 마셔버리고 한 잔을 더 부탁하기 위해 점원의 모습을 찾고자 시선을 돌렸다.

그 순간이었다.

이국의 옷을 입은 모자 쓴 남자가 두 사람을 — 정확히는 라티나를 — 보고 있다는 것을 알아차렸다.

실비아는 처음엔 그 사실에 주의를 기울이지 않았다. 라티나의 미소녀다운 외모. 최근에는 거기에 여성스러움이 더해져 미인이 된 친구에게는 길 가는 많은 사람이 시선을 멈췄다. 그것이 이성이라면 더더욱 드문 일도 아니었다.

라티나는 왜 시선을 받는지 의아해서 살짝 고개를 갸웃할 뿐이었다.

하지만 다음 순간— 남자가 라티나 앞에 무릎 꿇고 머리를 숙였을 때, 두 사람은 깜짝 놀라서 서로 얼굴을 마주 보았다.

"흐아?!"

"무슨……! 라티나, 아는 사람이야?"

"모, 모르는 사람이야!"

라티나는 그렇게 대답했지만 남자가 말을 꺼내자 움찔했다.

"「백금의 공주님.」"

"……!"

반사적으로 남자의 얼굴을 본 라티나는 이윽고 눈을 크게 뜨더

니 얼굴이 창백해졌다. 떨리는 목소리는 무의식중에 그리운 소리로 흘러나왔다.

“「당신은…….」”

“「기억해주고 계셨습니까. 스마라그디 도사(導師)는 당신을 무사히 지키셨군요. 지금 도사는 어디에 계십니까?」”

“「라그…… 스마라그디는, ……이미, 훨씬 전에…….」”

“「그렇습니까…… 무녀공주님의 신탁은 역시 성립해버렸군요…….」”

남자와 이야기하던 라티나를 현실로 되돌린 것은 친구의 목소리였다.

“라티나?”

실비아의 목소리를 듣고 라티나는 퍼뜩 놀라 친구의 얼굴을 보았다.

“실비아…… 있지…….”

“「백금의 공주.」”

당황하면서도 얼버무리려던 라티나를 이국 차림의 남자가 다시 불렀다.

“「『주군』께서 와 계십니다.」”

“……?!”

·

남자의 말에 라티나는 실비아의 존재를 잊었다.

깜짝 놀란 표정으로 그저 남자를 응시했다.

“……어째서…….”

잠긴 목소리로 중얼거렸다.

"어째서, 크리소스가……?"

그리고서 라티나는 홀연히 앞으로 나아갔다. 실비아가 당황하여 어깨를 붙잡았다.

"라티나? 누군가 불러오는 편이 좋을까?"

"읏! 실비아……."

실비아는 상황을 이해하지 못한 얼굴을 하고 있었다. 라티나는 자신이 했던 말이 『고향의 언어』였다는 것을 그제야 알아차렸다.

동시에 실비아를 떠올린 라티나는 무릎 꿇은 자세에서 일어나는 남자에게 시선을 보냈다. 그리고 다시 실비아를 돌아보았을 때, 라티나는 매우 침통한 표정이 되어 있었다.

"미안해, 실비아…… 나, 가야 해……."

"라티나?"

"……부탁이야, 오늘 일은 아무한테도 말하지 말아줘. 내가 이 사람을 따라가는 것도…… 아무한테도 말하지 말아줘."

라티나가 일부러 다짐을 받는 것에서 『그 대상』에 그녀가 가장 사랑하는 사람도 포함된다는 사실을 헤아린 실비아는 눈썹을 모았다.

하지만 망설임은 한순간이었고 실비아는 수긍했다.

"알겠어."

"고마워, 실비아."

"괜찮은 거지? 라티나."

"응…… 나한테 위험한 일은, 없어."

라티나는 어색하게 웃고서 일어났다. 그녀의 그 움직임을 기다린 뒤 이국 차림의 남자가 걷기 시작했다. 라티나 역시 굳은 표정으로 남자를 쫓아 걸어갔다.

낯선 남자를 한 발자국 뒤에서 따라가는 라티나를 배웅한 실비아는 작게 의문이 담긴 목소리를 냈다.

"황금(크리소스)……?"

그리고 소리 없이 의자에서 일어났다.

†

"……「어째서 크리소스……『황금의 왕』이 여기에?」"

"「주군께서는 스마라그디 도사와 함께 바실리오를 떠난 당신의 행방을 줄곧 찾고 계셨습니다.」"

이국 차림의 남자가 향하고 있는 곳은 서구였다. 라티나는 평소에 그다지 오지 않는 지역이라 길도 몰랐지만, 주위를 확인하는 것조차 잊고서 남자의 등을 쫓고 있었다.

"「그리고 저희는 당신을 찾았습니다.」"

"……!"

라티나는 그 대답에 한 번 움찔하고서 물러섰다. 입술을 꼭 깨물고 남자를 올려다보았다.

"「어떻게……?」"

“「당신의 모습을 잘못 볼 리가 없습니다. 이 마을에 당신이 있다는 걸 아는 이상, 찾는 것은 시간문제라고 주군께 보고드렸을 따름입니다.」”

흔적을 발견한 것은 우연이었다.

이 마을 주민이 가지고 있던 『뿔』 조각. 바실리오에 있을 터인 『공주님』의 것과 똑같은 마력을 휘감은 조각이었다. 찾고 있는 그 사람이 무참한 상황 속에서 빼앗겼다고 하기에는 뿔에 휘감긴 마력은 온화하고 따뜻했다.

그렇다면 과정은 알 수 없으나 공주님은 스스로 자신의 뿔 조각을 다른 사람에게 주었을 것이다. 그리고 그 마력은 그리 긴 시간이 지나지 않아서 짙게 남아 있었다.

동시에 이 마을에는 자세한 사항은 모르겠지만 『백금의 공주』에 관한 소문이 나돌았다. 지금까지 돌아다녔던 어느 토지보다도 찾는 사람이 있을 가능성은 컸다.

새파래져서 희미하게 떠는 라티나는 어떻게 봐도 해후를 기뻐하고 있지는 않았다. 그것도 어쩔 수 없는 일이라고 남자는 생각했다. 이 『공주님』은 『주군』 앞에 다시 모습을 나타낼 생각이 없었으리라고 그도 헤아릴 수 있었기 때문이다.

일찍이 자신을 비롯한 많은 자를 가르치고 이끌었던 스마라그디 도사에 관해서는 그도 잘 알았다. 그분이라면 딸인 이 『공주님』에게 잘 말해뒀을 것이 틀림없다.

남자가 주인으로 섬기는 자의 바람은 공주님을 데려오는 것이었다.

그리고 공주님과 도사는 그것을 바라지 않았다. 이 공주님이 『재앙을 가져온다는 예언을 받은 자』로서 나라에, 왕에게 해를 끼치는 존재가 되기를 바라지 않은 것이다.

그라고 희대의 무녀공주가 남긴 재앙의 예언이 무섭지 않은 것은 아니었다. 하지만 『주군의 명령』은 그런 자신의 감정보다도 우선되었다.

『왕』이 예언 따위 두렵지 않다고 하는 이상, 그 말에 거역하는 것은 주인의 힘을 의심하는 일이기도 하니까.

『첫째 마왕(바실리오)의 나라』를 이끄는 태양 같은 황금의 왕.

모든 백성이 고대했다. 찬란한 미래를 비추는 빛 그 자체와 같은 존재의 말을 의심할 필요 따위 없었다.

서구의 한 저택 앞에서 남자는 발을 멈췄다.

고급 주택가인 서구는 어느 건물이나, 서민 거리인 남구나 동구와는 비교도 안 될 만큼 훌륭했다. 하지만 사람이 오가는 서민 거리에 익숙한 라티나에게 주택가 특유의 한적한 분위기는 술렁이는 마음을 점점 가속도적으로 키우는 요인이 되었다.

불빛이 없어 어딘가 썰렁한 모습을 보고 라티나는 이곳이 주거하는 자가 없는 빈집이겠다고 추측했다.

동시에 남자가 문에 열쇠를 꽂는 모습에서 정규 방법으로 이 저택을 빌렸다는 것도 알 수 있었다. 여행자가 모이는 남구에서 마인족의 소문을 듣지 못했던 것은 이 때문이리라. 그들은 여관을 이용하지 않고 이 저택을 빌려서 임시 주거로 삼았던 것이다.

저택 안은 쥐 죽은 듯 고요했다.

생활감은 없었다. 그래도 사용하는 공간은 먼지를 닦으며 청소하고 있는 모양이었다. 황폐한 기색 또한 없었다.

앞서가는 남자를 따라 라티나는 계단을 올랐다. 남자는 막다른 곳의 중후한 목제 문 앞에서 멈춰 서더니 문을 열고 라티나를 들여보냈다.

활짝 열린 문 너머에, 눈부실 만큼 햇빛이 들어오는 창을 등지고서 그 사람은 서 있었다.

"……!"

말로 표현할 수 없는 마음을 삼키고 라티나는 그 자리에 못 박혔다.

잘못 볼 리가 없다.

어릴 적 모습이 짙게 남은 그 얼굴을. 『현실(이곳)』이 아닌 『장소』에서 해후했을 때와 똑같은 그 모습을—.

"「크리소스…….」"

"「플라티나.」"

그 사람은 젊은 외모와는 어울리지 않는 낮고 위엄 있는 음색으로 라티나를, 옛날에 불렸던 이름을 불렀다. 이제는 먼, 어린 시절의 기억 속에서 부모 외의 어른들이 불렀던 이름이었다.

가만히 선 채 움직이지 못하던 라티나는 어느새 숨도 쉬지 못할 만큼 강하게 끌어안겨져 있었다.

자신의 것과도, 친숙한 사람의 것과도 다른 향기에 감싸였다. 라티나는 여전히 곤혹스러운 표정으로, 자신을 구속하려고 하는 팔에서 벗어나고자 몸을 비틀었다.

"「놔줘, 부탁이야, 크리소스……!」"

"「어째서? 겨우 만났다…… 나의 사랑하는 플라티나. 더는 놓지 않아. 즉위한 지금, 이제 짐에게 명령하는 자는 없다. 그대는 짐이 온 힘을 다해 지키겠어…….」"

"「……크리소스, 놔줘……! 나는 이제…… 그 나라에는 돌아가지 않아. 내가 있을 장소는 다른 곳이야!」"

그 대답을 듣고 라티나를 끌어안은 팔에 더욱 힘이 들어갔다. 감정을 나타내듯 크리소스의 눈동자가 어둡게 흐려졌다.

"「짐이 이때를 얼마나 기다리고 기다렸는지…….」"

"「나도…… 나도…….」"

보고 싶었다는 말을 라티나는 삼켰다.

아무리 진심으로 그렇게 생각한다고 하더라도 자신은 이 사람과 함께 고향으로 갈 수 없었다.

"「짐이 얼마나 그대를 찾았는지 아는가…….」"

"……!"

알고 있다. 『첫째 마왕』이 되어 한 나라를 책임지게 된 이상, 타국에 간단히 올 수 있을 리가 없다.

그것은 『왕의 후보』로서 신전 깊숙한 곳에서 지내던 **그 무렵**부터 변함없는 일이기는 했지만.

『옥좌』의 공간에서 모습을 본 것만으로도 충분하다고 생각했다. 더는 만날 수 없을 줄 알았던 소중한 존재를 한 번 본 것만으로도 만족이었다.

그런데 설마 스스로 나라를 나오면서까지 자신을 찾으러 올 줄은 몰랐다.

그 사실은 기뻤다.

그 무렵부터 이토록 긴 시간이 지났는데도 변함없는 마음을 품고서 자신을 맞이하러 와준 것은 감사할 뿐이었다.

"「나…… 소중한 사람이, 생겼어…… 함께 살아가고 싶은…… 쭉 함께 있고 싶은 사람이야…… 그러니까 크리소스와는, 갈 수 없어…….」"

그렇기에 라티나는 자신의 마음을 분명히 상대에게 알렸다.

소중한 상대이기에 자신의 마음을 속이지 말고 전하자고 생각했다.

"「미안해. 나는 이제, 크리소스 곁에 돌아갈 수 없어……!」"

"「……!」"

라티나를 끌어안은 팔에 아플 정도로 힘이 담겼다. 그것이 놓아주지 않겠다, 놓치지 않겠다는 크리소스의 심경을 여실히 나타내서 라티나의 표정도 흐려졌다.

"「……안 돼. 인정하지 않아.」"

"「……크리소스…….」"

울음을 터뜨릴 것처럼 표정이 일그러진 라티나를 보고 크리소스의 표정도 살짝 곤혹스러워졌다. 하지만 팔의 힘은 느슨해지지 않았다.

“「짐이라면 그대를 지켜줄 수 있다.」”

“「크리소스……?」”

영 혹은 여덟째

“「그대의 존재는 『마왕의 섭리』를 뒤엎어. 그것이 『섭리 밖의 마왕』이 가진 유일하며 절대적인 능력이다. ……그것을 다른 마왕들은 본능적으로 기피할 테지.」”

“「…… 나의 능력은 그렇게까지 대단하지 않은데…….」”

크리소스의 말에 라티나는 울먹이는 목소리를 짜냈다.

“「일곱이라는 섭리의 수로 정해진 『마왕』의 개념을 흔들고, 절대적인 존재가 아니게 변질시켜. 그대의 존재는 그 자체로 『마왕』에게 위협이다. 모든 마왕이 갖추어질 때 태어나는 『섭리 밖의 마왕』은 신이 세계에 준 마왕의 제어 기구니까.」”

“「……어째서, 크리소스……?」”

자신보다도 그녀의 능력을 더 깊이 아는 크리소스를 보고 라티나는 당황한 목소리를 냈다. 『마왕』이 된 시간에 차이가 있다고는 해도 그렇게 깊이 『세계의 정보를 이해』할 수 있는 것인지 의문이었다.

“「……그대를 잃은 뒤로 짐은 왕이 되기 위해 바실리오에서 노력했다. 그러면서 『왕에게 재앙을 가져온다』는 저주받은 예언에 관해서도, 과거의 역사를 가지고 고찰하며 추측했지.」"

"「아아…….」"

"「일곱 마왕이 세상에 존재할 때만 세계에 나타났던 『여덟째 마왕』은 마왕이면서 마왕이 아닌 존재…… 마왕에게만 힘을 떨칠 수 있도록 허락된, 『용사』와는 달리 신이 마왕을 제지하기 위해 만든 기구. ……짐은 가능성 중 하나로, 전승도 거의 남아 있지 않은 그것을 고려하고 있었다.」"

그 가능성이 아니기를 바라며—.

라티나는 크리소스의 표정에서 그것을 읽어내고 눈물을 글썽였다.

그런데도 크리소스는 자신을 지키겠다고 말해주었다. 길이 틀어진 그때부터 상당한 시간이 지났는데.

함께 살고 싶다는 크리소스의 그 소원에 자신은 부응할 수 없는데.

그래도 라티나는 자신의 마음에 거짓말을 할 수 없었다. 자신이 옆에 있고 싶은 사람은 이제 그(데일) 외에 있을 수 없으니까.

"「미안해…… 미안해, 크리소스…….」"

그리고 다양한 것을 이해하고 말았기에 라티나는 크리소스의 청을 받아들일 수 없었다.

"「크리소스는 『첫째 마왕』으로 있어야만 해…… 마인족은 줄곧 새로운 왕의 탄생을 기다리고 있었는걸…… 그러니까.」"

라티나는 눈물에 젖은 눈동자로 크리소스를 똑바로 바라보았다.

“「언젠가 **그때**가 오면 크리소스는 무엇보다도 왕으로서 나라를 지켜야 해. 나는 그걸로 좋으니까. 나는, 크리소스의 그 자세가 옳다고 생각하니까……!」”

“「싫어…… 플라티나!」”

어릴 적에도 낸 적이 없는, 떼쓰는 아이 같은 목소리를 내며 고개를 흔드는 크리소스를 보고 라티나는 강한 의지가 담긴 회색 눈을 깜박였다. 흘러넘친 눈물 한 줄기가 뺨을 타고 흘렀다.

“「『여덟째(내가) 마왕』이 모든 마왕에게 있어 『적』이라면…… 『첫째 마왕』도 나를 적으로 취급해야 해. 나를 숨겨서 나라를(바실리오) 전쟁터로 만들어서는 안 돼.」”

그것은 비장하다고도 할 수 있는 결의였다.

라티나는 다정한 아가씨다. 그리고 자신의 의지를 가슴에 강하게 품은 아가씨였다.

그녀는 자신과 나라 하나를 저울질할 수 없었다. 그리고 그것은 『고향』에만 할 수 있는 말은 아니었다.

“……미안하다는 말로는 부족하겠지…… 용서해달라는 말도 할 수 없어…… 미안해, 데일…….”

라티나는 작게 목소리를 짜내 중얼거리고 눈을 감아 다시 눈물을 흘렸다.

“나는 되도록 크로이츠와 소중한 사람들을 지키고 싶어…… 그러니까 **그때**가 오면…… 나는…….”

모든 마왕과 적대하는 존재를 찾는다는 이유로 소중한 장소가 유린당하여서는 안 된다. 전쟁터가 되어서는 안 된다.

"「모든 마왕이 『나』를 찾는 때가 오면, 나는 도망치지도 숨지도 않을 거야. 그러니까 『나』 하나로 상황을 정리해줘. 이 마을을…… 내게 또 하나의 고향인 이 마을을 지켜줘. 이걸 부탁할 수 있는 건 크리소스뿐이야…… 그러니까.」"

결의가 담긴 목소리는 떨리는 일 없이 조용히 울렸다.

"「**그때**가 오면 나를 없애줘.」"

데일과 함께 있고 싶다는 마음 이상으로 라티나는 그가 무사하길 원했다.

라티나는 그가 모험가로서 고명하며 실력 있음을 알고 있었다. 그래도 다치지는 않을지, 목숨이 위험하지는 않을지, 그가 일 때문에 여행을 떠나 있는 동안 줄곧 마음 아파하며 보냈다.

예전에 『숲』 속에서, 아무것도 못 하는 무력한 자신 앞에서 숨을 거둔 아빠의 모습이 떠오르고 말았다. 영원한 이별이 어떠한 것인지를 그녀는 알고 있었다.

기도밖에 못 하는 자신이 모르는 곳에서, 그가 더는 『돌아올 수 없게』 되는 것은 아닐까 하는 공포를 라티나는 줄곧 품고 있었다.

지금 데일은 자신의 권속 — 마족 — 이 되면서 다양한 능력이 향상되었다. 그래도 모든 마왕을 적으로 돌린다면 무사하지는 못할 것이다. 그가 자신 때문에 위험한 상황에 처하는 것을 라티나는 안온하게 바라보고 있을 수 없었다. 자신을 위해 사지로 가달라고 말할 수 있을 리가 없었다.

데일이 라티나를 지키고 싶다며 소중히 여기는 것과 다름없을 만큼 강하게, 라티나 또한 데일을 지키고 싶었다.

권속이지만 라티나는 데일의 『생명』을 지배하고 있지 않았다. 라티나는 그의 독자성을 남겨둬서 다행이라고 진심으로 안도했다.

『주인』인 자신이 이 세상에 존재하지 않게 되어도 그가 따라 죽을 일은 없다.

마족으로서의 긴 삶은 잃을지도 모르지만 본래 『인간족』으로서의 삶(수명)은 남을 터였다.

원래대로 돌아갈 뿐.

분명 그렇게 해줄 것이다.

쓰라린 마음에 뚜껑을 덮고 라티나는 그렇게 생각했다.

반대 입장이었다면 그렇게 할 리가 없었다. 자신의 목숨을 잃게 되더라도 몸과 마음을 다해 지키고자 발버둥 치리라. 자신과 그는 근본이 닮았다. 그렇게 해버릴 것은 알고 있었다.

하지만 그렇기에 데일이 **그것**을 선택하게 할 수는 없었다.

마왕을 쓰러뜨릴 수 있는 것은 『마왕을 지키는 운명』을 뒤엎는 섭리를 가진 『대적하는 존재』뿐. 아무리 데일이 전사로서도 마법사로서도 일류일지라도 그것만으로는 마왕에게 대항할 수 없다.

자신 때문에 데일이 무모한 싸움에 뛰어들도록 할 수는 없었다.

"미안해…… 미안해, 데일……."

그리고 그것을 선택하려는 또 한 사람에게—.

"「미안해…… 크리소스…….」"

그 『숲』 속에서 썩어 문드러졌다면 소중한 사람들을 괴롭게 하지 않았을 텐데. 역시 자신은 재앙을 부르는 존재였을지도 모른다.

"미안해……."

그래도 바라는 자신은 얼마나 죄 많은 존재인가. 라티나는 어깨를 떨며 눈물을 흘렸다.

"「그래도, 짐은…….」"

떨리는 목소리를 낸 크리소스는 슬픈 얼굴을 하고 있었다. 결코 납득하지는 않았다. 라티나의 말을 받아들이고 싶지 않다고, 표정은 여실히 말하고 있었다.

그래도 나라를 맡은 책임이 라티나의 말을 부정하지 못하게 했다.

왕으로서의 입장과 개인의 감정 사이에서 흔들리던 크리소스의 표정은 문밖에서 시원한 유리종 소리가 울리자 차갑게 변했다.

자세를 낮춘 채 방으로 들어온 남자는 모자를 벗고 마인족의 증거인 뿔을 드러내고 있었다. 보석이 들어간 금장식이 뿔에 걸린 것을 보고 라티나는 고향의 관습을 떠올려 남자가 크리소스의 권속 — 마족 — 임을 알았다.

신뢰하는 부하라고 하더라도 크리소스가 완전히 긴장을 늦추지 못한다는 것을 본 라티나의 표정이 흐려졌다. 이제 갓 즉위한 젊은 크리소스가 『마왕』으로 있기 위해 많은 것을 억제하고 있음을 이해하고 말았다.

크리소스가 내심의 갈등과 감정을 숨기고 라티나를 안은 팔을 떼기 직전. 눈에 스친 괴로운 빛을 보고 라티나는 크리소스의 팔을 잡으려다가 그래서는 안 된다고 생각을 고쳤다. 흔들리는 마음을 애써 감추고자 라티나는 갈 곳을 잃은 손을 꽉 움켜쥐었다.

크리소스는 개인으로서의 그 내면을 드러낼 수 있는 유일한 존재로 자신을 바라고 있을 것이다.

자신의 선택은 소중한 사람들을 괴롭히고 만다. 함께 살기만을 원했던 소중한 사람을 배신하고, 어릴 적 약속을 지켜준 사람의 소원을 이루어줄 수도 없다.

"역시 나는, 재앙을 가져오는구나…… 모브의 『예언』대로……."

희대의 무녀공주라고 불렸던, 고향에서도 최고위 신관이 내린 신탁.

그것을 거역할 수는 없었다고, 라티나는 움켜쥔 손을 가슴에 품으며 조용히 눈물을 흘렸다.

그 후 어떻게 남구까지 돌아왔는지 라티나는 잘 기억나지 않았다.

고향에서의 얼마 없는 『좋은 추억』과 연결되는 지기인 크리소스와의 재회는 제 뜻과 어긋나더라도 기쁜 일일 터였다.

『섭리의 마왕』들은 머지않은 미래에 『여덟째(자신) 마왕』을 제거하고자 움직이리라. 그 사실만 없었다면. 이것이 이른바— 영원한 이별이 아니었다면.

'그래도 슬퍼해 줘서…… 고마워, 크리소스…….'

모든 것을 잃었을 터인 고향에 지금도 슬퍼해 주는 사람이 있음을 알고 느낀 것은 분명한 기쁨이었다.

짓눌려버릴 것 같은 다양한 감정과 사실 때문에 라티나는 깊이 고민하며 울적해 했다.

그 뒤로 라티나는 주위 사람들에게 걱정 끼칠 수 없다면서 평소처럼 행동하려고 했다. 바싹바싹 다가오는 『그때』까지, 소중한 사람들과 보낼 수 있는 남은 시간이 조금이라도 만족스러운 시간이 될 수 있도록 결심한 상태였다.

한편 어릴 때부터 줄곧 그녀를 지켜보았던 사람들은 라티나의 상태가 나쁘다는 것을 알아차리고 있었다.

"최근 살짝 모습이 이상해."

누구라고 딱 꼬집지 않더라도 리타가 말하는 것이 누구인지는 케니스도 알 수 있었다.

"그러네. 걱정 끼칠 수 없다며 무리하게 행동하는 것 같은데……."

"저 애는 금방 고민하며 괴로워하니까…… 혼자 생각에 잠기는 건 어릴 때부터 변함이 없어."

"데일과 약혼이 정해지면서 상황이 크게 바뀌었으니 말이지. 불안정해지는 것도 어쩔 수 없나……?"

"그렇지 않다고는 단정 지을 수는 없지만……."

케니스와 리타는 불안한 표정으로 서로의 얼굴을 마주 보았으나 매리지 블루 말고는 짚이는 맥락도 없었기에 상황을 지켜보기로 결론을 내렸다.

그렇게 되지 않은 것은 데일이었다.

데일은 라티나의 모습이 확연하게 이상함을 눈치채고 있었다.

수없이 물어봐도 라티나가 무난한 대답을 거듭하며 얼버무리려 하자 불안이 심해졌다. 간과할 수는 없었다.

그 밤도 데일은 몇 번째인지 알 수 없는 질문을 라티나에게 던지고 있었다.

냉엄함마저 느껴지는 음성으로, 단둘뿐인 방에 도망칠 곳 따위 없다며 똑바로 그녀의 눈을 보고 물었다.

"라티나, 무슨 일이 있었어?"

"데일……."

어릴 때부터 라티나는 거짓말이 서툴렀다.

표정과 동작 하나하나에서 확신할 수 있을 만큼 데일은 오랫동안 그녀를 보았다.

"부탁이니까 말해줘."

"……괜찮아, 데일…… 걱정하지 마."

"라티나!"

데일의 강한 어조에 라티나의 어깨가 움찔 긴장했다. 겁먹은 표정을 보니 죄책감이 느껴졌지만 여기서 물러날 수는 없었다.

"네가 뭔가를 숨기고 있다는 것 정도는 아니까…… 그러니까, 부탁이니 제발 말해줘……!"

"데일……."

라티나의 표정이 일그러졌다. 글썽거리는 눈에서 굵은 눈물방울이 흘러넘쳤다.

"미안해…… 데일, 나, 나……."

"사과하길 원하는 게 아니야, 얘기해주길 바랄 뿐이야. 그러니까……!"

"미안해…… 미안해……."

그래도 라티나는 고집스럽게 『이유』를 말하려고 하지 않았다. 그저 사과만을 되풀이했다.

입술을 꽉 깨문 라티나는 사실 이제 어떻게 하면 좋을지 알 수 없었다.

다만 데일에게 털어놓는 것만큼은 불가능했다.

말해버리면 자신은 그에게 매달리고 의지할 것이다. 괜찮다며 안아주는 온기에 모든 것을 맡기고 말리라.

그럴 수는 없었다. 그를, 데일을, 자신의 파멸에 끌어들이고 싶지는 않았다.

함께 살고 싶다고 소망해준 것만으로 만족이었다.

그것이 그저 자신의 이기심일 뿐이라는 것은 알고 있었다.

그래도 자신은 그가 이 세계에서 사라지는 것이 싫었다. 정말 좋아하는 사람들과 소중한 장소. 무엇과 맞바꾸더라도 지키고 싶은 것 중에서 필두는 다른 누구도 아닌 사랑하는 그이니까.

그렇기에 라티나는 완고하게 입을 다물었다.

다른 마왕들이 날 없애는 걸 받아들여 줘— 분명 데일은 그런 자신의 바람을 허락해주지 않을 것이다.

알고 있었다. 그러니 이것은 그저 자신의 이기심이었다.

등으로 기척을 느끼고 라티나는 얼굴을 들었다.

바로 뒤에 『파멸』의 기척이 있었다. 지금을 놓치면 더는 전할 수 없게 됨을, 『그때』가 와버렸음을 깨달았다.

"데일…… 나 있지……."

눈물에 젖은 회색 눈동자로 그를 올려다보았다.

사실은 미소 짓고 싶었지만 마음처럼 되지 않았다. 그의 얼굴을 확실히 봐두고 싶었지만 시야가 번져서 잘 보이지 않았다.

"데일과 만나서 다행이야. 나는, 정말로 행복했어."

라티나의 말을 듣고 데일은 한기를 느꼈다. 왜, 지금 그런 말을 하는가. 왜, 그 말이— 과거형인가.

데일은 반사적으로 팔을 뻗었다. 그녀를 끌어안으려 했던 데일의 팔이 그녀에게 닿기 직전—.

반전하는 의식 한구석으로 라티나는 「마지막으로 한 번 끌어안길 걸.」 하고 생각했다.

†

되찾은 의식 앞에 펼쳐진 『공간』은 친숙하고 따스한 곳이 아니었다. 실제로 그렇지는 않을 텐데도 심신을 얼어붙게 하는 냉기로 가득한 것 같았다. 하지만 그것도 기분 탓만은 아닐지도 모른다.

모든 빛과 모든 색(흑백)으로 만들어진 세계. 그 중심에 존재하는 작고 가냘픈『옥좌』. 그 위에 앉은『섭리 밖의 숫자』를 단 마왕은 작게 떨었다. 도저히 놓을 수가 없어서『자신의 상징』으로 정한 보석 세공 팔찌를 부적처럼 가슴에 품었다.

그러지 않으면 삼켜질 것 같았다.

자신의 주위에 배치된 일곱『옥좌』. 거기 앉은『왕』들의 존재감에.

주위에서 보내오는 대다수는 관찰하는 듯한 시선과 명확한 적의였다.

다른『왕』의 모습을 분명하게 분간할 수는 없었다. 그저 거기에 존재하는 기척을 느낄 뿐이었다.

유일하게『첫째』옥좌에 앉은 왕의 기척만이 자신을 걱정하고 있음을 그녀는 눈치채고 있었다. 그렇기에 그녀는 그쪽으로 시선을 보내지 않았다. 자신들의 사이를 다른 마왕에게 들켜서는 안 된다. 자신에게 오는 악의를 그 왕에게 돌릴 수는 없었다.

『목소리』지만 그렇지 않은 것. 자신의 의식이 이해하기 쉽도록『목소리』로 인식하는, 타인이 발하는 사념을 받아 해석했다.

—이게 섭리 밖의……『여덟째 마왕』.—

—『마왕』이면서 마왕을 좀먹으며 마왕의 힘을 약화시키는,『신』이 준비한 존재.—

—싫어, 죽기 싫어. 마왕이 되어 죽음에서 도망칠 수 있었는데.—

거듭되는 여러 『목소리』에 그녀는 팔찌를 쥔 손에 힘을 주었다. 자신의 이기심으로 그를 속이고 배반한 것이나 마찬가지인데 나약한 자신은 끝끝내 그를 의지하고 마는구나, 마음속으로 중얼거렸다.

그처럼 강하고 자상한 어른이 되고 싶었다. 조금이라도 그런 이상에 가까워지고 싶어서 의연하게 행동하기로 했다.

소용돌이치는 원망의 『목소리』는 그녀의 파멸을 원해갔다.

질량조차 느껴질 만한 적의에 노출되어 숨 쉬시기도 힘들었다.

—내가 직접 죽여줄게. 좀처럼 없는 기회인걸.—

—재밌군. 나도 한몫 거들까.—

도달한 『목소리』의 내용을 이해하고 얼굴을 들었다.

—숨지도 않는 거야? 도망치고 도망치고, 정신없이 도망쳐도 돼.—

그녀는 입을 열어 『목소리』를 냈다. 그런 짓은 하지 않는다, 나는 여기 있다고 소리 높여 말했다.

자신만 파멸하면 된다. 누구 하나 끌어들이지 않겠다. 그것이 나약한 자신의 유일한 긍지였다.

『재앙의 마왕』이 움직이면 시체가 쌓이고 마을은 불탄다. 그녀의 소중한 사람, 소중한 장소는 아마 우선적으로 노려질 것이다. 마을을, 나라를 멸망시키는 것조차 재해의 화신인 『재앙의 마왕』에게는 손쉬운 일이었다. 마왕 한 명만으로도 그렇게 큰 힘을 가지고 있는데 여러 마왕이 노린다면 분명 자신의 소중한 것은, 사람은, 흔적도 없이 빼앗기고 말리라.

그렇기에 그녀는 스스로 자신을 바치기를 택했다. 저항하지 않고, 단죄될 이곳에 소환되기를 택했다.

내 파멸을 바란다면 그렇게 해.

그녀의 의연한 『목소리』를 듣고 몇몇 기척이 멈칫했다. 하지만 사나운 짐승이 입맛을 다시는 것처럼 달콤한 독 그 자체인 『목소리』가 즉각 기쁘게 응했다.
—어머. 그럼 이 『옥좌』 위에서 죽도록 해. 나도 이 『공간』에서 죽이는 건 처음이야. 기대되는걸.—
죽음의 기운이 더욱 강해졌다. 떨리는 몸을 질타하며, 고개 숙이지 말고 계속 앞을 보고자 팔찌를 세게 쥐었다.

—없애는 건 최선이 아니야.—

『목소리』가 조용하게 울리자 공간의 분위기가 바뀌었다. 첫 번째 옥좌의 주인이 왕들의 시선을 여유롭게 받아냈다.
—무슨 말이야?—
—『여덟째 마왕』은 다른 마왕이 갇혀졌을 때 태어나는 존재. 지금 이 자리에서 이자를 없애더라도 머지않아 다음 사람이 옥좌에 앉겠지.—
어디까지나 고요한 말투를 유지하는 그 『목소리』를 듣고 필사적으로 참고 있던 눈물이 차올라서 눈가가 뜨거워졌다.

—『여덟째 마왕』을 기피한다면 우리는 없애는 것 이외의 방법을 사용해야 해.—

—다음『여덟째 마왕』이 이번 대처럼 순종적일 거라고는 장담할 수 없어. 다루기 쉬운 걸 제압해야 하지 않을까?—

다른 마왕이 찬동하는『목소리』를 내면서 의견이 그쪽으로 흘러갔다.

그녀는 소리 없이 울었다.

자신의 멸망을 바라지 않는 그 사람이 자기 입장을 바꾸지 않으면서도 제 의지를 관철했다. 그것이 최대의 양보였을 것이다.

없애달라고 소원한 자신을, 미미한 가능성이더라도 구하기 위해. 한 나라를 책임진 처지에 공공연하게『재앙의 마왕』과 적대할 수는 없다. 지켜야 할 것이 너무 많아서 사적인 정을 위해 살 수는 없었다.

그런데도 지켜주려고 한 것이다.

—그럼 우리의 이름하에 봉인을.—

중첩되는 여러『목소리』가 그 결론에 이르렀다.

그녀는 마침내 다가온 자신의『끝』을 깨닫고 눈물에 젖은 회색 눈을 감았다.

저항하지 않고 받아들일 생각이지만 공포로 인해 마음이 무거운 무언가에 점령될 것 같았다.

그렇기에 그녀는—.

"정말로 행복했어."

그렇게 중얼거렸다.

"마지막에 라그가 소원해준 것처럼…… 나는 행복해졌어."

『숲』속에서, 죽어가는 절망도 슬픔도 어린 자신에게는 보이지 않고 마지막 순간까지 자상하게 미소 지어주었던 아빠(라그)의 말을 떠올렸다. 무지개 너머에서 지켜보고 있으니까 걱정하지 말라고, 앞이 보이지 않는 공포와 고독에 짓눌릴 것 같은 자신을 마지막까지 염려해주었다.

마지막까지, 남겨두고 떠나는 자신의 행복을 바란 사람이었다.

"갈 곳 없는 나를 구해준 빨강의(아흐마르) 신을 모시는 나라에서, 정말로 매일 행복했어. 태어난 나라보다도, 긴 시간을 보낸 이 나라가…… 이 마을이…… 나의 또 다른 『고향』이라고 말할 수 있을 만큼."

곤란한 일이 생기면 『빨강의 신전』을 의지하면 된다고 가르쳐줬지만, 자신이 의지하기도 전에 이 다정한 사람들이 사는 『빨강의 신의 나라(라반드국)』는 자신을 지켜주고 자비를 베풀어주었다.

"주황의(코르모제이) 신 앞에서 올렸던 결혼식…… 신부가 정말 예뻤는데…… 축제도 잔뜩 보러 갔어. 신전 안쪽에서 살 때는 생각도 못 했을 만큼 세계는 반짝임으로 가득했어."

신전 깊숙한 곳에서 몰래 데리고 나가 주황의 신 축제를 구경시켜준 것은 고향에서의 얼마 없는 행복한 추억이며 소중한 가족과 함께 있었던 기억이었다.

친구와 함께 올려다보았던 『불꽃』도, 사랑하는 사람과 손잡고 걸었던 기억도, 전부 행복하고 소중한 추억이었다.

“노랑의(아스파르) 신 학교에서 매일 모두와 보냈던 것도, 공부할 수 있었던 것도 즐거웠어.

여행을 떠나서 정말로 많은 걸 볼 수 있었어. 모르고 지내던 넓고 예쁜 세계를 알 수 있었어…… 초록의 신의 깃발이 걸린 곳에서 지내던 나날, 날 귀여워해 줬던 손님들, 여러 가지 이야기를 들었던 것도 정말 기뻤어…… 내가 없어지면 걱정해줄까…… 제대로 작별 인사를 하고 싶었는데…….”

신전 안쪽, 좁고 작은 세계가 전부였던 자신에게 진짜 세계는 아주 넓다고 가르쳐주었다. 그 말대로 제 눈으로 본 넓은 세계는 아름다움으로 가득했다.

“라그는 파랑의(아즈락) 신이 관장하는 일을「어른이 되면.」이라고 말했지만, 나 있지, 더 일찍부터 일을 하게 됐었어. 케니스도 리타도 무척 상냥하게 대해줬어. 잔뜩 가르쳐줬어. ……테오랑 에마가 커가는 모습을 보고 싶었는데. 빈트가 내 몫까지 두 사람을 지켜주면 좋겠다…….”

아빠가(라그) 남긴 말을 하나씩 떠올리고 그것에 대답하며 추억을 가슴에 품었다.

절망에 꺾이지 않고, 남기고 가는 자의 행복을 기도했던 아빠처럼(라그) 자신도 그러고 싶다고 바랐다.

“스스로 뿔을 부러뜨린 것도 후회하지 않아. 남색의(닐리) 신 치료원에서 꼭 끌어안겼을 때, 나는 전부 결정해버렸어. 『마인족』으로서가 아니라『인간족』과 함께 있자고, 나는 그때 이미 선택했는걸.”

그것은 자신의 운명을 결정지은 확실한 계기였다.

자신이『마인족의 왕』인『첫째 마왕』이 될 일은 절대 없었다. 자신이 **택한** 것은『마인족』이 아니었다. 자신은 백성을 이끄는 왕이 될 수 없었다.

『마왕』을 모시는 백성이 아니라 그 밖의 백성(사람)을 위해 살아가는 것.『여덟째 마왕』이 되는 조건 중 하나는 그때 벌써 충족되었다.

“보라의 신의 무녀인 모브의 예언대로 나는 재앙을 불러들이고 말았지만…… 모브가 나를 걱정해줬던 것도 분명히 알고 있어.”

팔찌를 쥔 손을 가슴 앞에서 깍지 꼈다.

“나는 정말로 행복했어.”

마음이 공포에 꺾이지 않도록 자신의 소중한 것, 소중한 추억을 떠올렸다. 그리고 무엇보다도—.

“데일과 만나서, 행복했어.”

손을 맞잡고 기도하는 것은 가장 사랑하는 사람의 행복이었다.

증오도 슬픔도 아닌 감정으로 마음을 채워서 마지막 최후까지『그가 좋아한다고 말해주었던 자신』인 채로 있기 위해.

“정말로, 나는, 행복했어.”

그러니까 적어도, 자신이 존재하지 않게 되어도 행복하기를 기도했다. 자신은 아무런 힘도 없는 작은 존재지만『신』의 말석에 자리하고 있다면 소원을 이룰 수 있지는 않을까 기도했다.

"……그리고…… 정말로…… 미안해."

색이 없는 세계로 의식이 가라앉는 순간, 그녀는 마지막으로 그렇게 중얼거렸다.

2. 청년, 향하다.

—끌어안으려고 뻗었던 손이 허공을 갈랐다.

있을 수 없는 일이 일어나서 그는 눈을 크게 떴다.

홀연히, 거기 있었을 터인 백금색 소녀는 모습을 감추었다. 머리카락 한 올 남기지 않고, 거기 있던 것조차 없었던 일인 양, 그녀는 그 존재를 없앴다.

그 순간, 이『세계』에서 라티나는 소멸했다.

조금만 더 빨리 팔을 뻗어 끌어안았다면 붙들 수 있었을까— 근거 없는 생각을 하는 한편, 데일은 기묘할 만큼 냉정하게 상황을 확인하고 있었다.

마법을 사용해도 이런 현상은 일으킬 수 없다. 만약 자신이 모르는 마법일지라도 이 자리에 다른 사람의 기척은 없었다. 외부에서 마법으로 간섭했다고 의심하기에는 가능성이 너무 낮았다.

그렇게 데일은 하나하나 떠오른 가능성을 거듭 검토하며 부정해 갔다.

무엇보다 신경 쓰이는 점은 라티나가 이렇게 되리라고 예견하고 있었던 것 같다는 부분이었다.

"……마왕."

데일은 중얼거린 후, 무의식중에 어금니를 으득 갈았다.

『신』의 힘의 단편인 무수한 『가호』로도 이런 일을 일으키지는 못할 것이다. 그렇다면 그 이상의 『힘』을 떨칠 수 있는 것은 사람이 아닌 존재뿐이었다.

그녀는 『마왕』을 하위 신이라고 표현했다.

연약한 사람의 몸으로는 일으킬 수 없는 기적 같은 힘도 『신』이라면 이야기가 달라질 것이다.

라티나는 이렇게도 말했다.

『마왕』을 해할 수 있는 것은 마왕을 지키는 운명을 뒤엎을 수 있는 대적하는 존재인 『용사』와, 똑같이 신의 말석에 자리한 동등한 존재인 『마왕』뿐이라고.

그렇다면 현재 『마왕』이 된 그녀를 해할 수 있는 존재는 한정된다.

『용사』의 힘으로는 어디에 있는지도 모르는 『마왕』을 없애는 현상을 일으키지 못한다. 그것은 누구보다도 자신이 가장 잘 알고 있었다. 『용사』의 힘과 가호는 결코 만능이지 않았다. 그랬다면 자신은 그토록 필사적으로 실력을 갈고닦지도, 정신을 마모시키면서 도륙을 반복할 필요도 없었을 테니까.

그렇다면 라티나를 해한 것은 마왕 말고는 있을 수 없었다.

더욱 상위 존재인 『일곱 색깔 신』은 직접 세계에 관여하지 않았다. 그것도 라티나가 이야기한 것이었다.

이유는 모른다. 방법도 모른다. 하지만 가능성 있는 『상대』만큼은 결론지을 수 있었다.

"라티나……."

희미한 별빛만이 비추는 야음 속으로 흘러나온 중얼거림이 녹아 들었다.

야심한 시간의 다락방, 어둠 속에서 생각에 잠긴 자신의 신체가 수면 욕구를 호소하는 일은 없었다.

그것은『권속』이 된 뒤로 어렴풋이 느끼고 있던 자신의 변화였다.

지금까지 그랬던 것처럼 잘 수도 식사할 수도 있었다. 하지만 그것은『생명을 유지하기 위해 정말로 필요한 행위』가 아니게 된 상태였다. 필요하기는 할 것이다. 하지만『인간족』이었을 때와는 비교도 안 될 만큼 적은 시간, 적은 양으로도 충분해졌다.

마족이 되어 몸도 정신도 강화된 것이리라.

아침이 올 때까지는 아직 시간이 있었다. 소멸해버린 사랑하는 소녀에 관한 생각만이 머리를 맴돌았다.

—자신은 어떻게 해야 하는가.

사고가 거기에 이르렀다.

어떻게 하면 좋을까. 무슨 일이 벌어졌는지도 이해할 수 없다.

그녀의 적이『마왕』일지라도 어느 마왕이, 무슨 이유로 그녀를 해했는지 알 수 없었다.

—그리고 이 몸 하나로『마왕』을 상대할 수 있을 것이라고는 생각할 수 없다.

냉정함을 남긴 사고는 그런 타당한 대답을 도출했다. 지금껏 라반드국과의 계약으로 검을 계속 휘둘렀기에 알 수 있었다.

『마왕』은 여럿 존재한다. 각각의 마왕도 서로를 견제하며 미묘한 현상을 유지하고 있었다. 『재앙의 마왕』이 어떤 계기로 활발히 움직이기 시작했다면 그것은 많은 나라가 휘말리는 대재해가 될 것이다.

한 소녀가 사라졌다.

그것을 받아들이는 것이 가장 온건한 선택이리라.

그의 논리는 한 가지 선택을 그에게 제시했다. 누구도 불행하게 만들지 않는 선택이었다.

그때 문득 시야 한구석에 『그것』이 잡혔다.

평소 자신이라면 결코 집어 들지 않았을 『그것』. 두꺼운 천으로 표지를 감싼 노트 한 권. 그녀가 때때로 가슴에 품고 미소 지었던 그녀의 일기.

반쯤 무의식적으로 그것을 펼쳤다. 잃어버린 그녀의 모습을 찾아서, 그녀의 흔적이 깃든 물건에 이끌렸다.

그녀답게 작고 읽기 쉬운 꼼꼼한 글자로 적혀 있는 내용은 실없는 일상이었다. 날마다 길이와 문체도 달랐고, 때로는 날짜도 건너뛰었다.

『실없다』, 그렇게 말할 수 있는 별것 아닌 일들뿐인데도 그녀가 보는 『세계』는 온화하고 상냥한 빛으로 가득했다.

『자신』을 그 속에서 발견했다. 그녀의 시점에서 자신은 이렇게 보였던 건가. 이런 사소한 것도 봤던 건가. 이렇게 생각해줬던 건가.

어느새 다음 권을 집어 들고 있었다. 그리고 그다음을. 날짜를 거슬러 올라갈수록 서툴러지는 글자는 지금까지 지켜보았던 그녀의 성장을 되감는 착각마저 느끼게 했다.

『그녀의 이름』에 관한 기술에서 손이 멈췄다.

조모가 그녀에게 준 『일족의 역할명』은 자신들에게 있어 어른이 된 증거였다. 그녀에게 그 『이름』을 들은 적이 없음을 떠올렸다. 「어른이 되면 물어보는 거지?」 그렇게 말하고 쑥스러운 얼굴로 미소 짓던 그녀의 모습이 생각났다.

"무트……."

그것은 티스로우에서 결코 드문 『이름』이 아니었다. 흔하다고 해도 좋았다. 집을, 가정을 지키는 여성 대부분이 가진 이름이었다.

하지만 그것은 티스로우에서 가장 고귀한 역할이었다. 티스로우에 있어 최상의 것은 일족 그 자체다. 『무트』가 지키는 것은 일족 그 자체이며 일족의 다음 세대니까.

그리고 일족 밖으로 나가는 『레키』 역할인 자신의 곁에 있기를 소원해준 그녀에게 『무트』라는 이름을 하사한 의미.

그것은 자신에게도 그녀가 『안식처』이기를 바란 조모의 마음이었다.

태어난 고향에 돌아갈 수 없더라도 새로운 곳에서 새로운 『일족』을 쌓아 올릴 수 있을 것이다. —그것은 그녀에게만 향한 『소원』이 아니었다.

글자가 번졌다.

포기할 수 있을 리가 없다.

그녀는, 라티나는 자신이 『있을 곳』이다. 돌아갈 장소다. 대신하는 것 따위 없다. 대신할 수 있는 것 따위 없다. 자신에게 유일한 존재였다.

그녀가 이 일기에 적은 지금까지의 시간. 똑같은 시간을 자신도 그녀를 생각하며 보냈다. 소중하고 사랑스럽게 생각해왔다. 간단히 버릴 수 있는 마음은 절대 아니었다.

그녀가 사라져버린 것을 받아들인다니, 가능할 리가 없었다.

"—윽!!"

그때 깨달았다.

자신의 사고를 되짚어 보았다.

무의식중에 자신은 『그녀가 사라졌다』고 생각하고 있었다. 그 사실을 확인했다. 자신은 왜 그렇게 『확신하고 있는지』 생각했다.

자신은 결코 『그녀가 살해당했다』고는 생각하지 않았다.

있을 수 없는 현상이었다. 무슨 일이 벌어져도 이상하지 않을 상황이라고 이해하고 있는 이상, 마땅히 그럴 가능성을 생각해야 하는데 자신은 처음부터 그 가능성을 제외하고 있었다.

왼손을 보았다.

가능성에 생각이 미쳐서 그곳을 마력으로 빛냈다.

"……!"

글자가 떠올랐다.

『주인』인 그녀와의 명확한 연결. 자신이 그녀의 권속이며 그녀의 영향을 받고 있다는 증거.

그것은 그녀가 『어딘가에 존재하고 있다』는 증거였다.

"포기할 필요 따위 없지……."

권속이 되어 다행이라고 진심으로 생각했다. 자신에게는 아직 매달릴 것이 있었다. 이 『증거』가 있는 동안, 라티나는 반드시 『어딘가』에 존재하고 있다.

"빼앗겼다면…… 되찾으면 돼."

햇빛이 크로이츠에 아침이 왔음을 알릴 무렵, 데일은 얼굴을 들고 중얼거렸다.

리타는 계단을 내려온 데일을 보고 목소리를 높였다.

"그런 차림으로 무슨 일이야."

검은 마수 코트 모습으로 여장을 갖춘 데일. 평소와 같은 데일의 모습이기는 했으나 이렇게 이른 시각부터 일 나간다는 말은 듣지 못했다.

리타 자신도 이 시각에 1층에 있는 일은 드물었다. 테오와 에마도 깨우기에는 아직 이른 이 시각, 살짝 여유를 즐기려고 두 아이를 두고서 방을 나온 것이었다.

"리타인가."

데일의 그 짧은 목소리를 듣고 리타는 등골이 서늘해짐을 느꼈다. 들은 적 없을 만큼 싸늘한 목소리였다.

그것은 『춤추는 범고양이』라는, 데일이 제 모습 그대로 있을 수 있는 장소에서 보인 적 없었던 그의 『업무 중』 모습이었다.

감정을 죽이고 주위를 위압한다. 평소와는 다른, 데일이 지닌 또 하나의 모습이었다.

"라티나가 사라졌어."

"뭐……?"

무슨 말이냐고 캐물을 수도 없었다. 지금의 데일은 기가 센 리타조차 제대로 목소리를 낼 수 없도록 했다.

"되찾겠어. 반드시!"

"……!"

무슨 일이 일어났는지 리타는 알 수 없었다. 그래도 얼렁뚱땅 넘어가거나 농담으로 치부할 수 없다는 것을 그녀는 이미 헤아리고 있었다. 목소리 톤도 표정도 평탄하지만 데일이 미칠 듯이 화가 난 상태라는 것이 오싹하게 전해졌다.

자신이 모르는 곳에서 무언가 돌이킬 수 없는 일이 일어나 버렸다. 그것만을 이해했다.

그렇기에 리타는 최대한 허세를 부리며 말했다.

"그럼 라티나랑 같이 돌아오도록 해."

"……!"

"기다려줄 테니까."

데일은 리타의 그 말에는 대답하지 않고 뒷문을 통해 밖으로 나갔다. 그리고 발밑으로 시선을 돌려 엎드린 짐승에게 말을 걸었다.

"빈트, 너도 갈래?"

질문을 받은 빈트는 몇 번 코를 움직였다가 다시 땅에 엎드렸다.

"라티나 기다린다. 집 지킨다."

"……그래."

짧게 대답한 데일은 더 이상 돌아보지도 않았다.

데일의 등이 보이지 않게 됨과 동시에 긴장이 풀려서 발에 힘을 주지 못하게 된 리타는 무너져 내렸다. 그것을 아슬아슬하게 받쳐 준 것은 남편의 든든한 팔이었다.

"케니스……."

"응."

"무슨…… 무슨 일이 일어난 거야? 라티나한테 무슨 일이 있었던 거야?"

"나도 몰라."

케니스의 팔에 힘이 들어갔다. 그러나 그는 리타보다도 강인한 심신을 가진『전사』였다. 불안에 두려워하며 발을 멈추는 것이 아니라 앞으로 나아가기를 택하는 남자였다.

"그렇기에 무슨 일이 벌어졌는지 알아내는 것부터 시작할 필요가 있겠지. 데일이 뭘 하려는 건지 알 필요가 있어."

"케니스……."

"우리가 할 수 있는 일은 적어. 하지만 아무것도 할 수 없는 건 아니야."

백금색 소녀가 사라지면서 평온하고 행복했던 나날이 끝났다는 것만이 현재 케니스와 리타가 유일하게 알 수 있는 사실이었다.

†

대륙의 동쪽 땅. 더 동쪽으로 가면 해양 제국(諸國)이 점재한 바다가 있는 대륙 끝자락에 그『탑』은 서 있었다. 교통의 요소도 아니고 군비의 거점도 아니었다. 왜 그곳에 그만한 건축물을 세울 필요가 있었는지 아는 자는 없었다. 태반은 숲속 나무들 속에 숨어 있으면서도 하늘을 향해 돌출된 뾰족한 꼭대기를, 멀리 떨어진 숲 입구에서도 확인할 수 있는 거대한 위용은 주변 지역에 사는 사람들에게 경외심을 주기 충분했다.

칙칙한 회갈색 돌로 쌓은 탑의 외관은 무미건조할 만큼 담백했다.

호기심에 탑 근처까지 갔던 자에 의하면 탑 주변은 생각보다 트인 공간이고, 무장한 병사가 탑 입구와 위층에서 주위를 늘 경계하고 있다고 한다. 들키지 않고 탑에 바싹 다가가는 것은 불가능했으며, 그런 위험을 무릅쓰면서까지 숲속에서 나갈 생각은 들지 않았다고 했다.

가장 가까운 마을의 장로가 어린아이였을 때부터 똑같은 모습으로 존재하고 있는『탑』이 무엇인지 정확히 아는 자는 아무도 없었다. 그래도 당연한 사실로서 이야기되는 내용이 있었다.

『탑』에 있는 것은 마왕이다.

『탑의 마왕』이라는 별칭을 가진 『다섯째 마왕』이 거기 자리하고 있다고.

구름 한 점 없는 푸른 하늘 아래, 회갈색 탑이 길고 짙은 그림자를 대지에 새기고 있었다.

연면히 반복해왔던 일상의 광경이 명백하게 비정상적으로 변화했음을 안 것은 불과 몇 시간 전이었다.

그것이 벌써 아득하게 먼 과거처럼 느껴졌다.

불과 몇 시간 만에 세계가 뒤집힌 것처럼 정경이 바뀌었다. 하늘의 빛깔도, 대지에 새겨지는 그림자의 모습도 똑같은데, 『그녀』의 눈에는 마치 모르는 풍경처럼 비쳤다.

무슨 일이 벌어졌는지 그녀는 알 수 없었다.

그녀는 수많은 세월을 지식 추구에 소비했다. 집념과도 닮은 그 탐욕스러운 욕망이 『열쇠』가 되어 그녀는 영원이라고도 부를 수 있는 시간을 손에 넣었다.

『마왕』은 쇠약해져 죽지 않는다.

마왕이 없어지는 때는 대적하는 존재인 용사의 간섭을 받았을 때뿐이었다.

마왕은 『마왕이 되고, 계속해서 마왕으로 있는 운명』에 보호받는다. 그 운명을 뒤엎을 수 있기에 용사는 대적하는 존재로 평가받는 것이었다.

『신』의 말석이 된다는 것은 그런 의미였다. 늙기는커녕 수명이라는 한계마저 초월했다. 온 세상 만물을 알려면 장수종이라고 불리는 자신의 본래 시간(수명)으로도 도저히 부족했다. 그녀는 지식을 추구한다는 자신의 소망을 위해 『마왕이라는 힘』을 기쁘게 얻었다.

그런 그녀는 지금 엉킬 것 같은 발을 필사적으로 움직이며 계단을 오르는 중이었다. 나선으로 뻗은 계단은 그녀의 거성인 『탑』의 벽을 따라 위쪽으로 이어져 있었다.

평소에는 서두르는 일이 없는 — 아무튼 시간은 유구히 가지고 있기에 서두를 필요 따위 없었다 — 그녀가 숨을 헐떡이며 계단을 뛰어오르는 것은 있을 수 없는 일이었다. 계단의 좌우 벽은 대량이라는 말로도 형용하기 부족할 만큼 방대한 서적이 꽂힌 책장으로 이루어져 있었다. 긴 세월에 걸쳐 수집한 컬렉션이기도 한 그것들에 시선조차 주지 않고 그저 위쪽으로 발을 놀렸다.

어째서 이렇게 되어버렸을까— 산소가 부족한 뇌 한구석에서 사고가 움직였다.

그녀의 일상은 오랫동안 평온했다.

의미가 없어서 세길 그만둘 정도의 시간이 지나 세계에 일곱 마왕이 모두 모였을 때, 그녀의 일상은 일그러지기 시작했다.

마력이 흘러나가는 감각을 느꼈다.

정확히는 『마력』이 아닐 것이다. 자신을 『마왕으로 정하고, 마왕으로 있기 위한』 힘. 그것이 물병 바닥에 뚫린 작은 구멍으로 물이 새는 것처럼 조금씩 흘러나가는 감각이었다.

무슨 일이 일어나고 있는지 깨달았을 때는 공포가 엄습했다.

이 『힘』이 전부 흘러나가면 자신은 아마 『마왕』으로 존재할 수 없게 된다.

―그것은 흡사 『수명』 같지 않은가.

유한한 시간에서 벗어나 자신의 소망을 위해 마왕이 되었는데 또다시 시간의 제약에 묶이는 것은 허용할 수 없는 일이었다.

그래서 그녀는 원인을 찾았다.

자신은 지식을 모으는 『마왕』이다. 얻지 못하는 지식 따위 있을 리가 없다. 그 마음 하나로 방대한 지식의 격류 속에서 자신이 원하는 정보를 취사선택했다.

그리고 찾아냈다. 『여덟째 마왕』 ― 섭리의 마왕이 세계에 전부 나타나는 것이 유일한 발생 조건인 여덟 번째 『옥좌』. 그것의 주인의 정보를.

『일곱 색깔 신들』은 세계의 균형을 관장하고 있다. 신들은 마왕의 힘이 너무 강해지는 것도 바라지 않았다. 대적하는 존재인 『용사』만으로는 마왕의 힘을 다 죽일 수 없을 때, 새로운 마왕의 제어 기구로서 『여덟째 마왕』을 보내는 것이다.

『여덟째 마왕』은 『마왕의 존재하는 힘』을 빼앗는다.

뭔가를 하지 않고 그저 있는 것만으로도 『마왕이 가진 생명의 시간』을 한정시킨다.

섭리의 마왕과 마찬가지로 『마왕』이라고 부를 수밖에 없는 존재면서도 한없이 이질적인 존재. 그것이 섭리 밖의 마왕이었다.

『여덟째 마왕』의 존재를 허락할 수는 없었다.

그래서 본래 한자리에 모이지 않는 모든 섭리의 마왕을 옥좌로 소집했다. 원래는 똑같은 목적을 가질 일이 없는 마왕이지만 공통된 해악이 상대라면 그것도 변화했다.

『신』이 자신들을 제거하기 위해 준비한 『여덟째 마왕』을 먼저 이 세계에서 제거하기 위해.

믿을 수 없을 만큼 발이 무거웠다. 그것이 단순한 육체적 부담인지 정신적인 문제인지까지는 판별할 수 없었다. 숨을 고르고자 계단을 오르는 속도를 늦췄다. 그래도 발을 멈출 수는 없었다. 멈추는 것은 너무나도 무서워서 불가능했다.

'내 권속들은…… 역할을 다했나?'

아래층에서 경비 역할을 하는 권속들을 생각했다. 불과 몇 시간 전, 자신에게 닥친 재난을 떠올리자 또다시 공포로 온몸이 떨렸다.

'**그건**…… 뭐였지…….'

무서웠다.

그녀에게 있어 『이해할 수 없는 것』만큼 무서운 건 없었다.

"「……! 힉……!」"

목에 걸린 굳은 비명을 지른 것은 자신의 호흡음 사이로 멀리서 울리는 발소리를 들었기 때문이었다.

일정한 리듬으로 울리는 발소리는 결코 걸음을 서두르는 것 같지는 않았다. 하지만 시시각각 다가오는 존재감에 공포가 공황으로 바뀌었다.

절대 적은 수가 아닌 권속들이 어떻게 되었는지 생각하고 싶지도 않았다.

자신은 『마왕』이지만 능력은 지식을 추구하는 것에 특화되어 있었다. 그녀 자신의 『전투 능력』은 전무했다. 그 대신 싸우는 것이 특기인 자들을 권속으로 거느리고 있었다. 『둘째 마왕』이나 『일곱째 마왕』 같은 전투 특화 마왕이 직접 찾아온다면 어렵겠지만, 다른 마왕의 『권속』보다 못하지는 않았다.

『탑』의 낮은층은 방어전을 소화할 수 있도록 성채 기능도 갖추어 두었다.

군 한 부대가 습격하더라도 함락되지는 않는다.

함락되지 않을 터였다.

'**저건** 뭐야?'

그 『가능성』은 그녀의 방대한 지식 안에서 이미 대답이 나와 있었다. 하지만 부정했다. 말도 안 된다. 그런 존재(생물)가 있을 리 없다.

자신의 지식을 스스로 부정하는 것이 어리석은 짓임은 자각하고 있어도, 호흡에 호응하듯 흐트러진 그녀의 마음은 그러길 바란다는 갈망을 대답으로 삼았다.

막대기처럼 감각이 사라져가는 다리를 달랠 여유도 없이 굴러 들어가듯 탑의 최상층에 도달했다.

여기까지 올라오는 일은 거의 없었다. 사용되지 않은 모습의 가구 몇 점이 어떻게든 방으로서 형식을 유지하고 있는 쓸쓸한 공간이었다. 종복이 청소하고 있기에 먼지가 날리지는 않았다.

"「하아……! 하아…….」"

휑한 공간의 중앙에서 주저앉고 싶다는 욕구를 억누르고 흐트러진 숨을 필사적으로 골랐다. 이렇게 궁지에 몰린 심정이 되는 것조차 이해하기 어려웠다.

문을 막는 식의 쓸데없는 행위는 하지 않았다. 장애물을 쌓더라도 마법으로 한순간에 없어질 것이다. 시간 벌이도 안 되는 행동에 수고를 들이는 것은 의미가 없었다.

"「어둠이 관장하는 것이여, 고요한 안녕을 지키는 것이여, 암흑이여, 내 이름하에 나의 적을 치는 힘이 되어 나를 따르라.」"

말을 거듭하며 시간이 허락하는 한 마력을 최대한으로 가다듬었다. 자신이 할 수 있는 최대한의 저항이었다. 권속들을 상대하며 다쳤다면 물리칠 수도 있을 것이다. 전투에 서툰 자신이라도 상대가 어디서 올지 알 수 있는 이곳이라면 실수 없이 해낼 수 있을 터.

"「별을 결박하는 힘을…….」"

그녀의 계획은 싱겁게 뒤엎어졌다.

"「……헉.」"

숨을 삼켰다.

무슨 일이 벌어졌는지 이해할 수 없었다. 눈 깜짝할 사이에 차갑게 빛나는 칼날이 자신의 목에 들이대져 있었다.

'일부러…….'

뒤늦게 깨달았다. 크게 발소리를 내서 추격자의 존재를 과시한 것은 자신을 위압하기 위해서가 아니었다. 거리를 오인시켜 정확한 간격을 알지 못하게 하는 것이 목적이었다.

자신과 달리 보기에도 강인한 체구를 지닌 눈앞의 존재가 계단을 오르는 도중에 자신을 따라잡는 것쯤은 간단한 일이었다.

자신이 움직임을 멈춘 장소가 종점임을 헤아리는 것 따위 상대에게는 손쉬웠으리라. 거기서 단숨에 속도를 높이기만 하면 쉽사리 자신을 제압할 수 있었다.

뒤늦게 깨달아도 전부 소용없는 일이었다.

불과 몇 시간 전까지 있었던 그녀의 평안한 일상을 사상누각처럼 헛된 것으로 뒤집어엎은 단 한 사람의 침입자가 쥔 칼날을 앞에 두고 그녀는 꼴깍 침을 삼켰다.

필사적으로 뇌를 가동했다.

칼끝은 살짝살짝 목을 스치지만 그 이상 파고들지 않았다.

아무래도 상대의 목적은 곧장 자신을 죽이는 것이 아니라, 이 탑의 마왕인 『다섯째(자신) 마왕』에게 용건이 있는 모양이었다.

그렇게 판단을 내리고 그녀는 아주 조금 침착함을 되찾아서 눈앞의 침입자를 관찰했다.

검은 가죽 코트 차림의 젊은 인간족 남자였다. 까만 눈동자에서 감정의 흔들림은 느껴지지 않았고, 지독히도 고요하게 싸늘한 빛을 내고 있었다.

'……인간족, 이라면.'

조건을 만족한다고 그녀는 생각했다. 마왕을 낳는 일족인 마인족 이외의 인족이라면 『용사』의 발생 조건을 충족시킨다.

마왕인 자신에게 닿는 칼날을 쥔 존재는 대적하는 존재인 『용사』 말고는 **있을 수 없었다**.

거기서 그녀는 자신이 지금 이렇게 궁지에 빠진 이유를 생각했다. 『마왕』이라는 존재를 경외하기에 인간족 사이에서 잘못된 낭설이 통용되고 있다는 것도 알고 있었다.

자신은 인간족 나라에 해를 끼친 기억이 없다.

다른 마왕 ―『재앙의 마왕』― 과 혼동한 것은 아닐까. 『마왕』이라고 해서 모두가 인간족과 적대하고 있지는 않음을 전해야 했다.

우선은 이 궁지를 극복해야 했다.

인간족의 언어 중에 이 탑이 있는 지역에서 주로 쓰이는 동방제국어를 골라 목소리를 냈다.

"원하는 게, 뭐지?"

"……동방어인가."

남자는 똑같은 울림의 말로 낮게 중얼거리더니 아주 조금 칼을 뒤로 뺐다. 이제 말하다가 목이 찢어질 걱정은 없어졌다. 하지만 남자는 칼을 거둘 생각은 없어 보였다. 지금도 자신이 조금만 그의 뜻에 맞지 않는 행동을 한다면 간단히 목숨을 빼앗겠다는 듯 차가운 눈으로 응시하고 있었다.

자세히 보니 칼날은 피와 기름으로 흐려져 있었다. 검은색 코트라서 판별하기 어렵지만, 코트에서 바닥으로 떨어져 만들어진 웅덩이를 보면 상당한 양의 피를 뒤집어썼을 것이다.

극도의 긴장으로 마비되었던 후각이 시각에 반응하여 피 냄새를 맡았다.

제 권속들의 말로를 깨달았어도 분노나 증오는 더욱 강한 공포로 인해 박멸되었다.

『마왕』을 해할 수 있는 것은 마왕과 용사 외에 존재하지 않는다.

그녀는 마왕이 된 뒤 처음으로 『생명의 위기』라는 것을 절실히 느끼고 있었다. 『여덟째 마왕』에 대한 공포와는 비교가 안 되었다. 언젠가 올 미래에 대한 불안과, 바로 앞에 다가온 죽음 그 자체의 상징을 비교할 수는 없었다.

지금은 어떻게든 살아남는 것인 최우선 사항이었다.

그러려면 눈앞의 『용사』를 어떻게든 설득해야 했다. 그가 바라는 모든 것을 서슴없이 내줄 수 있었다. 지식을 관장하는 마왕인 자신이 주로 내줄 수 있는 것은 『정보』였다.

그렇게 생각을 이어가는 그녀의 머릿속에서 눈앞의 용사를 때려눕히고 살아남는다는 선택지는 일찌감치 제외되어 있었다.

대적하는 존재라고 불리기는 하지만 『용사』라고 무조건 『마왕』을 죽일 수 있지는 않았다. 용사가 가진 힘은 어디까지나 『마왕을 지키는 운명』이라는 힘을 없애는 것뿐이었다. 그다음에는 순전히 서로의 능력으로 자웅을 겨루게 된다.

『다섯째 마왕』인 그녀는 눈앞의 남자를 타도할 만한 힘이 자신에게 없음을 십이분 이해하고 있었다. 자신보다 전투 능력이 뛰어난 권속들을 쓰러뜨리고 무력화하여 이 탑에 침입했음에도 불구하고 상처 하나 없는 이 『괴물』에게 저항할 방도 따위 없었다.

죽어버리면 지식 추구라는 자신의 소원은 전부 끊어진다.

권속을 잃은 것은 뼈아프지만 차차 늘려가면 된다.

"나는 『다섯째 마왕』…… 인간족 용사가 무슨 용건이지?"

남자는 말없이 자신의 왼팔을 입가로 가져갔다. 시선도 칼끝도 그녀에게서 조금도 움직이지 않고, 팔을 감싼 비갑의 고정쇠 몇 개를 입으로 풀어갔다.

남자의 행동 이유를 이해하지 못한 채 숨을 죽이는 그녀 앞에서 남자는 왼손의 장갑을 벗었다.

"……힉!"

남자의 손등을 보고 『다섯째 마왕』은 숨을 삼켰다.

그것은 아까 그녀가 『가능성』으로 생각했다가 있을 수 없다며 제외한 존재라는 증명이었다.

"말도 안 돼…… 그럴 수가, 그럴 수는……."

『마왕의 권속』인 『용사』가 있다니 말도 안 되는 일이었다. 용사의 본질은 신이 정한 것이다. 『마왕을 약화시킨다』는 본래 섭리에서 벗어나면 신의 가호도 잃는다. 그런 존재가 있을 수 있을 리가 없다.

『가능성』으로는 떠올랐었다.

마족으로서 강대한 힘을 받은 자신의 권속을 압도한 존재. 어떤 영걸이든 무술의 달인이든, 간단히 할 수 있는 일이 아니었다. 그렇다면 자신의 권속보다도 큰 힘을 부여받은 『마족』의 행동이라고도 생각할 수 있었다.

하지만 그것과 용사는 양립하지 않는 개념이었다.

그래서 가능성을 제외하고 존재를 이해할 수 없다며 혼란에 빠졌다.

거기서 그녀는 알아차리고 말았다.

마왕이더라도 『용사』와 상반하지 않는 유일한 존재를—.

핏기가 가셨다.

그 사실은 자신의 상황을 결코 호전시키지 못했다.

"여…… 여덟째 마왕의, 권속……인가?"

"왜 그렇게 생각하지."

남자의 목소리에서는 의문을 허락하지 않는 차가운 거절 의지가 느껴졌다. 그렇기에 그녀는 질문의 대답만을 짜냈다. 아마 이것이 남자의 목적일 것이다. 남자가 원하는 질문에 응하는 것만이 지금 자신의 목숨을 조금이라도 연명시키는 수단이었다.

"『용사』를 권속으로 삼을 수 있는 존재는 『여덟째 마왕』뿐이기 때문이야."

"……『여덟째 마왕』이란 건 뭐지."

남자의 질문에 의문을 느끼면서도 그녀는 목소리를 떨며 대답을 이었다. 권속이면서 자신의 주인이 어떤 존재인지 모를 수도 있는 것일까.

"『여덟째 마왕』이란 신이 마왕의 힘을 약화시키기 위해 만든 옥좌의 주인…… 영원을 약속받은 마왕의 시간을 유한하게 하는…… 마왕을 삼키는 존재네.”

그녀의 대답을 듣고서 남자는 살짝 표정을 풀었다. 미소라고 불리는 표정으로 바뀌었음에도 그녀는 자신의 체온이 몇 도 내려가는 착각을 느꼈다.

그리고 남자는 재차 질문을 입에 담았다.

“……나의 『주인』을 뺏은 건 너인가?”

“힉……!”

습격은 오해도 착각도 아니었다.

정당한 이유에 의거한 복수였다.

그 순간 그녀는 남자를 설득하는 것이 불가능함을 이해하고 말았다.

『여덟째 마왕』은 봉인되어 외계에 간섭할 수 없게 되었을 터였다. 그렇다면 이 남자, 『여덟째 마왕의 권속』은 지배당해서 주인을 위해 움직이고 있는 것이 아니었다. 자주적인 판단이었다. 어디에서 그 충성심이 나오는지도 알 수 없는 상황에 그것을 뒤엎는 것은 불가능했다.

“나뿐만이 아니야……!”

순간적으로 나온 것은 그런 말이었다.

“『여덟째 마왕』을 봉인한 건 마왕 전체의 뜻……! 나 혼자 한 일이 아니야! 나 혼자만의 힘으로 봉인한 게 아니야!"

자신에게 부과된 책임을 전가하기 위한 말을 거듭했다. 이 남자의 증오가 다른 마왕에게 향하든 말든 알 바 아니었다.

그저 눈앞의 무서운 존재로부터 도망치고 싶었다.

"뭐지? 너는 뭐지……?! 『여덟째 마왕』은 몇 명의 권속을 만들어낸 거지……?!"

"……안심하도록 해 ……나는 내 『주인』의 유일한 권속이야."

남자의 음성에는 놀리는 기색이 담겨 있었지만, 그녀는 그것을 알아차리지 못한 채 말의 내용을 이해하고 진실로 절망했다.

"맙소사……."

『여덟째 마왕』은 무슨 『괴물』을 만들어낸 것인가. 『여덟째 마왕』이 무슨 생각을 했는지 전혀 이해할 수 없었다.

고분고분하게 자신의 멸망을 받아들이는 모습을 보이면서 이와 같은 권속을 준비해둔 의미를 전혀 이해할 수 없었다.

마왕이 권속을 만들어내기 위한 힘은 한정되어 있다.

제한 없이 권속을 만들 수는 없었다.

그 힘을 다 쓴 후에 회복하려면 엄청난 시간이 필요했다. 『마왕』이라고 해도 자신의 권속인 『마족』을 일회용 도구로 쓰는 것은 위험성이 컸다.

많은 힘을 주면 더욱 강대한 힘을 지닌 마족이 되지만 복종시킬 수 있는 총 개체 수가 적어진다. 많은 마족을 거느리면 개개의 능력은 낮아진다.

물론 모든 권속에게 똑같은 힘을 줘야 하는 것은 아니었다. 그 배분도 마왕의 개성이었다.

그 권속을 만들어내는 모든 힘을 오직 한 사람에게.

그렇다면 전부 납득이 되었다. 전투 능력이 뛰어난 자신의 권속을 압도한 힘도. 마왕인 자신을 이토록 위압하는 존재감도.

"아…… 아……."

실수했다. 자신들은 실수한 것이다.

『목숨이 아까웠다』면 『여덟째 마왕』을 제거하려고 움직여서는 안 됐다. 『여덟째 마왕』에게서 멀리 떨어졌어야 했다. 결코 건드려서는 안 됐다.

자신들의 천적은 『여덟째 마왕』이 아니었다. —이 남자다.

솟아오른 공포가 반사적으로 몸을 움직였다. 뽑혀 있는 칼날의 존재도 잊고서 창가로 달려갔다. 마왕이라고 해도 날개가 없는 이상, 높은 하늘과 연결된 창문은 탈출구가 되지 못했다. 그래도 눈앞의 무서운 존재에 비하면 훨씬 안심되었다.

무딘 은빛으로 시선이 빨려 들어갔다.

도망쳐야 한다는 의식을 배반하고 몸은 굳어서 움직이지 않게 되었다. 남자가 발하는 패기에 삼켜졌음을 이해했을 때, 그녀는 남자가 치켜든 칼을 현실이 아닌 것처럼 올려다보고 있었다.

검은 코트를 입은 남자가 내리친 칼이 반짝이는 것을 지독히 느릿하게 느껴지는 찰나 동안 바라보면서, 『다섯째 마왕』은 자신의 오랜 삶을, 자신의 가장 큰 실책의 미래를 생각하며 매듭지었다.

『탑』을 나오자 차가운 바람이 뺨을 어루만졌다. 고국에서는 여름이 오는 것을 느꼈었는데 계절이 다른 이 토지에는 아직 봄도 오지 않았다.

회갈색 탑이 만드는 그림자는 탑 안으로 들어갔을 때보다 살짝 더 기울어진 모습이었다.

원래대로라면 그 그림자 말고는 아무것도 없을 터인 탑 주변에 여러 시체가 흩어져 있었다. 바람이 나른 피비린내에 눈썹을 찌푸리지도 않고 남자는 탑 입구에서 발을 멈췄다.

그가 바라보는 광경 속에 거대한 회색 짐승이 있었다. 포개진 시체에 코끝을 향하여 꼼꼼히 생사를 확인하며 돌아다니던 짐승은 그의 기척을 느끼고 시선을 돌렸다.

"어땠지?"

짐승은 매끄럽게 서방대륙어(사람의 말)를 자아냈다.

"역시 예상대로였어."

남자는 짐승이 꺼낸 질문에 짧게 대답했다.

"라티나를 빼앗은 건 마왕**들**. ……내 적은 모든 마왕이야."

남자, 데일의 말을 듣고 짐승 — 천상랑이라는 종족을 이끌**었던** 『그』 — 은 낮게 목을 울렸다. 이 처참한 광경 속에서 나왔다고는 생각할 수 없는, 소리 죽인 웃음과도 닮은 그 목소리에 데일은 의아해하며 눈썹을 올렸다.

"잘된 것 아닌가."

빈트의 아빠 늑대이며, 하겔이라고 가명을 부르도록 허락한 천상랑은 데일에게 낮은 목소리로 말했다.

"미워해야 할 상대가, 우리의 적이 명백해졌다."

"……그러네."

하겔은 데일 옆으로 다가오더니 날개를 펼치며 몸을 쭉 뻗었다.

"『마왕』이 상대인가. 부족함 없군. 목숨을 걸 만한 싸움의 상대로서는 재미있겠어."

"……어울려주는 건가?"

거의 표정이 움직이지 않던 데일이 하겔의 말을 듣고 놀람을 겉으로 드러냈다. 하겔은 다시 웃는 것처럼 목을 울렸다.

"나의 무리는 다음 대에게 물려주고 왔다. 일생에 한 번쯤은 자신의 힘을, 어떤 굴레도 없는 곳에서 시험해보는 것도 재밌겠지."

『그』는 할머니의 『친구』다. 어쩌면 할머니 대신 자신의 앞날을 지켜볼 생각일지도 모른다.

데일은 그런 생각도 했지만, 무슨 말을 해도 멋없이 들릴 것 같아서 그저 성의만을 입에 담았다.

"……고맙군."

흩어진 시체를 탑 1층에 던져 넣었다. 탑의 낮은 층은 도륙된 시체와 파쇄된 잔해로 지옥도 같은 양상을 보이고 있었으나, 그 광경을 만들어낸 장본인은 표정 하나 바꾸지 않았다.

데일이 탑 밖으로 나오자 하겔은 데일의 요구에 따라 불 마법을 쏘았다. 거기에 추가로 바람 마법을 이용하여 탑 내부에 신선한 산소를 공급했다. 탑은 눈 깜짝할 사이에 불길에 휩싸여 붉게 빛나는 기둥으로 변했다.

내부에 보관되어 있던 대량의 장서 중에는 잃는 것조차 세계의 손실이라고 불릴 만한 희소한 물건도 있었으리라. 하지만 그런 것은 알 바 아니었다.

전부 태워버리고 싶다는 충동을 참을 필요성을 찾아낼 수 없었다.

정의, 같은 게 아니었다.

모든 것은 자신의 마음을 위해—.

"반드시 되찾을 테니까……."

그녀가 거기 없음을 이해하고 있어도, 타오르는 탑의 불길이 하늘로 향하는 것을 올려다본 데일은 푸른 하늘로 중얼거림을 흘렸다.

†

그 후 크로이츠를 나선 데일은 먼저 고향으로 향했다.

예전에 라티나와 함께 여행했던 가도 루트가 아니라 험한 산맥지대를 헤치고 들어갔다. 『땅 속성 마법』으로 방향을 확인하면 불가능한 일은 아니었지만, 길도 없는 험한 곳에 단신으로 뛰어드는 것은 원래 자살행위였다.

그런데도 할 수 있다고 확신한 것은 라티나가 준 『권속』의 힘이 있기 때문이었다.

체력과 근력, 마력 같은 자신의 기초 능력에 지금껏 없었던 여유가 존재했다. 수면이나 식사의 필요성이 최소한으로 처리되는 지금 자신이라면 이 험한 길조차 쉬지 않고 답파할 수 있었다.

그것은 동시에 최소한의 가벼운 장비로 이동할 수 있다는 말이기도 했다.

승산 없는 일은 하지 않는다. 무모하지 않기에 최선을 택했다.

정규 루트로 가면 몇 주는 걸리는 거리를 며칠 만에 답파한 데일은 조용히 고향 집에 방문을 고했다. 사전 연락도 없이 급하게 모습을 나타낸 데일을 보고 부모님은 깜짝 놀랐지만, 그것보다도 감정을 잃은 듯 어두운 데일의 모습에서 이상을 감지했다. 깊이 캐묻지도 않고 저택 안쪽으로 들여보내 준 것은 데일에게도 고마운 일이었다.

어머니는 아들의 모습을 보고 자리를 비켰다. 할머니의 방에서 조모와 아버지만이 데일과 면담했다.

데일은 여장조차 풀지 않고 담담히 상황을 이야기했다.

"라티나가, 사라졌어."

아직 자세한 상황은 아무것도 몰랐다. 그렇기에 그 상황도 숨김없이 솔직하게 알렸다.

"라티나는 자격을 얻어서…… 『마왕』이 됐다고 말했어. 내 『가호』

로도 간파했고. 지금 라티나는『마왕』이야.”

웬만한 일에는 동요하지 않는 할머니도 데일의 그 고백에는 역시 살짝 놀란 얼굴을 했다.

“하지만…… 동시에 라티나는 라티나야. 아무것도 바뀌지 않아…… 나의 소중한, 라티나야.”

그 말을 고했을 때, 유일하게 데일의 목소리에 강한 감정이 스쳤다.

할머니와 아버지는 미미하게 서로 시선을 주고받았다.

가장 사랑하는 사람을 갑자기 빼앗겨 피를 토하는 통곡의 울림이 확실히 거기에 담겨 있었다. 데일 본인도 눈치채지 못한 것 같은 그 감정의 울림은 잃어버린 존재의 크기를 분명하게 나타냈다.

“무슨 일이 일어났는지 자세히는 몰라. 다만『마왕』의 간섭이라는 것만큼은 확실해. 그렇기에 그걸 확인하러 가겠어.”

무언가 말하고 싶다는 얼굴인 아버지 랜돌프에 비해, 할머니 벤델가르드는 평소와 다름없는 모습으로 곰방대를 피웠다.

그러다 곰방대 끝을 손자에게 홱 돌리고서 벤델가르드가 물었다.

“너는 그래서 내게 뭘 원하지?”

“『마왕』과 맞붙는 건 내 역할이야. 하지만 나 혼자서는 원하는 정보를 모을 수 없어.『티스로우』의 **그 힘**을 빌려줬으면 해.”

“그렇군…….”

『티스로우』는 일족을 중시하는 성질상, 조상이 같은 동족끼리 강하게 결속되어 있었다. 일족을 나가서도 일족을 위해 일하는『레키』역할을 짊어진 자들. 그리고 조상이 같은 타국의『티스로우』.

그것들은 『초록의 신』의 신전과는 다른 거대한 정보 네트워크였다.

고향 사람들이 우수한 전사이며 마법사라는 것은 데일도 아주 잘 알고 있었다. 하지만 고향 사람들에게 『마왕』과 직접 싸우는 병사가 되어달라고 할 생각은 없었다. 하지만 전 세계에 흩어진 마왕과 일을 치르겠다고 결정했을 때, 일족이 가진 독자적인 정보망과 협력자의 유무로 상황이 크게 바뀐다는 것도 이해했다.

에르디슈테트 공작과의 계약 관계 조정에도 할머니의 협력은 필요 불가결했다.

협력을 얻지 못하고 할머니의 승낙을 얻지 못하더라도 자신의 의사가 바뀔 일은 없지만, 하나의 마침표로서 데일은 일족에게 보고하는 것을 최우선으로 했다.

그런 데일을 향해 벤델가르드는 히죽 웃었다.

"좋을 대로 하거라."

조용한 목소리로, 정말 별일 아니라는 것처럼 할머니는 말했다.

"걱정할 것 없어. 귀찮은 일은 내게 맡기면 돼."

벤델가르드의 그 모습에 복잡한 표정을 짓고 있던 랜돌프도 각오한 얼굴로 바뀌었다.

"**그 아가씨**는 이미 우리 『일족』의 일원이야. 손댄 걸 후회하게 해줘야지."

탁 쳐서 울린 곰방대 소리를 듣고 할머니가 결코 화나지 않은 게 아님을 알아차릴 수 있었던 것은 역시 가족이기 때문이리라.

"상대가 마왕이든 뭐든 간에 그런 건 상관없어."

불량하게 웃는 할머니의 모습이 확실하게 데일의 등을 밀어주는 것 같았다.

"벌써 가려고?"

다기조차 건드리지 않고 데일이 일어서자 지금껏 말없이 앉아 있던 랜돌프가 걱정스럽다는 목소리로 말을 걸었다.

"……만나두고 싶은 상대가 『한 명』 있어. 그 후에 한 번 돌아올게."

"그런가. 너랑 연락할 방법도 생각해야 해. 반드시 한 번 돌아와."

"어."

그대로 일어나 방을 나간 데일의 등이 사라지는 것을 지켜보고 랜돌프는 숨을 내쉬며 괴로운 심경을 토해냈다.

"……저 녀석이 저 녀석답게 살기 위해…… 그 아가씨는…… 역시 커다란 존재였구나."

"시시한 말 하면서 꾸물거리지 말고 재까닥 할 일을 해."

벤델가르드는 길게 연기를 내뿜고서 아들(랜돌프)을 날카롭게 쳐다보았다.

"그 녀석은 아직 포기하지 않았어. 그 아가씨가 돌아올 수 있도록 애쓰는 것 정도는 아무것도 아니지."

젊었을 적 영걸(英傑)이라고 불렸던 모친의 확고한 존재감에, 아직 그 영역까지 도달하지 못한 아들은 등을 곧게 폈다.

"그 아가씨의 신부 모습을 봐야 나도 마음 편히 죽을 수 있으니 말이야."

그때는 『원래 자신』을 되찾은 손자가 옆에 있을 것이다.

자신들의 소박한 행복을 빼앗은 원수(마왕)들은 큰 대가를 확실하게 치러야 하리라. 벤델가르드는 예리한 빛을 눈동자에 담고서 거기에는 없는『적』을 주시했다.

저택을 나온 데일은 산속으로 들어갔다. 라티나가 이 땅에 왔을 때 여러 번 함께 걸었던 덤불길을 나아갔다. 돌아보면 어릴 적 그녀가 좌우로 묶어 올린 머리를 흔들고 있을 것 같았다. 하지만 결코 뒤돌아보지 않았다.

숲속의 작게 트인 공간에서 기억을 더듬어 더욱 안쪽으로 나아갔다.

그곳에는 취락이 있었다. 마을이라고 하기는 어렵지만 지혜 있는 생물이 집단으로 사는, 규칙성이 느껴지는 장소였다.

데일을 에워싸며 내는 으르렁 소리는 분명하게 경계심을 나타냈다.

검을 잡아서 적대심을 보일 수는 없다는 생각에 데일은 자신을 에워싼 짐승들을 그대로 바라보았다. 여차하면 전부 때려눕힐 뿐이라며, 주눅 드는 일 없이 고요히 자신을 향한 적의를 받아들였다.

이곳은『천상랑』의 취락이었다.

건축물은 존재하지 않았다.『주황의 신』의 은총으로 깊고 풍족한 숲을 품은 이 땅에서도 한층 눈길을 끄는 아름다운 거목 아래 구축된 장소였다.

하늘 높이 우뚝 솟아 여유롭게 잎을 펼친 거목은 굵은 가지 위 여기저기에 천상랑들의 거처를 안고 있었다. 짙게 우거진 초록빛 이파리는 그들에게 있어 비바람을 피하고 강한 햇살을 막는 지붕 역할을 했다.

자신들의 거처를 지키고자 침입자를 향해 으르렁거리는 천상랑 몇 마리 사이에서 칠흑색 털을 가진 한 개체가 앞으로 나왔다. 성체 천상랑이기는 하지만 체구가 살짝 호리호리했다. 그것을 보고 데일은 이 개체가 『그녀』이지 않을까 하는 인상을 받았다.

검은 늑대가 주위에 힐끗 시선을 주자 체격으로는 더 우위인 천상랑들이 으르렁거리는 것을 멈추고 『그녀』를 위해 자리를 비켰다.

데일 옆으로 걸어온 『그녀』는 코를 킁킁 움직이더니 이해했다는 듯이 고개를 끄덕였다.

"사람, 말, 서툴다. 나, 말, 통한다?"

"……그래."

검은 늑대가 발화한 살짝 높은 음성은 여성의 목소리와 닮아 있었다.

"나, 아이, 냄새난다."

"……빈트인가."

이 암컷 늑대는 빈트의 엄마인 듯했다. 데일 곁에서 제 자식의 냄새를 맡고 주위 천상랑들을 제지해준 모양이었다.

빈트보다도 짙은 다갈색 눈동자가 데일을 똑바로 보았다.

"우리 아이, 항상 폐 끼치고 있습니다."

그 부분만 묘하게 말이 능숙했다.

"용건?"

"맞아. 얘기를 들어주면 고맙겠어."

"알겠다, 온다."

검은 늑대는 빙글 돌더니 데일을 선도하여 걷기 시작했다. 다른 천상랑들은 『그녀』를 가로막지 않고 길을 열었다. 『우두머리』의 반려라면 무리 내부에서의 서열도 높겠다고, 데일은 주위의 반응을 보고 생각했다.

검은 늑대는 거목 밑동까지 데일을 이끌고 걸어갔다.

거목을 지탱하는 두꺼운 뿌리에 휘감기는 착각이 드는 그 반원 공간에 햇살이 한 줄기 쏟아지고 있었다. 부드러운 하초가 무성한 그곳은 자연스럽게 생긴 융단처럼 아늑하다며 어릴 적 그녀가 미소 짓던 것이 생각났다.

그곳에 이 취락의 『우두머리』인 회색 천상랑이 있었다.

『그』는 데일을 보고 불만스러운 목소리로 작게 으르렁거렸다.

"우리의 이 땅은 그대들 사람의 간섭을 받지 않는 약정의 땅. 불가침이야말로 맹약이었을 텐데."

"내게 잘못이 있음은 알고 있어. 나 혼자 저지른 일이야. 맹약을 휴지 조각으로 만들려는 의사는 일족에게 없어."

데일의 대답에 『그』는 관심 없다는 듯이 꼬리를 한 번 탁 움직였다. 그 옆에서 검은 늑대가 편한 자세로 엎드렸다.

"그렇다면 무슨 용건인가."

"……라티나를, 빼앗겼어."

움찔, 『그』의 귀가 크게 움직였다.

"라티나는 『마왕』의 자격을 얻은 상태였어. 그런 그녀를 해할 수 있는 상대는 한정되어 있어. 그녀를 앗아간 건 아마도 다른 마왕이야."

"아이가……."

낮게 짜내진 『그』의 음성을 듣고, 그녀는 정말로 많은 이들에게 사랑받고 있었음을 재확인했다.

"아직 무슨 일이 일어난 건지 정확히는 몰라. 그렇기에 나는 전 세계를 뛰어다녀서라도 무슨 일이 벌어졌는지 알아낼 생각이야."

거기서 데일은 『그』를 응시했다.

"라티나에게 일어난 일을 알기 위해, 라티나를 되찾기 위해…… 내게 힘을 빌려줬으면 좋겠어. 하늘을 달리는 날개를 빌려줬으면 좋겠어."

국가의 관리하에 있는 비룡을 개인적인 용건으로 움직일 수는 없었다. 데일이 라티나를 찾고자 전 세계를 돌아다니겠다고 각오했을 때, 천상랑의 협력을 얻을 수 없을까 생각했던 것은 『하늘』의 종족 특성을 지닌 그들의 높은 이동 능력 때문이었다.

예전에 라티나는 빈트를 타고서 크로이츠와 왕도 아오스브리크를 이동했다. 그녀만큼 마법 제어 기술이 뛰어나지 않은 데일이 완전히 똑같은 수단을 쓸 수는 없었다.

하지만 성체 천상랑이라면 이야기는 달라진다.

어렵다는 것은 이해하고 있었다. 『중앙』 마법 적성이 없는 자신은 마수를 사역할 수 없다. 그런 자신에게 가능성이 있다면 라티나와 깊은 연이 있는 이 땅의 천상랑뿐이었다.

"거절하겠다고 하면 어쩔 셈인가?"

"아무리 많은 시간이 걸리더라도 완수할 뿐이야."

데일이 막힘없이 대답하자 『그』는 빈트와 많이 닮은 움직임으로 꼬리를 흔들었다.

옆에서 기다리고 있던 검은 늑대가 그런 『그』를 보고서 『그』의 목 근처에 머리를 문질렀다. 그것은 빈트가 라티나에게 응석 부릴 때의 동작과 닮아 있었다. 『그』는 검은 늑대를 보고 난처한 듯이 목 안쪽을 울렸다.

검은 늑대는 짧게 목소리를 냈다.

"괜찮아."

"괜찮은가?"

"괜찮아."

검은 늑대가 말을 되풀이하자 『그』는 얼굴을 들었다.

"잠시 시간이 필요하다. 그대에게 해가 되는 일은 없을 것이다."

"……알겠어. 다시 오지."

대답하고 발길을 돌린 데일은 티스로우로 돌아가고자 수풀을 헤치고 들어갔다.

며칠 후, 여행 준비를 마친 데일 옆에는 빈트의 아빠인 하겔의 모습이 있었다. 『그』가 동행을 해준 것은 데일에게도 솔직히 예상 밖이었다.

하겔은 무리의 우두머리 역할을 다음 서열에게 양도하고 데일의 날개 역할을 맡아주었다.

벤 할멈의 친구이며 라티나를 깊이 생각해주는 『그』 외에, 데일의 이런 어처구니없는 행동에 어울려줄 존재는 없었을 것이다.

빈트와는 달리 강인한 거구를 가진 하겔은 데일을 등에 태워도 부담스러워하지 않았다. 큰 날개를 펼치고 안정된 속도로 하늘을 달렸다.

하겔의 등은 비룡처럼 안장이 없기도 해서 탑승감 자체는 쾌적하다고 하기 어려웠다. 비행이라기보다 『달린다』는 말이 어울리는 방식으로 나는 천상랑은 말보다도 훨씬 격렬하게 흔들렸다.

하지만 마법에 뛰어난 환수 중에서도 우두머리 지위에 있었을 만큼 강력한 개체인 하겔은 『바람』 마법으로 데일의 몸을 지키면서 하늘을 달렸다. 힘찬 달리기가 만들어낸 강한 풍압에 노출되는 일 없이 목적하는 방향으로 갈 수 있었다.

여러 나라를 넘어간 곳에 존재하는 『다섯째 마왕』의 탑으로 데일이 아무런 어려움도 없이 단기간에 향할 수 있었던 것은 하겔의 조력이 있기에 비로소 가능했던 일이었다.

†

『다섯째 마왕』을 토벌한 뒤에 그들이 향한 곳은 본 적도 없을 만큼 광대한 초원, 메마른 바람이 부는 토지였다. 푸른 풀의 냄새는 데일이 아는 어느 토지의 것과도 달랐다.

지평선 저편까지 노란빛이 도는 연두색으로 덮여 있었다. 희미하게 보일 정도로 먼 땅에 있는 산맥은 그의 고향처럼 깊은 녹색이 아니라 암반을 드러낸 모습이었다.

작은 일에도 회색 눈을 빛냈던 그녀가 옆에 있었다면 처음 보는 이 풍경을 앞에 두고 어떤 얼굴을 했을까.

무심코 움켜쥔 왼팔에서 비갑이 작은 금속음을 냈다.

한동안 가만히 서 있던 데일은 이윽고 목적을 떠올려 걷기 시작했다.

아무런 차폐물도 없는 초원에서 느릿하게 움직이는 집단이 멀찍이 있었다. 데일은 그 인영을 향해 조용히 발걸음을 옮겼다. 바람 소리 말고는 한 사람과 한 마리가 풀을 밟는 소리만이 귓가에 닿았다.

"『다섯째 마왕』처럼 기습하지 않는 건가."

하겔이 이상하다는 목소리로 말을 걸었다.

지금 데일이 접근하는 집단은 하늘을 날면서도 확인할 수 있었다. 하늘 위에서 마법으로 선제공격하거나 갑자기 달려드는 일도 가능했을 터였다. 그런데 데일은 일부러 거리를 두고 지상에 내려서 접근한다는 수고스러운 방법을 택했다.

하겔은 데일의 행동 이유를 이해할 수 없었다.

"논리적인 방법은 아니지…… 하지만 나한테도 경의를 표할 만한 이유가 있는 상대란 게 있어."

한 덩어리로 뭉쳐 있던 집단의 그림자는 다가갈수록 개개인을 식별할 수 있게 되어갔다. 남녀노소가 뒤섞인 집단이었다. 마수 가죽을 무두질해 만든 조끼와, 허리에 감은 폭이 넓은 띠가 특징적이었다. 라반드국과는 크게 다른 문화를 가지고 있다는 것이 느껴졌다.

여행자의 모습은 아니었다. 비유하자면 그것은 『마을』 그 자체의 이동이었다. 생활과 관련된 일체를 실은 짐수레와 가축이 줄지어서 천천히 나아가고 있었다.

그 집단과 가까워질수록 거리감은 반대로 이상해져 갔다.

거기 있는 자들은 전부 거구였다. 올려다봐야 할 정도로 장신이었고 그에 걸맞게 신체도 두꺼웠다.

거대한 짐승을 거느리고 걸어오는 데일의 모습을 저쪽에서도 알아차린 모양이었다. 집단은 이동을 멈추고 자신들의 진행 방향을 가로막은 데일에게 미심쩍은 시선을 보냈다.

선두에서 걷던, 가장 체격이 뛰어나며 박력 있는 뿔을 가진 남자가 앞으로 나왔다.

그 남자를 앞에 두고 데일은 목소리를 냈다.

"……『여섯째 마왕』인가."

마왕을 간파하는 능력을 가진 데일에게는 확인에도 못 미치는 행동이었다. 하지만 그 말을 들은 남자는 재미있다는 듯이 슬며시 미소 지었다.

"『인간족』이 이런 곳에 무슨 볼일이지."

그 마왕이 돌려준 말이 서방대륙어임을 이해하고 데일은 그대로 자신의 모국어를 구사했다.

데일은 『다섯째 마왕』의 탑에서 사용했던 것처럼 동방제국어도 어느 정도 말할 수 있었다. 남방의 소수 언어도 교양의 일부로서 최소한은 알아듣는 것이 가능했다. 하지만 모국어인 서방대륙어 수준에는 이르지 못했다.

데일은 왼팔에 찬 비갑을 벗어 눈앞의 남자에게 왼쪽 손등을 보였다.

"……스마라그디."

『여섯째 마왕』은 작게 중얼거리더니 자세를 고쳤다.

장갑을 끼고 다시 비갑을 착용하는 데일을 책망하지도 않았다.

"그래서, 어떤 마왕의 종이 무슨 볼일이지."

"……내 『주인』의 보복을 하고자."

데일의 조용한 대답에 『여섯째 마왕』은 미소를 지우고 그를 응시했다. 데일이 조금도 흔들림 없이 그 시선을 받아내니 이번에는 쓰게 웃고서 그를 보았다.

"왜 우직하게 정면으로 왔지? 『여덟째 마왕』의 권속이여."

"『일족의 수장』인 당신에게 표하는 경의다."

데일은 자신이 『마왕』들에게 보내는 적의와 증오를 부정하지 않았다. 하지만 동시에 그것이 자기중심적인 감정에 기초한 것임도 자각하고 있었다.

감정이 이끄는 대로 자기를 긍정하면 편하다는 것도 알았다. 그러나 그 자세를 바꿀 수 없기에 예전의 데일은 자기 자신을 잃을 만큼 고통에 몸부림쳤던 것이다.

고향의 정보망은 거인의 왕이라고 불리는 『여섯째 마왕』의 정확한 소재를 데일에게 알려주었다.

그것은 동시에 그 마왕이 자신의 일족을 이끄는 좋은 주인임도 알게 했다.

거구를 가진 그들 일족은 『마인족』 안에서도 소수 부족이었다.

그들은 그 겉모습에 걸맞은 강인한 신체 능력을 지니고 있었다. 원래부터 마인족은 다부진 종족이기도 했다. 경작에도 적합하지 않고 정주하기도 어려운 이 혹독한 토지에서 살아갈 수 있는 것은 그 은혜들이 큰 이유로 작용했다.

하지만 그 이상으로, 이 광대하지만 혹독한 토지에서의 평온한 삶을 지탱하는 것은 『여섯째 마왕』이 자신의 일족에게 주는 권속의 가호였다. 지금 현재 데일이 그러하듯 『마족』이 되면 원래 종족의 능력을 뛰어넘은 힘을 얻을 수 있었다. 식량이 부족한 황폐한 대지 위에서도 굶주리지 않고 삶조차 영위할 수 있게 되었다.

『여섯째 마왕』은 자신의 일족을 바르게 이끄는 좋은 수장이었다.

그렇다면 데일의 행동은 『여섯째 마왕』의 일족에게 재앙일 뿐이었다. 미움받아도 당연한 행동이었다. 그의 일족 전부를 적으로 돌려도 이상하지는 않았다.

그렇기에 데일은 자신 안의 한 가지 긍지를 관철했다.

일족의 수장으로서 그가 지닌 자세에 공감해버렸기 때문에. 그의 일족에게 경의를 표하여 정면으로 마주하기를 택했다.

그것은 그 마왕이 삶의 태도를 굽히지 않는 긍지 높은 한 사람의 전사라는 정보를 함께 얻었기에 택한 행동이었다.

데일이 정면으로 선전포고하자 『여섯째 마왕』은 조용히 그를 보았다. 일족이 술렁거리고, 자신들의 왕에게 적대심을 드러낸 데일을 향해 허리에 차고 있는 무기를 뽑아 들려는 것을 한 손을 들어 제지했다.

"조용히 하라."

적의야 없어지지 않았지만, 그저 그 한마디로 상황을 정리하는 『여섯째 마왕』의 모습에는 확실히 카리스마라고 불러야 할 왕의 풍격이 감돌았다.

"너의 바람은 내 목인가?"

"그 대답은 나의 『주인』을 빼앗은 자각이 있다는 말이군."

"확실히 너에게 나는 원수겠지."

동요하지 않고 대답한 마왕에게 데일은 조용히 검을 뽑아 칼끝을 겨눴다.

"그렇다면 『여덟째 마왕』의 권속으로서 『주인』이 남긴 한을 풀도록 하겠다."

"좋다. 그 도전, 받아들이지."

왕이 싸움에 응하겠다고 확실하게 선언하자 그의 백성들은 데일과 함께 자신들에게서 떨어져 거리를 두는 마왕을 조용히 배웅했다.

이 싸움에 간섭하는 것은 전사이며 수장인 긍지 높은 자신들의 왕을 모독하는 행위라는 사실을 일족은 분명하게 알고 있었다.

데일은 싸움 전의 고양도 없이 고요히 상황을 확인했다. 부츠에 밟히는 대지와 풀의 감촉은 건조했다. 발을 딛기 나쁘지는 않지만 모래 먼지가 일 가능성은 생각해둬야 했다. 파악해뒀던 대로 『여섯째 마왕』은 일대일 결투에 응했다. 여차하면 끼어들려는 족속이 있을지도 모르나 하겔이 조용히 그의 백성을 주시하고 있었다. 기습당할 가능성은 낮았다. 하겔에게는 그만한 능력이 있었다.

검을 살짝 내려뜨려 잡는 것은 데일의 버릇이었다. 그 자세로 상대를 지그시 관찰하며 대처법을 찾았다. 『여섯째 마왕』이 들고 있는 것은 투박한 곡도였다. 기술자 집단인 티스로우가 보기에 결코 예리하다고는 할 수 없는 물건이었다. 거대한 금속판을 칼 형식으로 만들었다고 해야 할 그것은 베는 것이 아니라 때려 부수고 파괴하는 것이 목적인 무기였다.

싸우기 전에 정식으로 이름을 밝히는 의례 같은 것은 없었다.

곡도가 허공에 궤적을 그렸다.

그것을 인식한 순간, 데일은 반걸음 옆으로 몸을 피했다. 귓가에 낮게 울린 바람 가르는 소리를 듣고, 『여섯째 마왕』이 자신의 거구를 이용한 강력한 일격을 애도를 통해 최대한으로 살리고 있음을 알았다.

시선은 고정한 채, 피했던 몸을 되돌리는 움직임을 이용하여 검을 휘둘렀다. 둔탁한 금속음이 한 번, 두 번, 울렸다. 튕긴 칼끝도 곧장 내려치는 동작으로 되돌려 연속으로 공격했다.

마왕이 그것들 전부를 곡도로 막아낸 것을 보고 데일은 그가 힘뿐만 아니라 속도와 기량을 겸비하고 있음을 깨달았다. 그리고 동시에 마왕 또한 데일이 아직 모습을 살피고 있다는 것을 알아차렸다. 몇 번 맞부딪쳐 서로의 역량을 가늠한 두 사람은 일단 거리를 뒀다.

하겔과 『여섯째 마왕』의 일족들이 지켜보는 가운데, 두 사람은 다시 동시에 거리를 좁혔다.

이번에는 데일이 아니라 마왕이 적극적으로 덤벼들었다.

내리쳐진 곡도를 데일은 검이 아니라 왼손에 찬 비갑으로 막았다. 그는 강도가 뒤떨어지는 자신의 검보다도 고향 기술의 정수를 모은 방어구를 전폭적으로 믿고 있었다.

"윽."

데일이 짧게 숨을 내뱉은 것은 마왕의 일격이 지닌 무게 때문이었다. 지금까지의 자신이었다면 결코 버틸 수 없었을 그 강력한 타격을, 『마족』으로 강화된 지금 자신의 육체는 강하고 부드럽게 막았다.

그녀가 준 힘이 있다면 자신은 싸울 수 있다. 그렇게 확신했다.

한편 마왕은 자신의 일격이 막힌 것에 솔직하게 놀라고 있었다. 맞부딪친 찰나의 경직 중에 마왕은 자신도 모르는 사이에 사나움이 느껴지는 웃음을 지었다.

지금껏 자신의 전력을 다한 공격을 버틴 존재는 사람 중에도 마족 중에도 없었다.

『마왕』이 된 후로 전력을 다해 싸운 적은 없었다. 그리고 이때를 놓치면 다음이 언제 올지 알 수 없었다.

그와 동격의 존재인 『마왕』 중에 『둘째 마왕』이나 『일곱째 마왕』

은 그와 맞붙을 수 있을 만한 전투 능력을 가지고 있었다. 하지만 존재 의의와 목적이 다른 그 마왕들은 『여섯째 마왕』 같은 전사의 긍지를 이해하지 못했다. 전사로서 사는 방식 따위에는 관심도 없이, 그의 일족을 굴레라고 부르며 그를 죽일 수단으로 삼았다. 그런 족속과 검을 부딪치고 싶지는 않았다.

그렇기에 『여덟째 마왕』의 권속과의 싸움은 마왕의 마음을 설레게 했다.

『주인』의 적인 자신에게도 예를 갖추고, 전사로서 그가 지닌 긍지를 존중하는 상대. 의연하게 앞을 보며 『섭리의 마왕』 — 그것이 의미하는 재앙들 — 의 위협으로부터 지키고 싶은 것을 지켜내 보인 고상한 왕의 권속일 만했다.

죽어줄 생각은 없다. 자신은 앞으로도 일족을 이끌어야 했다.

그래도 지금은 그 책무를 잊고서 마음껏 칼을 휘두르는 것을 옳은 일로 삼았다.

데일은 마왕이 휘두른 칼을 확인하고 피했다.

바깥 세계로 나가는 자신의 몸을 지켜주기 위해 『고향』이 준비한 방어구에는 희미한 흠집도 파손도 없었다. 하지만 이토록 강력한 일격을 받아내려면 온몸으로 그 충격에 대비해야 했다. 그래서는 자신의 특기인 싸움법은 불가능했다. 상대에게 유리하도록 일부러 맞춰줄 이유는 없었다.

"「대지여, 내 이름하에 명하노니, 나의 적을 치라. 《석창》.」"

데일은 정확하게 주문을 자아내면서도 검을 휘두르는 속도는 늦추지 않았다. 마력을 가다듬는 데 필요한 집중이 지금까지와는 비교가 안 될 만큼 가벼운 부하로 끝난 것을 직감적으로 이해했다. 연속하여 검을 휘두르는 정밀도를 떨어뜨리지도 않았다.

그렇다면, 하고 계속해서 입안으로 주문을 외워갔다.

똑같은 주문을 쓰는 것은 그것이 위급한 순간에도 사용할 수 있도록 철저히 반복하여 주입한 문장이기 때문이었다. 거의 의식하지 않아도 입은 멋대로 주문을 자아냈다.

검의 연격에 더한 주문의 연속 공격.

그 대부분을 『여섯째 마왕』은 곡도로 잘라냈다. 일류 이상의 전사이기에 가능한 기예였다.

데일이 『용사』로서 가진 능력은 마왕이 『마왕으로서 가진 보호』를 없애고 있었다. 그렇기에 이것은 『여섯째 마왕』 자신의 역량이 이루어내는 일이었다.

데일은 한 명의 전사로서 이 왕의 실력과 자세에는 존경과 닮은 마음마저 품고 말았다.

그녀를 빼앗은 존재라는 유일하며 절대적인 이유만 없었다면—그렇게 생각하기 충분할 만한 존재였다.

싸우는 두 사람의 그림자가 메마른 대지에 길게 뻗었다.

싸우기 시작했을 때는 하늘 높이 떠 있던 태양이 벌써 기울기 시작하고 있었다. 땅거미가 내려앉기 전의 햇빛이, 한없이 펼쳐진 초원을 다홍색으로 물들였다.

몇 시간에 달하는 사투를 벌여도 검을 쥔 데일의 팔에 피로는 없었다. 일격만으로도 치명상이 될 수 있는 칼날을 계속 피한 다리에도 둔중함은 느껴지지 않았다.

회복 마법의 힘을 빌리지 않아도 아직 자신을 싸울 수 있었다. 그녀가 준 힘의 크기를 시간이 지날수록 강하게 느꼈다.

이에 반해 『여섯째 마왕』의 움직임에는 싸움 초반의 활기가 없어진 상태였다. 그의 강력한 힘을 살리는 애도는 시간이 갈수록 그 중량이 커다란 부담으로 변해갔다. 초조함은 빈틈을 낳는다. 승패를 서두르는 것이 어리석은 술책임을 마왕은 분명하게 알고 있었다. 하지만 상대에게서 피로의 기색이 보이지 않는 이상, 계속 시간을 끄는 것은 승기의 싹을 뽑는 일이라는 것도 깨닫고 있었다.

이제 유예는 없다. 그렇다고 물러설 의사는 조금도 보이지 않고 마왕은 이기기 위해 애도를 고쳐 잡았다. 날카롭게 눈을 빛내며 자신 앞에 선 적에게, 지금 자신이 낼 수 있는 최고의 일격을 가할 기회를 찾고자 했다.

그리고 『여섯째 마왕』은 결판을 내기 위해 힘차게 발을 디뎠다.

긴 싸움의 결착은 매우 싱겁게, 아주 약간의 교차 뒤에 났다.

땅에 쓰러진 『여섯째 마왕』은 자신을 벤 남자를 올려다보았다.

메마른 대지가 자신에게서 흘러나온 피를 그 몸 안에 받아들이듯 흡수하는 것을 등으로 느꼈다.

쓰러진 자신을 보고 술렁거리는 일족에게 가담하지 말라고 소원했다. 이 남자가 상대라면 일족은 크게 희생될 것이다. 그렇게는 하지 말아달라고 바란 자신의 뜻을 이해했는지 한 청년이 일족을 제지했다. 자신에게 있어 손자에 해당하는 청년의 그 모습을 보고 자신이 죽은 뒤에도 저 녀석이라면 일족을 이끌 수 있겠다고 막연히 생각했다.

"……승자에게는 『뿔』을 뺏을 권리가 있다."

마왕의 말에 데일은 고개를 저었다.

"내가 필요한 건 목숨뿐이다. ……긍지는 필요 없어."

"……그런가."

마왕은 데일 뒤에 펼쳐진 연보랏빛 하늘을 올려다보았다. 아름다운 하늘이었다. 자신이 마왕이 되기 전부터 천공에 있었고 마왕이 된 뒤에도 줄곧 펼쳐진 하늘이었다.

그 하늘 아래, 일족이 지켜보는 가운데— 전사로서 죽는다. 나쁘지 않은 죽음이다. 그렇게 생각했다.

"고맙군. 긍지 높은 『여덟째 마왕』의 권속이여."

일격에 목을 잘라주는 것도 패배한 전사를 향한 자비였다. 마왕은 조용히 눈을 감고서 마지막 순간을 맡길 만한 좋은 상대를 만난 행운을, 희미하게 미소 지은 채 생각했다.

데일이 내려친 검이 마왕의 그 최후의 생각을 끊어버렸다.

잔광보다도 짙은 빨강을 휘감은 검이 작은 금속음을 울렸다.

그것을 보며 데일은 툭 중얼거렸다.

"……나는, 긍지 높지 않아……."

그래도 그 말을 부정하지 않은 것은 지금 자신은 『그녀의 이름』을 짊어지고 있음을 알고 있기 때문이었다.

자신의 긍지 따위 어찌 돼도 좋았다. 하지만 그녀를 폄하하는 것은 허락하지 않는다. 그것이 자기 자신이더라도 허락할 수는 없었다.

주위로 시선을 돌리자 하겔이 고요한 금색 눈으로 자신을 바라보고 있었다. 자신이 죽인 왕의 일족들은 분노와 증오, 그리고 무엇보다도 슬픔에 찬 목소리를 내고 있었다. 잔물결처럼 퍼지는 통곡을 듣고 『여섯째 마왕』이 진실로 흠모받던 존재임을 알았다.

데일은 왕의 원수라며 그들이 덤벼들 것도 각오하고 있었다.

그런 일촉즉발의 분위기 속에서 한 청년이 앞으로 나왔다. 어딘가 『여섯째 마왕』과 풍모가 닮은 청년은 미워해야 할 적인 데일을 향해 담담한 표정으로 고개를 숙였다.

"왕의 시신은 이쪽으로 넘겨주시겠습니까?"

"조금 전에도 말했을 텐데. ……나는 『주인』의 보복을 할 수 있다면 그걸로 좋아."

청년은 어디까지나 예의 바른 모습을 무너뜨리지 않았다.

당연히 원망스러울 터인 자신을 향한 청년의 태도를 보고 데일은 의아하다는 표정을 겉으로 드러냈다. 데일의 그 모습을 알아차렸는지 청년은 말을 이었다.

"강한 전사에게는 경의를. 싸움 끝의 죽음은 명예와. 우리의 이치입니다. 그것을 더럽히는 것은 왕의 긍지를 더럽히는 것."

결코 마음속이 잔잔하지는 않을 것이다. 하지만 청년은 자신의 왕과 자신의 긍지를 확고한 신념으로 두고서 이지적인 모습을 유지했다.

"왕의 긍지를 존중해주신 당신께도 최대한의 경의를."

용서한 것은 아니었다.

그러니 만약 다음에 만나게 된다면 그들은 원수 데일에게 칼을 겨눌 것이다. 마왕을 제압할 만한 강적을 상대로 자신들에게 승산이 없음을 이해하고 있어도 물러서지 않을 것이다.

하지만 지금 이때만큼은, 그들은 한 사람의 강한 전사로서 데일에게 경의를 표했다. 데일이 그들의 왕에게 그렇게 한 것처럼.

"……다시 만날 일이 없기를 기도하지."

데일이 마지막으로 그런 말을 남긴 것은 긍지 높으며 서툰 방식으로 사는 이 일족을 멸망시키고 싶지 않다고 생각했기 때문이었다.

데일이 하겔과 함께 그들에게서 등을 돌려도 그 등을 기습하려는 기색조차 보이지 않는 진지한 삶의 태도를 고귀하다고 느꼈기 때문이었다.

『여섯째 마왕』의 일족이 한 덩어리 그림자로 변하더니 이윽고 황혼 속에 녹아 사라졌다.

그제야 발을 멈춘 하겔은 날개를 펼치며 옆에 있는 데일에게 말했다.

"네가 경의를 표한다고 했던 말뜻을 알 것도 같군."

충분히 거리를 두고서 날개를 펼친 것은 날아오르는 순간이 가장 무방비해지기 때문이었다. 하겔 혼자라면 그렇지 않지만 데일을 등에 태우는 이상, 무리한 자세로 피할 수 없게 된다.

하겔은 『여섯째 마왕』의 일족을 줄곧 경계하고 있었다. 아마 데일 이상으로, 그의 몫까지.

"원한이 없는 건 아니야…… 하지만 내가 나 자신이 아니게 되어 버리면…… 분명 용서받지 못할 테니까."

"그런가."

하겔은 그것이 누구를 말하는 것이냐고 묻지 않았다.

"마왕은 전부 죽이겠어. ……라티나를 되찾기 위해."

중얼거림을 남기고서 데일은 하겔의 등에 탔다. 지평선 너머에서 잔광이 한 줄기 붉은빛이 되어 사라지려 하는 것을 하늘 위에서 보았다.

『마왕』을 전부 죽이더라도 그녀를 되찾을 수 있을지는 알 수 없다. 사실은 그것도 알아차리고 있었다.

그녀를 『봉인한』 것은 마왕이다— 그것이 나타내는 가능성에 매달릴 뿐이었다. 그녀를 봉인하고 있는 굴레를 부술 뿐이었다.

반드시 되찾을 수 있을 거라고 믿고. 그러지 않으면 분명 자신은 자신으로 있을 수 없다.

하겔의 힘찬 날갯짓과 바람 소리 속에서 데일은 왼손을 꽉 움켜쥐었다.

3. 재앙의 마왕, 움직이다.

크로이츠의 『춤추는 범고양이』는 그날 손님 한 명을 맞이하고 있었다.

호리호리한 체구를 여장으로 감싼 젊은 여성. 가슴 부근에는 『범고양이』가 내건 깃발과 똑같은 천마 의장의 성인을 늘어뜨리고 있었다.

『초록의 신』의 정식 신관이 된 실비아였다.

실비아를 맞이한 것은 가게 주인인 케니스뿐만이 아니었다. 질베스터를 비롯한 단골손님들도 모여 있었다.

"라티나가 없어진 것에 그 아이의 고향이 관련되어 있는 건 틀림없을 거야."

실비아는 푸른 눈동자에 이지적인 빛을 담고서 케니스와 단골손님들, 우락부락한 외모의 남자들에게 겁먹지도 않으며 제 생각을 말했다.

"루디에게 확인했더니 아마 틀림없다고 했어. 라티나가 사라지기 전에 그 아이와 접촉했던 건 마인족 여행자 중 한 명. 게다가 라티나는 그 사람과 면식이 있는 것 같았어."

"라티나는 확실히 바실리오 출신이었을 터."

"일단 다른 지역의 마인족 취락도 조사해야겠지. 아가씨는 고향은커녕 마인족 자체에 관해 잘 모르는 아이였으니까."

케니스가 지도를 펼쳤다. 그것을 앞에 두고 서로 정보를 교환해 갔다.

마인족이 사는 땅으로 가장 유명한 것은 『첫째 마왕』이 국가 원수로서 다스리는 마인족 국가 『바실리오』였다. 그 밖에 『여섯째 마왕』이 이끄는 유목민과 『셋째 마왕』의 지도하에 수린족과 공존하며 지내는 취락이 널리 알려져 있다. 그 밖의 작은 취락은 전 세계에 흩어져 있고 그중에는 라반드국과 인접해 있는 곳도 있었다.

"신경 쓰이는 점은 또 있어. 그쪽은 루디한테 부탁한 건에 관한 대답을 기다려야 하니까…… 확인하려면 조금 더 시간이 필요해."

실비아가 그렇게 말하자 케니스도 무언가를 생각해내고 고개를 끄덕였다.

"그러고 보니 예전에 신경 쓰이는 소문을 들었어…… 나도 얘기를 모아두지."

현재 부족한 정보야말로 초록의 신의 신관인 실비아가 노려야 할 목표였다. 초록의 신의 사도에게 곤란은 단념할 이유가 되지 못했다. 오히려 어려울수록 목표할 만한 가치가 커졌다.

그렇기에 서로의 정보를 대조하며, 없어져 버린 라티나를 찾는 데 필요한 힌트를 찾아갔다. 펼쳐진 지도에는 누군가 의견을 말할 때마다 자잘한 글자가 적혔다.

얼추 의견이 다 나온 후에 케니스는 오른손을 들어 미간에 잡힌

주름을 펴면서 말했다.

"데일 녀석이 지금 어디에 있는지는 모르지만 아마도 뭔가를 저지르고 있을 거야."

단정하는 형태가 된 것은 모습을 감춘 그날 데일의 분위기가 그만큼 위태로웠기 때문이다.

데일 본인에게도 여러 가지로 물어보고 싶었으나 데일은 『범고양이』를 뛰쳐나간 이후로 연락 한 번 없었다. 상대가 어디 있는지 모르는 상태여서야 아무리 『범고양이』의 사람들이라도 연락은 불가능했다.

"내 연줄을 이용하면 돼. 실비아 아가씨 혼자 가기 어려운 곳에 갈 때는 호위 역할 모험가를 소개해줄 수 있어."

질베스터가 그렇게 말한 것은 그의 개인 자산과는 별개로 움직일 수 있는 예산이 있기 때문이기도 했다.

라티나를 지켜봐 온 것은 데일이나 『범고양이』의 부부뿐만이 아니었다. 질베스터를 비롯하여 크로이츠에서도 저명인사로 불리는 여러 사람이 그녀를 계속 지켜보아 왔다. 그중에는 라반드국 굴지의 도시 크로이츠에서 부유층으로 분류되는 사람들도 많았다. 개개인에게서 회수할 수 있는 자금은 얼마 되지 않더라도 총액은 상당한 양이 된다. 또한 자금이라는 형태가 아니어도 손득을 따지지 않고 의뢰를 받아준다는 모험가 역시 많았다.

『백금의 요정 공주』라고까지 불리게 된 그녀의 인덕은 크로이츠의 많은 모험가에게 침투해 있었다.

그녀는 정말로 많은 사람에게 사랑받고 있었다.

"조만간 바실리오에 직접 찾아가고 말겠어."

실비아는 그 말을 남기고 크로이츠를 떠났다.

자신이 할 수 있는 일을 하고자 행동을 개시한 것이었다.

그 후, 실비아는 정기적으로 『범고양이』에 정보를 보냈다. 그것과 함께, 모험가들의 거점인 『범고양이』에 모이는 정보는 날이 갈수록 위험한 내용이 섞여가게 되었다.

『재앙의 마왕』이 각지에서 활동을 개시한 것이다.

지금까지도 『재앙의 마왕』들은 각각의 섭리하에 재앙이라 불릴 만한 행위를 하고 있었다. 하지만 그것은 너무나도 긴 시간에 걸쳐 행해졌기에 일상 속에서 잊힐 때마저 있는 『천재(天災)』였다.

그것이 일제히, 급격히 활성화되었다.

『여덟째 마왕』을 봉인한 것이 『재앙의 마왕』의 자제심을 날려버렸기 때문이다.

『여덟째 마왕』이란 마왕에게 있어 절대적 상위자인 『일곱 색깔 신』이 정한 제약이다. 그것을 자신들의 힘으로 제거했다.

—신조차 자신들을 훈계할 힘을 가지고 있지 않다.

그 사실은 마왕이 됐을 때 이래의 만능감이 되었다. 『재앙의 마왕』은 제 생각대로 힘을 휘두르는 것을 옳은 일로 삼았다. 마왕으로 있으면서 멋대로 행동하는 것을 긍정 받았다고 인식했다.

그 결과, 파괴야말로 오락이라고 여기는 마왕은 세계를 장난감처럼 침범해갔다.

살육의 마왕이라는 이명으로 불리는『둘째 마왕』에 의해 한 마을이 하룻밤 사이에 피바다가 되었다. 죽이는 것 자체가 최상의 기쁨이며 죽음을 선사하는 것을 유쾌히 여기는 끔찍한 마왕은 그 두 손으로 여러 목숨을 없애갔다.

『일곱째 마왕』이 이끄는 군세는 무수한 사람의 생활을 유린하고 멸망시켰다. 전란만을 바라는 마왕에게 전쟁을 일으킬 이유는 필요하지 않았다. 그 결과도 바라지 않았다. 자신의 군대가 집어삼켜 나라의 형태가 바뀌는 것조차 마왕에게는 신경 쓸 의미가 없는 사소한 일이었다.

대국인 라반드국에도『재앙의 마왕』에 의한 재해는 찾아왔다.

『넷째 마왕』이 영토 일부를 좀먹은 것이다.

어느 날, 예고도 없이 라반드국 일각에 나타난『넷째 마왕』은 권속의 것과는 비교도 안 되는 농밀한『마소』를 흩뿌렸다. 그것은 그 마왕의 이명대로 사람도 짐승도, 생명 있는 것을 평등하게 죽음으로 인도하는 병이 되었다.

본래대로라면 국가 중추까지 영향을 끼치는 것이 마땅한 마왕의 위협이었다.『마소』는 눈에 보이지 않기에 눈 깜짝할 사이에 퍼지는 것이 당연시되는 혐오스러운『재앙』이었다.

그것을 지방 하나의 피해로 그치게 한 것은 그 땅을 다스리는 자가 고결하고 우수했다는 가장 확실한 증명이었다.

그 땅은 라반드국 대귀족, 에르디슈테트 가문의 영지였다. 라반드국의 재상인 공작의 적자, 장남이 자신 역시 마소에 병들면서도 끝까지 영지와 나라를 위해 지시를 내렸다. 평범하지 않은 인물이기에 『넷째 마왕』의 위협을 일시적이긴 해도 봉쇄할 수 있었다.

하지만 이 이상 대처가 늦어지면 대국이라고는 해도 존속이 위험해질 만한 타격을 받게 된다. 나라 하나 멸망시키는 일조차 『마왕』에게는 특별한 사태가 아니었다.

즉각 『넷째 마왕』을 토벌할 필요가 있었다.

라반드국은 나라의 위신을 걸고 재해를 물리칠 토벌대를 편제했다.

눈앞에 나타난, 절망을 형상화한 듯한 『마왕』이라는 존재. 위협 그 자체인 그것은 민심을 어지럽혔고 국가에 속한 병사들에게서도 전의를 앗아갔다.

그렇기에 영웅이 요구되었다.

햇빛을 받아 눈부시게 반짝이는 백금색 갑옷을 입고, 똑같은 백금색 부분 갑옷을 걸친 환수를 거느린 『용사』. 그것은 그야말로 영웅담(사가) 속 용사 그 자체인 모습이었다. 사람들은 그 모습에 환희하며 안도했다. 이유 따위 필요 없었다. 용사라는 존재이니만큼 반드시 마왕을 격퇴해줄 것이라고 소원을 빌었다.

그 소원이, 소원을 비는 대상에게 어떤 일일지는 생각하지도 않고. 용사라고 칭송받는 청년이 무슨 생각을 하고 있는지 생각하려 하지도 않고.

한 손을 흔들어 민중의 환성에 응한 『용사』는 자신의 등 뒤에서 펄럭이는 깃발을 살짝 올려다보았다.

라반드국 제2의 도시 크로이츠. 그곳에서 모험가들을 주체로 발생하고 있는 의용군 이야기는 그의 고용주인 공작 각하에게 들었다. 주위 사람들에게는 의용군으로밖에 안 보이는 집단일 것이다. 하지만 의미를 아는 자가 그 집단이 자신들의 상징으로 내건 『문장』을 본다면, 그들의 목적을 명백하게 알 수 있을 터였다.

긴 백금색 머리카락을 나부끼며 얇은 날개를 가진 요정 의장.

그 옆모습이 누구의 얼굴인지 모를 리가 없었다.

자신의 기치 — 자신을 의미하는 문장 — 로 그 문장을 쓰기를 원했다. 얼굴도 모르는 허다한 백성의 소원 따위 자신이 알 바 아니었다. 하지만 똑같은 소원을 지닌 자들과 똑같은 상징을 내거는 것은 그가 그로 있기 위해 필요한 일이었다.

환성을 지르는 왕도 사람들 가운데 그 문장의 유래를 아는 자는 거의 없었다.

그렇기에 크로이츠에 사는 한 재봉사 여성이 그것을 만들어낸 이유도, 거기 담긴 기도도 모르는 왕도 사람들은 이 문장을 『용사의 문장』으로 인식하게 되었다.

『백금의 용사』와 마소 장애에 내성을 가진 고위 신관으로 편제된 소대는 선망과 기대에 찬 환성 속에서 배웅받았다.

그리고 그 후, 용사가 내건 문장이 그의 연인을 모사한 것이라는 소문이 조용히 퍼졌다.

세계정세가 악화하면서 어둡고 무거워진 여론을 완화할 수단이 필요했다.

용사가 연인을 위해 싸우고 있다는, 그야말로 민중이 바라는 동화 같은 『이야기』는 딱 좋은 화제였다. 진실도 포함된 미담은 통치자에 의해 의도적으로 퍼져갔다.

—머지않아 그것은 『용사와 요정 공주 이야기』라는, 라반드국의 가장 새로운 영웅담으로서 누구나 아는 이야기가 되었다.

†

에르디슈테트 가문의 영지는 왕도보다 남부에 있었다. 신속함이 요구되는 행군이라 비룡 사용을 인정받았으나 그것은 에르디슈테트 가문의 영지 앞까지였다.

『넷째 마왕』의 마소는 마수에게조차 영향을 끼친다. 국가의 중요한 재산인 비룡을 잃을 수는 없었다. 남은 거리는 최소한의 휴식만 허락된 강행군이 되었지만, 정예를 모은 그들 부대의 발걸음이 느려지는 일은 없었다.

마수와 마찬가지로, 환수에게도 마소의 영향이 나타나지 않을 것이라고는 단정할 수 없었다. 하겔 역시 비룡과 함께 부대의 귀환을 기다리게 되었다.

『용사』로서 부대의 중심이며 상징인 데일은 야영하며 모닥불을 바라보고 있었다. 지금의 그는 휴식과 수면 없이도 『넷째 마왕』에게 갈 수 있었지만 다른 사람은 그렇지 않았다. 그리고 데일은 자신이 『마족』이 되었음을 아직 감추고 있었기에 휴식이 필요한 모습을 가장 중이었다.

일렁이는 모닥불의 붉은빛이 입고 있는 백금색 금속 갑옷에 비쳤다.

익숙한 검은색 마수 코트가 아니라 반짝이는 듯한 반신 갑옷을 걸친 것은 사람들이 바라는 『용사』라는 역할을 하려면 무대 위에서 더욱 빛나는 의상이 필요함을 이해하고 있기 때문이었다.

그러나 겉모습만 그럴듯한 연극용 갑옷이었다면 처음부터 걸칠 생각이 없었다. 고향의 기술로 만든 우수한 방어구였기에 자신의 몸을 지키는 역할을 맡겼다. 겉모습만이 이유가 아닌 『백금』이라는 색에는 고향의 전언이 포함되어 있는 느낌이었다. 눈부시게 반짝이는 갑옷으로 『백금의 용사』라는 이명을 얻은 자신은 — 그 이름대로 『백금』을 위한 용사인 자신은 — 그 이름을 부정하지 않았다.

맞은편에 한 남자가 앉았다.

"어땠어?"

"역시 단순한 짐승이었어."

데일이 짧게 묻자 서늘한 목소리가 대답했다.

"척후를 먼저 보낼 수 없다는 점은 꽤 큰 문제네."

"사전 정보에 따르면 『넷째 마왕』은 권속을 거느리지 않고 단독으로 둥지를 틀고 있다고 해. 함정이나 계책을 준비하는 성질이 아닌 점은 다행이지."

데일은 대답하면서, 희미한 소리와 기척을 느끼고 그 이유를 확인하러 갔었던 흑발 검사를 보았다.

"……그 정보들은 전부 너희 형님이 가르쳐준 거야."

"형님은 나라를 지키는 귀족으로서 해야 할 일을 했을 뿐이야."

모닥불의 불빛뿐인 야음 속에서는 시선을 내린 검사의 아이스 블루 눈동자나 표정은 거의 보이지 않았다. 그 대답 속에 얼마나 큰 감정이 담겨 있는지 데일이 헤아리는 것은 어려웠다.

"너는 가호가 없는데 왜 동행하고 있는 거야."

"형님이 이번 일로 돌아가셔서 나한테도 후계 가능성이 생겼어. 내게는 외가의 후원이 없으니 말이지. 명확한 실적을 쌓으라고 요구받고 있거든."

여전히 서늘한 음성을 유지한 채, 그다지 감정이 담기지 않은 담담한 인상의 말투로 검사— 그레고르는 대답했다.

"그러다 마소에 걸리면 가능성도 없을 텐데."

"남색의 신의 호부는 받아 왔어. 이 수호를 웃도는 마소의 영향을 받는다면 그건 천명이겠지."

데일은 그레고르가 목에 건 호부를 힐끗 보고서 웃은 것 같았다.

"로제인가. 신관이라고 해도 인간이니까. 타인을 위해 만드는 호부와 식구를 위해 만드는 호부는 쏟는 정성이 다르지."

"그 말투를 보면 짚이는 게 있나 보네."

"그야, 뭐."

잡담에 응한 데일은 얼핏 보기엔 여유롭게 행동하고 있었다. 동행하는 신관들은 실제로 그리 생각하고 있을 것이 틀림없다. 그렇게 그레고르는 생각했다.

하지만 친구이며 오랫동안 알고 지낸 만큼 다른 사람보다도 데일을 잘 아는 그레고르는 현재 데일의 모습이 걱정스러웠다. 농담하고 미소도 짓는다. 그러나 현재 데일은 한순간도 긴장을 늦추려 하지 않았다.

그것은 예전의 데일이며, 라티나와 만난 뒤로 희박해져 있던 그의 위태로움이었다.

'……역시 지금 데일의 상태는…… 그녀의 영향이 크겠지.'

데일은 자세한 이야기를 하려 하지 않았다.

그래도 라티나가 행방불명이라는 것은 그레고르의 귀에도 들어와 있었다.

아버지 에르디슈테트 공작은 그 밖에도 정보를 가지고 있는 듯했으나, 아직 자신에게는 줄 수 없는 정보인 모양이었다. 자신에게 주어진 한정된 범위의 정보만으로도 그레고르는 냉정하게 판단을 내리고 있었다.

적자인 장남의 일가족이 모두 『넷째 마왕』의 영향으로 목숨을 잃고 에르디슈테트 가문은 혼란의 극치였다. 그러나 나라의 중진인 공인으로서 공작가 사람들은 죽음을 애도할 때는 지금이 아니라며 의연하게 행동하고 있었다. 영지의 피해도 막대했고, 이대로 가다가는 나라조차 위험했다.

그레고르도 이복형제인 데다가 나이 차이가 있는 큰형과는 소원했지만 그 죽음을 슬퍼하지 않을 리는 없었다. 그래도 지금은 공작가의 일원으로서 자신에게 부과된 역할을 다할 뿐이었다.

그레고르의 둘째 형은 큰형네에 아이가 태어난 것을 계기로 라반드국 변경백이 해 온 요청을 받아 사위로 들어갔다. 변경백은 국경을 지키는 국가 방위의 중요 인물이었다. 마왕 때문에 세계정세가 혼란에 빠진 와중에 둘째 형을 돌아오게 하는 것은 이득이 되지 않았다. 마왕에 의해 국력이 약해진 현재, 라반드국과 국경을 마주한 타국과의 긴장 상태는 심해지고 있었다. 싸워야 할 상대는 마왕뿐만이 아니었다. 둘째 형은 변경백을 지탱해줘야 했다.

그레고르는 자신에게 요구되는 것이 영웅으로 추대된 이 친구 옆에서 자신 또한 영웅으로서 행동하는 것임도 이해하고 있었다.

마왕을 제거하는 것은 최소한의 조건이었다.

통치자인 아버지는 그 앞을 주시하고 있었다. 머지않아 이 혼란기를 극복하고 나라가 부흥을 내걸 때, 민중의 지지를 모을 상징 중 하나로서 알기 쉬운 영웅의 존재를 바라고 있었다.

원래 자신에게 이런 역할은 맞지 않았다.

그래도 친구로서 생각했다. 『용사』라는 역할을 연기해 보이고 있는 데일에 비하면 자신의 역할은 아무것도 아니었다.

'『용사』인가…… 지금 이 녀석은 영웅다움이나 고결함과는 동떨어져 있다는 생각이 들지만.'

위태로운 분위기를 자아내고 있는 데일의 눈동자는 어두웠다.

'예전의 데일 같다고…… 생각하기는 했지만, 그것도 아닌가.'

그레고르는 독백하고서 인식을 정정했다.

지금 데일에게는 예전보다도 깊은 광기 같은 것이 있었다. 예전의 데일은 자신의 마음과 행위 사이의 간격 때문에 괴로워했으나, 지금 데일은 숙원을 이룰 수 있다면 자신의 마음과 맞바꿔도 아깝지 않다는 분위기였다.

아마도 그것은 그녀를 위해.

그리고, 그럼에도 데일이 자신의 마음을 내버리려 하지 않고 스스로를 유지하고 있는 것도 그녀를 위해서이리라.

'그녀는…… 어디에 있는 걸까.'

그레고르가 한숨을 쉰 순간, 가슴 부근에 매달려 있는 호부가 시야에 들어왔다.

부드러운 손짓으로 살며시 만진 것은 그레고르에게 이것이 『그녀』 그 자체와 같이 느껴지기 때문이었다. 『남색의 신』의 고위 신관인 로제는 이 부대에 종군하고 있지 않았다. 그런 자신 대신 그레고르를 지킬 수 있도록 그녀는 손수 이 호부를 만들어 그에게 맡겼다.

그레고르는 신관이 아니라 남한테 들은 이야기지만, 대지와 풍작의 신인 주황의 신 호부를 만들 때는 대지의 결실로 여겨지는 식물을 이용한다고 한다. 생사를 관장하는 남색의 신은 생명의 조각인 피를 매개로 삼는다고 했다. 거기에 로제는 자신의 상징이며 마력 형질의 발로인 머리카락도 매개로 사용했다. 문자 그대로 자신을 대신할 수 있도록 소원을 빈 것이었다.

이 로제의 수호가 있는 이상, 그레고르는 『넷째 마왕』조차 무섭지 않았다.

그리고 왕도에 있는 로제를 지키기 위해서라도 물러설 생각은 없었다.

'가능하다면 빨리 돌아와 줘.'

그래서 그레고르는 기도했다.

친구가 사랑하는 유일한 소녀가 친구 곁으로 무사히 돌아오길 기원했다.

만약 자신이 로제를 잃는다면 어떻게 될지 알 수 없었다. 미쳐버리면 편해질 수 있겠지만 로제가 그것을 허락해주지 않을 것은 알고 있다. 그렇다면 자신은 자신인 채로 계속 괴로워할 것이다.

그레고르는 데일이 보이는 광기의 일단을 이해할 수 있었다. 그렇기에 그는 친구를 걱정했다.

무거운 구름이 자욱이 낀 밤하늘에는 별 하나 보이지 않았다. 마치 심정을 비추는 거울 같다고, 그저 모닥불이 튀는 소리를 듣고 있는 친구의 모습을 보며 그레고르는 한숨을 쉬었다.

에르디슈테트 가문의 저택이 있는 곳은 영지 내에서도 가장 번성했던 지방 도시 안이었다. 『넷째 마왕』은 현재 도시에서 벗어난 숲속에 있다고 했다. 오면서 지났던 변해버린 마을 모습을 보고 그다지 감정을 나타내지 않는 그레고르의 표정에도 비통한 기색이 어렸다.

"그레고르."

"아니, 문제없어. 형님의 보고서에 있던 유적은 이쪽이야. 가자."

고농도 마소 속으로 척후대를 먼저 보낼 수는 없었다. 이번 행군은 데일과 그레고르, 그리고 고위 가호를 지닌 신관병 중 우수한

마법사들만이 참여하고 있었다. 위험하지만 그레고르가 동행한 또 다른 이유는 척후가 없는 가운데 지리에 밝아 안내역을 맡을 수 있는 존재이기 때문이었다.

"유적에 함정은 없어?"

"그거라면 문제없어. 어릴 적 영지에서 지낼 때 몇 번 보러 간 적이 있거든. 파악하고 있어."

그레고르는 부대를 선도하며 걷고 있어서 데일뿐만 아니라 어느 누구도 그 표정을 볼 수 없었다. 기억 속 어린 자신의 곁에 있던 사람이 형이었음을 떠올리기에는 가까운 자를 잃은 기억이 아직 생생했다.

숲속은 부자연스러울 만큼 고요했다.

그 이유는 곧장 알 수 있었다.

"병인가……."

썩은 짐승의 사체가 여기저기 흩어져 있었다. 살아 있는 생명이 없는 죽은 숲이기에 가능한 고요임을 이해했다. 사체에 벌레가 꼬이지도 않고 놓여 있는 상황은 기묘한 인상을 주었다. 그것은 마왕의 마소가 너무 강해서 일어나는 현상이었다.

치사성은 높지만, 너무 강하기에 감염력은 제한된다.

그레고르의 큰형이 즉각 그것을 간파한 덕분에 일시적으로나마 봉쇄에 성공할 수 있었던 것이다.

동행하고 있는 신관병 중 한 사람이 지팡이를 들었다. 그에 따라 지금까지 방호를 펼치던 신관은 지팡이를 내렸다. 영지 내로 들어온 뒤 신관들은 끊임없이 교대로 방호 마법을 쓰고 있었다. 자신이 가진 가호의 수호만을 의지하기에는 마왕의 능력이 지나치게 강하기 때문이었다.

스러져가던 입구 모습과는 반대로 유적 안은 그다지 황폐하지 않았다. 회색 석조 건축물은 고대 양식의 궁전인 모양이었다. 고대왕을 본뜬 듯한 조각은 머리 부분이 크게 떨어져 나가서 과거에 일어난 사건을 상기시켰다. 그레고르의 걸음에는 망설임이 없었다. 갈림길도 쉽사리 나아가 계단을 내려간 곳에서 마도구 불빛을 켜 함정을 가리켰다.

"이 앞은 원래 비밀 통로였던 것 같아. 침입자를 막는 함정이 남아 있어."

"그런가."

"……마왕은 함정에 제거되지 않은 걸까."

"함정이 발동했더라도 치명상을 입지는 않겠지. 『용사』라는 대적하는 존재의 간섭이 있다면 또 얘기가 달라지겠지만."

그레고르가 문득 흘린 의문에 답한 사람은 데일이었다. 어두운 통로는 공기가 습하고 썩은 내가 진동해서 숨만 쉬어도 불쾌해졌다.

마도구 불빛이 비춘 벽은 무미건조하여 음울한 기분을 조장했다. 하지만 이 앞에서 기다리고 있는 존재를 생각하면 그런 기분이 되는 것도 어쩔 수 없다는 생각이 들었다.

그레고르가 막다른 곳의 숨겨진 문을 움직이자 갑자기 시야가 밝아졌다. 어둠 속에서도 완만한 경사를 느끼고 있던 데일은 이곳이 통로 밖으로 나가는 탈출구였음을 깨달았다.

"……외부에서 연결된 길은 없는 거야?"

"그쪽은 제일 먼저 형님이 없앤 것 같아. 그럴 마음만 있다면 이동도 불가능하지는 않겠지만 이 마소를 보건대 그렇진 않겠지."

나뭇잎 사이로 햇빛이 온화하게 비쳐 드는 숲의 풍경도, 거기에서 일그러진 위화감을 인식하자 이계와 같은 비일상으로 보였다.

숲속에는 검은 머리 여자가 있었다.

그 앞에 「아마도」라는 전제를 넣고 싶은 것은 본래 색조차 판별할 수 없을 만큼 더러워진 의복에 감싸인 체구에 여성 특유의 곡선이 없고, 뼈가 불거진 망령 같은 외모였기 때문이다.

윤기 없는 긴 흑발은 자라는 대로 내버려 둔 채 매만진 기미조차 없었다. 풀어 헤친 산발이 꺼림칙한 외모에 박차를 가했다. 늘어진 흑발에 덮인 얼굴은 잘 보이지 않았다. 그저 번뜩이는 심홍색 눈동자가 자신의 영역에 침입한 자들을 감정이 담기지 않은 모습으로 바라보고 있었다.

검은 머리 여성은 괴이했다.

『마왕』은 마인족에게서 태어나기에 그 외모도 마인족의 특징을 가졌다. 그 전제가 있기에 일그러짐이 두드러졌다. 여자의 뿔은 한쪽밖에 없었다. 죄인처럼 부러진 것은 아니었다. 웅장할 만큼 틀어져 서 있는 한쪽의 하얀 뿔과는 반대로 다른 한쪽 뿔은 검었고 혹 같은 덩어리 형태였다.

"기형 뿔……."

뿔을 신성시하는 마인족이 아니라 인간족인 데일 일행이 보아도 여자의 모습은 매우 불길하며 꺼림칙했다. 외모에 어그러짐이 있기 때문은 아니었다. 비굴하고 추악한 내면을 표출하는 표정과 자세가 그 선천적인 뒤틀림을 부각하고 있기 때문이었다.

"「날 비웃으러 왔어?」"

여자가 입을 열었다. 듣는 이의 마음을 날카롭게 만드는 불쾌한 울림을 지닌 목소리였다.

여자가 그들을 향해 한 발자국 내딛기 전에 데일이 먼저 경고했다.

"『마왕』!"

그 짧은 말로 충분했다.

선두에 있던 그레고르가 다홍색 외관의 태도를 뽑아『넷째 마왕』과 거리를 좁혔다. 데일이 검을 뽑으며 뒤를 따랐다.

"「죽고 싶지 않아.」"

질량이 느껴질 정도로 고조되는 마력을 앞에 두고 그레고르의 발이 멈췄다. 신관들의 영창이 늦지 않아서 그들 앞에 빛의 장벽이 전개되었다. 그 직후, 검은 머리를 풀어 헤친『넷째 마왕』은 자신의 마력 — 생명 있는 모든 것을 좀먹는 병 그 자체 — 을 주위에 해방했다. 마소 그 자체인 바람이 장벽으로 몰아쳤다.

『넷째 마왕』은 만족스럽게 웃었다. 자신의 힘 앞에서 생명 있는 것은 모두 평등하게 저항할 수 없었다. 자신은 질병의 화신이다. 인간 따위가 어떻게 할 수 있을 리가 없다.

장벽 밖으로 나가면 무사하지 못할 것이다. 공격에 나서지 못하는 그레고르를 내버려 둔 채 데일은 한 걸음 앞으로 나갔다. 왼손이 쑤셨다. 희미하게 열기를 띤 느낌이 들었다.

"「오지 마.」"

내던지는 것처럼 마왕이 손을 휘둘렀다. 자신의 절대적인 능력인 마력에 지향성을 담아, 불손하게도 자신에게 맞서려 하는 족속에게 보냈다.

—그랬을 터였다.

"「어째서.」"

무슨 일이 일어났는지 이해할 수 없었다. 『넷째 마왕』은 멍하니 자신의 손바닥을 보았다.

"「어째서, 어째서, 어째서.」"

마왕은 망가진 장난감처럼 그 말만을 되풀이했다. 몇 번이고 손을 휘둘렀다. 아무 일도 일어나지 않는 것을 이해할 수 없었다.

『넷째 마왕』이 된 뒤로 당연하게 사용했던 힘이 당연한 것이 아니게 되었다. 무언가에 방해받아 마력을 생각대로 휘두를 수 없었다.

『용사』라는 대적하는 존재와 처음으로 마주한 『넷째 마왕』은 용사의 능력을 몰랐다. 지금 이때까지 누구에게도 방해받은 적이 없기에, 자신의 힘이 막혔을 때 대처할 방도가 필요하다는 것은 생각도 못 했다.

『넷째 마왕』의 관심은 오로지 자신뿐이었다. 아무것도 원하지 않았다. 누구도 필요하지 않았다. 권속을 만들어낸 것은 그것들이 예전의 자신과 똑같은 존재라는 이유에서 온 변덕이었다.

죽음의 병에 걸려 절망의 구렁텅이 속에 있던 존재. 그것이 『넷째 마왕』이 되기 전의 그 존재였다. 삶을 향한 갈망은 스스로 『죽음의 병』이 되게 했다. 일찍이 자신이 품었던 절망 그 자체가 되면서 『넷째 마왕』이 태어났다.

죽음의 병을 누구보다도 깊이 두려워하면서 거리낌 없이 죽음의 병을 흩뿌리는 존재. 일그러져 있기에 마왕이 될 수 있었다.

자신에게만 흥미를 느끼며 주위의 다른 누구도 이해하려고 하지 않는 『넷째 마왕』에게는 『용사』조차 관심 밖의 대상이었다.

마왕이 계속해서 마왕으로 있는다는, 신에게 받은 운명을 뒤엎는 섭리.

그렇다고 해서 달라지는 것도 없었다. 『인간』이 병 그 자체인 자신에게 할 수 있는 일 따위 없다.

『다섯째 마왕』이라고 밝혔던 여자가 자신들 마왕을 멸망시키는 『여덟째 마왕』이라는 존재에 관해 말했을 때는 당황했지만 간단히 제거할 수 있었다. 무서워할 필요도 없었다.

그런데 왜 지금 자신은 이렇게 궁지에 몰려 있는가, 전혀 이해할 수 없었다.

마왕은 오랫동안 쓸 일도 없었던 마법을 구성하여 눈앞의 남자에게 쏘았다.

데일은 대수롭지 않은 움직임으로 화염구를 쳐냈다. 마도구도 아닌 평범한 검이지만 아무렇게나 쏜 마법의 방향을 돌리는 일 정도는 어렵지 않았다.

등 뒤 장벽에 불꽃이 닿고 튕겼다. 마왕은 다시 영창을 완성했다. 데일은 허둥대지도 않고, 재차 쏘아진 마법과 대치했다.

데일의 모습을 보고 『넷째 마왕』의 마력이 효과를 발휘하지 않음을 깨달은 그레고르가 데일의 움직임 뒤에 숨어 한 발자국 내디뎠다.

"「죽기 싫어, 죽기 싫어…….」"

보기 흉할 만큼 삶에 대한 집착으로 아우성치는 『넷째 마왕』과의 거리를 그레고르가 순식간에 좁혔다. 휘둘러진 일섬의 칼날 앞에 『넷째 마왕』은 허공을 올려다본 채 쓰러졌다.

마왕의 사망을 확인한 후 화염 마법을 쏘았다. 목을 자르는 것은 바람직하지 않았다. 질병의 마왕은 시체 상태로도 재해를 부를 것이다. 재가 될 때까지 남김없이 태워야 했다.

피어오르는 연기를 보며 그레고르는 툭 중얼거렸다.

"……생각보다 싱거웠네."

"그런가."

곤혹스러운 목소리로 말한 그레고르 옆에서 데일은 자신의 왼손을 보고 있었다. 아직 열기 띤 감각은 가라앉지 않은 상태였다. 장갑 안쪽 맨살을 볼 수는 없지만 추측건대 『이름』이 떠올라 있을지도 모른다고 생각했다.

그레고르가 『넷째 마왕』을 죽일 수 있었던 것은 데일이 『용사』로서 지닌 능력의 영향 내였기 때문이었다. 데일은 스스로 싸우는 힘을 가지고 있지만 그렇지 않은 『용사』도 과거 역사 속에 존재했다. 전투에 뛰어난 동료를 이끄는 형태로 마왕과 싸운 자 등이 그에 해당했다.

그래서 그레고르가 의문으로 여긴 것은 그 부분이 아니었다.

"마소의 위력이 갑자기 약해진 것처럼 보였는데…… 그것도 『용사(너)』의 힘이야?"

"……그러네. 『나』의 힘이야."

불길이 약해지며 사람 형태를 한 검은 숯덩이가 모습을 나타냈다. 이 땅을 좀먹은 마소가 간단히 사라지지는 않겠지만 이것으로 이 이상 마소가 발생하는 일은 없다.

"……마왕의 힘을 약화시킨다……인가."

"무슨 말 했어?"

"……아니. 아무것도 아니야."

데일은 왼손에서 시선을 돌려 그레고르를 향해 무뚝뚝하게 대답했다.

아마도 아까 그것은 용사의 능력만은 아닐 것이다. 『여덟째 마왕』의 유일한 권속인 자신은 그녀와 닮은 형질의 힘을 받은 것일지도 모른다.

마왕이 마왕으로 있기 위한 힘을 억제하는 존재의 힘.

그녀를 되찾는 힘이 된다면 어떤 힘이든 쓸 뿐이었다.

데일은 왼손을 움켜쥐고, 뒤돌아보는 일 없이 유적으로 발길을 돌렸다.

4. 백금의 아가씨, 눈뜨다.

압도적인 힘에 유린당해 봉인이 일그러졌기 때문일까.

—눈이 떠졌다.

'왜지……?'

생각해보려 했지만 머리가 잘 돌아가지 않았다. 왜 자신이 의문을 떠올렸는지도, 돌아가지 않는 머리는 생각을 허락하지 않았다.

눈꺼풀이 몹시 무거웠다. 졸리고 졸려서 견딜 수가 없을 때처럼 마음대로 움직일 수조차 없었다.

'하지만, 안 돼…… 포기하면…… 안 돼…….'

포기하면 안 된다는 생각만이 마음속에 어렴풋이 남아 있었다. 녹아서 사라져버릴 듯한 의식을 그 일념만으로 필사적으로 붙들었다.

'일어나야 해…….'

기나긴 시간을 들여 눈을 떴다.

색이 없는(모노크롬) 세계는 마치 꿈속 같았다.

"데일……."

마왕만이 존재할 수 있는 세계의 중심에 자리한 작은 옥좌 위에서 그녀는 그렇게 중얼거렸다.

'여긴, 어디……?'

제대로 돌아가지 않는 머리는 현실미 없는 풍경과 어우러져 그녀에게 현재 상황을 파악할 힘을 주지 않았다. 다시 감겨버릴 것 같은 눈꺼풀을 힘껏 들어 올리고 무슨 일이 일어났는지 떠올리려고 했다.

"데일…… 어디……?"

또다시 무의식중에 이름이 흘러나와서 의식이 조금 분명해졌다.

그것은 자신에게 있어 소중한 사람의 이름. 누구보다도 사랑하는— 무엇과 맞바꾸더라도 지키고 싶었던 사람의 이름이었다.

'나…… 어째서…….'

그것을 계기로 자신에 관해 떠올랐다.

사랑하는 사람이 불러주었던, 자신이 누구인지를 나타내는 말을 되찾았다. 그렇게 조금씩 기억을 더듬어 라티나는 자신에게 일어났던 일을 생각해냈다.

『섭리의 마왕』이 자신을 봉인했을 터였다. 자신을 포함한 모든 마왕의 뜻으로 행해진 봉인 주문. 그것은 매우 강력한 술식이라서 다시 눈뜰 일은 없을 거라고 생각했었다.

왜 지금 자신의 의식이 있는 걸까.

'어째서……?'

그 사고는 희미한 시야에 들어온 한 옥좌의 모습 때문에 중단되었다.

의식을 잃기 전에 보았던 시든 나무가 휘감은 옥좌. 그 나무가 크게 갈라져 있었다. 등골이 서늘해질 만큼 무참하며 애처로운 모습이었다.

'뭐…… 뭐야……?'

잘 움직이지 않는 몸을 답답할 정도로 천천히 움직여 일으켰다. 그제야 겨우 라티나는 다른 옥좌의 모습을 볼 수 있었다.

지독한 모습으로 변한 것은 그 옥좌뿐만이 아니었다. 옆 옥좌에 놓여 있던 두꺼운 책은 죽죽 찢겨 페이지는 흩어졌으며 표지 일부에는 탄 자국이 있었다. 그 옆 옥좌에 놓여 있던 거대한 칼은 매끄러운 단면을 보이며 중간이 절단된 모습이었다. 옥좌 위에 떨어진 칼자루를 보자 어째선지 몸이 떨렸다.

'무슨 일이, 일어난 거야……?'

라티나는 그로부터 얼마나 시간이 지났는지 알 수 없었다.

하지만 무언가 이상 사태가 벌어졌다고 확신했다.

"데일……."

불안한 마음으로 중얼거리자 그것이 대답인 것 같다는 생각도 들었다.

자신은 그 외에, 그 이상으로 무언가를 저지를 듯한 사람을 모른다.

'어쩌지…….'

생각하려고 했으나 머리는 전혀 돌아가 주지 않았다. 꿈속에 있을 때처럼 머릿속에 겹겹이 안개가 껴서 조리 있게 사고할 수가 없었다.

'어쩌지, 어쩌지…….'

혼란에 빠진 라티나는 마음속에 떠오른 의문에 떠밀려 옥좌를 둘러보았다. 스러져가고 있는 것은 네 번째, 다섯 번째, 여섯 번째 옥좌라고 『이해』했다. 그 옆, 일곱 번째 옥좌에는 꺼림칙한 용이 그려진 깃발이 바람도 없을 터인 이 장소에서 당당히 나부끼고 있었다.

그리고 한 바퀴 돌아 첫 번째 옥좌. 라티나는 거기서 시선을 멈췄다.

그곳에 있던 것은 『왕』의 상징인 왕홀이었다. 곧게 자리한 왕홀은 의식을 잃기 전과 무엇 하나 다르지 않았다. 왕홀에는 미미한 흠집조차 없었으며 약간의 뒤틀림도 찾아볼 수 없었다.

"크리소스……."

무사를 확인하고 안도했다.

그리고 라티나는 다시 혼란 속에 빠졌다.

'어쩌지…… 데일…… 크리소스…….'

두 사람이 싸우게 하고 싶지 않았다. 라티나가 가장 사랑하는 사람은 틀림없이 데일이지만 크리소스도 소중한 존재였다. 라티나에게 있어 두 사람의 위치는 너무 달라서 똑같은 가치로 가늠할 수는 없었다.

'어쩌지…… 지켜야 해…… 지켜야 해…….'

빙글빙글 도는 사고 속에서 그 생각만을 반복했다.

데일이 자신을 위해 크리소스를 상처 입힌다. 그것만큼은 막아야 했다.

라티나에게는 두 사람 모두 지키고 싶은 사람이었다. 소중한 두 사람이 싸우게 할 수는 없다고, 돌아가지 않는 머리로 필사적으로 생각했다.

"여기서…… 나가야 해……."

라티나는 제 것이라고는 생각할 수 없을 만큼 무거운 몸을 움직여 옥좌 위에서 하늘을 올려다보았다.

"데일을, 막아야 해…… 어떻게든 해야 해……."

라티나는 자신이 가진 『마왕』의 힘과 능력을 여전히 거의 파악하지 못한 상태였다. 그녀가 원한 것은 마왕이 되어 얻을 수 있는 『커다란 힘』이 아니라 『권속을 만드는 힘』뿐이었다.

그리고 데일이 그 소원을 받아들여 주면서 그녀는 『마왕이 된 목적』을 이미 달성해버렸다. 다른 능력에 흥미는 없었고 필요하다는 생각도 들지 않았다.

차근차근 알아가면 된다고 반쯤 방치하고 있었다.

갑작스러운 움직임에 말려들어 알 시간조차 없었다는 것이 현실이기는 했지만 그래도 라티나는 『알고 있는』 것이 있었다.

자신 안에 있는 『힘』을 제어하여 생각대로 조종하는 능력. 자신이 본래 가지고 있던 것이 아닌, 자신의 마력과는 다른 『마왕의 마력』을 선별하여 가다듬었다. 정교하다고 할 수밖에 없을 만큼 치밀하게 제어를 되풀이했다.

생각하고 행한 것은 아니었다. 라티나는 머리가 돌아가지 않아도 감각적으로 그것을 할 수 있었다. 마력을 제어하는 것은 라티나가 가장 잘하는 일이었다.

마왕의 힘 대부분을 자신에게서 분리했다.

『여덟째 마왕을 봉인한다』는 주문에 자신의 힘 대부분을 맡겨서 라티나는 자아를 부상시켰다.

눈을 뜰 수 없었다.

무겁다. 몸도, 눈꺼풀도, 무거워서 움직일 수 없었다.

제대로 숨을 쉴 수가 없었다. 들이쉬고 들이쉬어도 공기가 잘 들어오지 않았다.

해야만 할 일이 있을 터였다. 가라앉아 버릴 것 같은 의식을 그 일념만으로 붙잡아 두었다.

"데일…… 크리소스……."

두 사람에게 가야 했다. 그렇게 생각하지만 몸은 말을 들어주지 않았다.

움직이지 않는 눈꺼풀 안쪽이 뜨거워졌다. 코끝이 찡했다. 왜 자신은 이렇게 아무것도 할 수 없는 걸까, 눈물이 흘렀다.

얼마나 그러고 있었는지 라티나도 알 수 없었다.

무언가에 눈물이 닦인 감각을 느끼고 라티나는 아주 살짝 눈을 떴다.

부드러운 회색 모피 감촉이 뺨에 닿았다.

해님 냄새가 났다.

“빈트……?”

“멍.”

변함없는 목소리가 대답해주어서 라티나는 다시 눈물을 흘렸다. 빈트가 눈물을 핥아 닦아주는 것을 그대로 받아들였다.

“빈트…… 데일…… 데일, 어디?”

“데일 없다.”

“왜…… 언제, 돌아와……?”

“모른다. 계속 안 돌아온다. 다들, 모른다, 말한다.”

빈트의 대답을 듣고 다시 사고가 빙글빙글 돌았다.

어디 있는지 모르는 데일을 어떻게 막으면 좋을지 알 수 없었다. 어떻게 하면 좋을지 전혀 떠오르지 않았다.

‘어쩌지…… 데일, 왜…… 어쩌면 좋아…….’

지금 라티나는 자신이 현재 있는 장소의 감각조차도 애매했다. 어떻게든 해야만 한다는 초조함과 소용돌이치는 의문으로 마음속이 포화 상태가 되었다. 그 와중에 라티나가 짜낼 수 있었던 것은 『또 다른 소중한 존재』의 이름이었다.

“크리소스…….”

“멍?”

“빈트…… 부탁이야, 크리소스한테…… 바실리오에, 데려가 줘…….”

“멍.”

"바실리오에……."

라티나는 그렇게 되풀이하고 빈트의 모피에 얼굴을 묻었다. 직후, 혼탁한 의식이 사고하기를 완전히 포기하게 했다.

데일이 어디 있는지 알 수 없다면 거처를 아는 크리소스에게 가는 수밖에 없다. 돌아가지 않는 라티나의 머리는 그 결론을 도출하는 것만으로도 벅찼다.

아래층에 있는 어른 중 누군가가 지금 그녀의 말을 듣고 있었다면 그녀에게 좀 더 적절한 방법을 제시했을 것이다. 그녀의 정신 상태가 정상이었다면 다른 사람에게 도움을 구한다는 발상이 나왔으리라.

"멍."

"뷔~ 나 알아. 누나가 태어난 나라, 저쪽이야."

하지만 그녀의 그 말을 듣고 있던 것은 충실한 멍멍이와 검은 머리 어린아이뿐이었다.

라티나가 모습을 감춘 뒤로 빈트는 줄곧 『춤추는 범고양이』에서 지내고 있었다. 테오를 돌보고, 제 영역인 이 가게 주위를 매일 확실하게 둘러보았다. 라티나가 집을 비운 사이에 그녀가 귀여워하던 테오에게 무슨 일이 생겨서 라티나를 슬프게 할 수는 없었고, 집 하나 못 지키는 단순한 복슬복슬 멍멍이라고 여겨지는 것은 싫었기 때문이다.

지금도 빈트는 한창 까불 때인 다섯 살 테오와 평소처럼 『범고양이』 뒷마당에서 놀아주던 중이었다. 최근 어른들은 어딘가 예민하게 긴장되어 있었고, 품행이 안 좋은 불온한 분위기의 무리도 늘고 있었다.

라티나가 없으니 어쩔 수 없다. 빈트는 그렇게 생각했다.

『범고양이』의 점주 부부인 케니스와 리타는 정세 악화에 따라 치안이 나빠지고 있는 현재 마을 안에서도 아들이 빈트와 노는 동안에는 특별히 걱정할 필요가 없다고 생각하고 있었다. 어리다 해도 환수였다. 이빨이나 발톱 공격은 상대가 사람이라면 충분한 무기가 되고 마법까지 다루는 짐승이었다. 신출내기 모험가 수준의 깡패라면 손도 댈 수 없다. 그런 위험 생물이 때로는 제 아이를 살짝 물고서 운반하고 있었지만, 그 점에서 『범고양이』 부부는 위기의식이 전혀 없었다. 익숙해진다는 것은 이처럼 무서운 일이었다.

빈트는 그때 갑자기 라티나의 『냄새』를 느꼈다.

『냄새』의 발생원은 라티나의 방인 다락방이었다. 돌연 나타난 것에는 깜짝 놀랐지만 딱히 이유는 생각하지 않았다. 마이페이스 멍멍이라는 별칭을 가진 빈트에게는 이유보다도 라티나가 있다는 현상 쪽이 가치 있었다.

빈트가 달려가 버려서 남겨진 형태가 된 테오는 부루퉁해졌다. 불평하기 위해 갑자기 자신을 내버려 두고 가버린 빈트를 뒤쫓았다. 겨우 빈트를 따라잡았다고 생각했을 때, 행방불명되었던 라티나의 모습을 알아차렸다.

테오에게 라티나는 정말 좋아하는 누나였다. 안겨서 어디 갔었냐고 물어보고 싶었지만 라티나의 상태가 좋지 않아 보여서 참았다. 에마의 오빠인 자신은 분명히 참을 줄도 알았다.

테오는 좋아하는 누나의 소원을 들어줘야 한다고 생각했다. 저렇게나 괴로운 얼굴로 울며 한 부탁이었다. 언제나 다정하게 대해주는 누나에게 자신도 다정하게 대해줘야 했다.

어리지만 책임감을 느끼고 테오는 결의를 담아 고개를 끄덕였다.

“뷔~ 어떡해?”

“멍.”

빈트는 한마디 대답하고서 테오가 가리킨 쪽 창문으로 다가갔다. 그것을 눈치챈 테오는 다락방 창문을 열었다. 빈트는 밖으로 얼굴을 내밀더니 코를 킁킁 움직였다. 테오가 가리킨 남쪽 숲 방향으로 코끝을 돌리고 눈을 가늘게 뜨고서 생각에 잠겼다.

“뷔~?”

“알았다. 저쪽.”

잠시 후 빈트는 무언가를 이해한 듯이 고개를 끄덕였다.

“뷔~ 누나, 어부바해?”

“멍.”

엎드린 빈트의 등에 축 늘어진 라티나를 태웠다. 어린 테오에게는 중노동이었지만 어떻게든 완수할 수 있었다. 테오는 잠시 생각하다가 다락방의 창고 공간 한구석에서 끈을 꺼내 왔다. 라티나가 떨어지면 큰일이었다. 엄마가 동생(에마)을 업고 있을 때를 흉내 내어 빈트의 몸과 라티나를 묶었다. 그럭저럭 괜찮게 됐다며 테오는 자신의 작업에 만족했다.

"뷔~ 창문으로 나갈 수 있어?"

"무리."

"그런가."

테오는 잠시 생각했다. 누나의 소원을 이루어주려면 어른들에게 들켜서는 안 됐다. 아무튼 어른들은 자신이 빈트와 함께 만든 특대 구멍 함정을 방해된다면서 메워버렸고, 잔뜩 모았던 괜찮은 돌멩이를 쓰레기라고 하면서 버리기도 했다. 어른들은 아무것도 몰랐다.

"뷔~ 내가 아래층 보고 올게."

"멍."

"괜찮으면『이리 와, 이리 와.』할게."

그렇게 말하고 테오는 발소리를 죽이며 살그머니 계단을 내려갔다.

도리반도리반 주위를 확인하고, 아빠가 항상 있는 주방과 연결된 1층 계단은 내려가기 전에 모습을 살폈다. 괜찮은 것을 보고서 목소리를 내지 않고 빈트를 향해 크게 손을 흔들었다.

매일 환수와 놀며 신체 능력이 향상된 다섯 살 아이는 척후병 같은 첩보 활동을 해냈다.

무사히 뒷마당에 도착하자 빈트는 날개를 크게 펼쳤다. 푸드덕푸드덕, 평소보다 힘을 주어 날개를 움직였다. 라티나의 마법 보조가 없는 상태에서 사람 한 명을 태우고 하늘을 나는 것은 힘든 작업이었지만 불가능하지도 않았다.

『하늘』의 종족 특성인 비행 마력에 『바람』 속성 마력을 더해 공중으로 날았다. 빈트는 비행에 서툴지 않았다. 처음에는 비틀비틀 크게 흔들렸으나 이내 익숙해져 균형을 잡았다.

목적지까지는 상당한 거리가 있지만 몇 번이고 휴식한다면 어떻게든 되려나. —하고 마이페이스 멍멍이라는 별칭에 걸맞은 태평함으로 빈트는 목적하는 곳을 향해 날갯짓을 시작했다.

"다녀오세요~!"

크게 손을 흔드는 테오의 머리 위에서 한 번 선회한 뒤 빈트는 남쪽으로 날아갔다. 빈트의 모습이 보이지 않게 될 때까지 테오는 휘휘 손을 흔들었다.

가게 청소를 끝내고 주방으로 돌아온 케니스는 그렇게 한 사람과 한 마리를 배웅하던 테오의 모습을 겨우 알아차렸다.

"무슨 일이야? 테오."

"뷔한테 다녀오세요, 했어."

"……빈트한테? 어디 외출한 건가?"

아들은 무언가를 완수한 것처럼 만족스러운 표정을 짓고 있었지만 아무리 케니스라고 해도 그 이유까지는 알 수 없었다.

이리하여 어른들이 필사적으로 행방을 찾고 있는 백금색 소녀는 멍멍이 한 마리와 어린아이 한 명의 활약으로, 의식 불명의 꿈속에 있음에도 불구하고 바실리오로 가는 여로에 오르게 되었다.

5. 청년, 섬멸하다.

인간족이 사용하는 말 중에서 2대 언어라고 불리는 것이 있다. 사용하는 인구와 지역이 가장 많은 『서방대륙어』와 그 뒤를 잇는 『동방제국어』였다. 세계의 중심인 가장 큰 대륙을 기준으로 했을 때, 대륙 내에 존재하는 각국 중에서도 서쪽 지역에서 주로 쓰인다는 점과 동쪽 제국(諸國)에서 쓰인다는 점이 각각 그 명칭이 된 이유였다.

동방 제국이라고 불리는 곳은 대륙 동쪽에 점재한 제도(諸島)의 소국들이 주된 비율을 차지했다. 얼마 없기는 하지만 동쪽에 존재하고는 있는 대륙 측 영역도 대다수는 바다와 맞닿아 있었다.

그 취락은 그런 조건을 충족하는 바다를 마주한 북쪽 토지에 있었다.

그곳은 신기한 경관의 취락이었다.

건물 대부분은 바닷속에 세워져 있었다. 계속해서 파도에 씻긴 결과인지 석조 건축물은 매끈한 곡선을 그렸다. 어딘가 생물적인 윤곽을 지닌 건물들이 밀물 때는 절반 이상을 바닷속에 잠그고서 서 있었다.

이 취락에 사는 종족은 대부분이 수린족이라고 불리는 인족이었다. 수린족은 신체 일부가 비늘로 덮여 있으며 종족 특성으로 수중에서 호흡할 수 있는 종족이었다. 수린족은 육상 활동 이상으로 수중 활동에 능했기에 그 생태에 꼭 맞는 주거를 구축한 것이었다.

바다의 도시라고 해야 할 이 취락에는 왕이 있었다.

바다의 마왕이라는 이명을 가진 『셋째 마왕』. 그 왕은 자신의 권속이나 종자들인 마인족과 수인족 사이의 공존 관계를 쌓아 올리고 있었다. 마인족들은 수가 적지만 수린족이 잘하지 못하는 육상 경작 등을 맡으며, 온화한 기질의 왕 아래에서 오랜 세월에 걸쳐 우호적인 관계를 유지 중이었다.

그런 평온한 백성의 생활을 가장 잘 조망할 수 있는 건물. 성이라고 부를 만한 군사성도, 궁전이라고 부를 만한 현란함도 없지만, 왕이 사는 장소라는 의미에서는 왕궁이라고 부를 수도 있는 건물 일각에서 『셋째 마왕』은 약속도 잡지 않은 방문자를 맞이하고 있었다.

"슬슬 올 때라고 생각했지."

『셋째 마왕』은 노년에 접어든 남성의 모습을 하고 있었다. 마인족은 긴 수명의 대부분을 젊은 성인 모습으로 보낸다. 이 마왕은 왕이 되기 전에도 상당히 긴 시간을 살았음을 나타내는 모습이었다.

나이 든 겉모습에 걸맞게 침착한 태도로 마왕이 맞이한 사람은 검은 코트를 입은 청년이었다.

늙은 마왕의 등 뒤에 있는 커다란 창문 밖에는 망망대해가 펼쳐져 있었다. 반짝이는 별을 품은 밤하늘과는 대조적으로, 광대한 바다는 칠흑이었다. 멀찍하기는 해도 확실하게 울리고 있는 파도

소리와, 눈에 선명하게 새겨지는 한낮의 풍경을 모르는 자라면 거기 있는 것이 바다라는 사실마저 알 수 없을지도 몰랐다.

안락의자에 깊이 몸을 묻고 창밖을 바라보던 노인은 예고도 없이 최상층인 이 방을 찾아온 틀림없는 침입자 청년을 앞에 두고도 온화한 미소를 지우지 않았다.

“앉은 채로 미안하네. 다리가 안 좋아서 말이야.”

자신이 통솔하는 백성과 마찬가지로 『동방제국어』를 구사하며 노인은 옆 테이블 위에 있던 디캔터를 잡았다. 거기서 고블릿에 따른 것은 깊은 색조의 포도주였다. 깊은 밤, 방 안을 희미하게 비추는 조명빛을 머금고 짙은 암적색 속에서 심홍이 반짝이며 출렁였다.

“마시겠는가? ……그럴 기분은 안 들려나.”

“…….”

누구냐고 묻지도 않고, 누군가를 부르려고도 않는 노인의 모습을 보고 청년의 표정에 의아함이 섞였다. 곧장 베어버릴 생각이었지만 이토록이나 적의 없는 모습을 보이니 그도 상대의 진의를 가늠하기 어려웠다.

청년의 의문도 당연하다는 듯이 노인은 여전히 온화하게 웃으며 고블릿에 담긴 내용물을 한 모금 머금었다.

“자네와 얘기해보고 싶었거든. 『백금의 용사』…… 『넷째 마왕』을 토벌한 자네는 다른 마왕에게도 커다란 존재야.”

노인은 그렇게 말하면서 검은 코트 차림의 청년을 보았다.

“그리고 『다섯째 마왕』과 『여섯째 마왕』을 죽인 것도 자네겠지…… 『용사』가 그들을 해할 필요성을 알 수 없어. 그래서 나는 자네를 **단순한** 용사가 아니라고 생각했네."

"……그럼 어쩔 거지?"

낮고 조용하며 냉기 어린 청년의 목소리에도 노인은 온화한 모습을 유지한 채 미소조차 돌려주었다.

"그건 자네가 내게도 오리라는 뜻이었지."

추측한 대로였다며, 노인의 모습을 한 마왕은 가만히 숨을 내쉬었다. 이렇게 단기간에 차례차례 마왕이 죽었다. 우연이라고 생각할 수 있을 만큼 낙관적인 성격은 아니었다. 그러던 와중에 귀에 들어온 타국의 정세 속에서, 재앙의 마왕인 『넷째 마왕』을 인간족 용사가 토벌했다는 소식을 듣고 의문이 풀리는 기분이 들었다.

"자네는…… 『여덟째 마왕』의 친족인가?"

"……나는."

오른손으로 자신의 왼손을 꽉 잡고서 그는 한순간 말을 망설였다.

"……그녀는 내가 가장 사랑하는 사람이야."

그리고 그는 다른 마왕에게 대답했던 것처럼 『권속』이라는 말을 쓰지 않고 그녀에 관해 말했다.

어쩐지 그렇게 하고 싶었다.

"『용사』와 『마왕』이 연인이 되다니…… 드문 일도 일어나는군."

마왕은 고블릿에 담긴 내용물로 입술을 적시고서 그를 똑바로 바라보았다.

"자네에게 나는 원수겠지. 죽이도록 하게. ……다만 몇 가지 들어주지 않겠나?"

"……."

경계를 늦추지 않고서 청년은 마왕을 보았다.

칼자루에서 손은 떼지 않고 언제든 단칼에 죽일 수 있는 거리를 가늠했다. 상대가 마법에 뛰어나더라도 이 거리에서는 칼로 베는 쪽이 빠르다. 죽이지 못할 일은 결코 없었다.

노인의 형상을 한 마왕은 청년의 그런 모습을 보면서도 희미하게 쓴웃음을 지을 뿐이었다.

"『여덟째 마왕』은…… 『연인』이었군. 우선은 사죄함세. 그녀를 희생양 삼아 우리가 살아나고자 한 것, 정말로 미안하게 생각해."

마왕의 말을 듣고 청년의 표정에 증오가 스쳤다.

냉정함을 유지하던 청년이 보인 격렬한 감정을 마왕은 조용히 받아들였다.

"……그렇지. 이건 그저 이쪽이 느끼는 죄책감의 표시야. 자네가 사죄 같은 걸 원하지 않는다는 건 알고 있어. ……잊어버려도 상관없네."

"……왜, 그녀를 희생양으로 삼았지……!"

분노가 담긴 그 목소리는 그의 본심에서 나온 것이었다.

그도 이해는 하고 있었다. 『셋째 마왕』과 『여섯째 마왕』, 그리고 마인족의 왕인 『첫째 마왕』은 자신의 백성을 지키는 입장이었다.

아마 라티나 자신도 그랬을 것이다.

지키는 자가 있는 처지에 『재앙의 마왕』과 적대하는 것은 큰 위험성을 동반한다. 어쨌든 마왕인 이상, 마왕 하나만을 상대한다면 자신을 지킬 수단도 있을 것이다. 하지만 이번에는 조건이 달랐다.

『모든 마왕』의 적으로 여겨진 『여덟째 마왕』을 감싸면 동시에 다른 여러 마왕을 적으로 돌리게 될 수도 있었다.

『타인』인 『여덟째 마왕』보다도 자신이 지키는 자들의 안녕을 택하는 것은 그들의 입장 상 어쩔 수 없는 행동이었다.

그렇기에 데일은 자신의 행동을 긍정하지 않았다. 정의라는 명분을 내걸려고 하지는 않았다.

복수라고, 보복이라고, 자신의 행동을 선언했다.

이것은 자신의 감정을 충족시키기 위한 독선적인 행동이라고—다른 입장의 자들에게는 악행임을 자각하고 있었다.

그래도 자신의 감정은 용서할 수 없다며 소리쳤다.

"그녀는……!"

언제나 품속에 있었던 온기가 어째서 지금 없는가. 언제나 곁에 있어주었던 웃는 얼굴이 어째서 지금 곁에 없는가. 뒤돌아본 순간에 무의식적으로 그녀의 모습을 찾았다. 말을 걸려던 순간에 그녀가 없는 현실을 마주했다.

원수 취급을 받게 된 마왕이나 마왕이 수호하는 백성들에게는 자신의 행동 쪽이 불합리하기 짝이 없는 폭거일 것이다. 그래도 데일은 자신이 자신으로 있기 위해 마왕에게 증오를 보냈다.

증오를 보낼 상대가 없다면 그녀를 잃은 자신은 분명 망가지고 만다.

『셋째 마왕』은 데일의 그 감정조차 받아들인다는 얼굴을 하고 있었다.

광대한 망망대해가 잔잔하게 가라앉아 있는 듯한 정적으로, 증오도 분노도 당연하다고 인정하고 있었다.

"……!"

데일은 왼손을 강하게 움켜쥐고 으득 소리가 날 만큼 이를 악물었다.

이 이상 말해서는 안 됐다. 빼앗긴 그녀를 자신이 얼마나 소중하게 여기고 있었는지 눈앞의 마왕에게 알릴 필요는 없었다. 그런 것은 데일도 알고 있었다.

그러나 데일의 그 모습은 많은 말을 거듭하는 것보다도 여실하게, 잃어버린 소중한 존재에 관해 『셋째 마왕』에게 전달했다.

『셋째 마왕』이 되기 전을 포함하여 그 후에도 긴 시간을 살아왔지만 죽음이 두렵지 않을 리가 없었다. 손에 든 고블릿 속 수면은 끊임없이 찰랑이며 자신의 떨림을 나타냈다.

마왕은 격앙하는 『용사』의 모습을 보고서 오랫동안 느끼지 못했던 공포라는 감각을 품었다.

그래도.

그때 『옥좌』의 자리에서 『섭리의 마왕』에게 단죄된 『여덟째 마왕』

이 냈던 『목소리』는 겁을 먹고 떨고 있었다. 그런데도 의연하게 마지막까지 자신의 운명을 받아들여 보였다.

눈앞에 있는 청년의 연인이었다면 젊은 여성이었을 것이다.

마인족이 가진 긴 젊음의 시간을 보내 늙은 뒤에도 마왕으로서 산 자신과는 비교할 수 없을 만큼 짧은 시간밖에 살지 못했으리라. 그런데도 그녀는 재앙들과 마주했다.

늙은 자신도 물러날 수는 없었다.

지켜야 할 존재를 위해.

그래서 『셋째 마왕』은 온화한 표정을 유지한 채, 그래도 긴장으로 타는 목을 포도주로 적셨다.

"그녀는 『마왕 전체의 뜻』으로 봉인되었어. 아마 전례 없는 일이겠지. 마왕이 신의 말석으로서 신에게 허락받은 힘은 한정적이야. 이번에는 모든 마왕의 힘을 합쳤기에 가능했던 일이었어."

마왕은 조용한 목소리로 고했다.

사죄는 자신이 편해지고 싶기에 나온 것이긴 했어도 틀림없는 본심이었다. 구하지 못한 것을 후회하고 있었다.

그렇다면 이번에야말로 그녀를 구하는 일부가 되자.

"봉인을 푸는 것에도 『마왕 전체의 뜻』이 필요하겠지. 하지만 그건 불가능해. 자신의 힘을 약화시키는 존재를 해방하는 것에 재앙들이 동의할 리가 없어. 그러니."

그녀를 누구보다도 소중히 여기는 존재의 등을 밀어주자.

그러길 바란다는 자신의 소원도 포함되어 있음은 부정하지 않는다. 확증을 얻을 방도가 없는 이상, 현재 상황에선 추측 말고는 할 수 있는 말이 없었다.

“자네의 행위에는 가능성이 있어. 전례도 준비도 없이 실시한 봉인 술식은 완벽하다고 말하기 어려워. 마왕을 강제로 제거하여 봉인에 틈이 벌어졌어도 이상하지는 않아.”

청년의 눈동자에 침착함과 각오의 빛이 어리는 것을 확인하고 『셋째 마왕』은 고블릿 속 내용물을 들이켠 뒤, 옆 테이블에 그것을 놓았다.

“이런 부탁을 할 입장이 아니라는 건 알아. 하지만 가능하다면 다음은 『일곱째 마왕』을 토벌해주지 않겠나.”

『셋째 마왕』이 다스리는 이 토지는 『일곱째 마왕』이 이끄는 군세의 영향하에 있었다. 그 마왕의 본거지가 바로 옆이었다.

그런데도 이 땅이 평온을 유지할 수 있었던 것은 이곳이 『셋째 마왕』의 땅이기 때문이었다.

절대적인 힘으로 유린하기를 좋아하는 『일곱째 마왕』에게 다른 마왕과 직접 대결하는 것은 자신의 승리를 장담할 수 없어서 매력적이지 않았다. 만에 하나라도 패배라는 불쾌한 상황에는 빠지고 싶지 않은 것이다.

『바다의 마왕』이라는 이명을 가진 『셋째 마왕』은 바다 옆에서라면 싸움에 뛰어난 마왕과도 맞붙을 만한 큰 힘을 행사할 수 있었다.

『셋째 마왕』을 잃는다면 이 토지는 순식간에 유린당한다.

『셋째 마왕』이 생에 매달리던 이유는 오직 그 한 가지 때문이었다.

"내 백성에게는 죄가 없어…… 이기적인 요청이기는 하지만 들어 주지 않겠나."

"……."

데일이 희미하게 지은 것은 울면서 웃는 듯한 표정이었다.

"그녀는……."

중얼거린 데일은 누구보다도 상냥한 회색 눈동자를 지닌 소녀를 생각했다.

"그녀는, 아이를 좋아했으니까…… 아이들의 미래를 빼앗는 짓은…… 하고 싶지 않아……."

『셋째 마왕』에게는 그 한마디만으로 충분했다.

"그런가…… 고맙네."

그리고 밤의 어둠 속에 정적만이 남았다.

멀리서 어렴풋이 울리는 파도 소리는 마치 흐느끼는 것 같은 애수로 더는 왕이 없는 이 땅을 감싸 주었다.

†

『재앙의 마왕』이 가져온 불온한 기운은 크로이츠에도 감돌고 있었다.

직접적인 피해야 없었지만 『넷째 마왕』에 의해 라반드국 내에서 일어났던 질병 발생은 이 마을에서도 큰 화제였다. 눈에 보이지 않는 『마소』에 대한 공포도 컸다. 외부에서 오는 여행자에게 관대한 마을이기에, 모르는 병을 들이지는 않을까 하는 불안은 따라다닐 수밖에 없었다.

『넷째 마왕』은 용사의 활약으로 토벌되었다.

그래도 한번 뿌려진 병은 곧장 종식되지 않았다. 『넷째 마왕』이 없어지더라도 세상의 모든 질병이 모습을 감추는 것은 아니었다. 마왕이 『마소』를 활성화하고 무한히 흩뿌리는 일은 없어지기에 광대하고 신속한 유행병은 일어나지 않는다. 하지만 이미 걸린 병이 낫지는 않았고 『마소』에 침범된 토지가 정화되지는 않았다. 그것들은 각각 대처해갈 수밖에 없는 사안이었다.

불안은 인심을 어지럽혔다. 불온한 공기는 상황을 더욱 안 좋은 방향으로 기울게 했다.

흐트러진 인심은 평소라면 별것 아니었을 일조차 사건으로 바꾸었다. 원래대로라면 일어날 수 없는 말썽이 다발했다.

그래도 현재 상태가 『불온한 공기』로 그치고 있는 데는 치료원 역할인 『남색의 신』의 신전과 치안 유지를 맡은 헌병대의 존재가 크게 작용했다. 철저하게 병의 예방과 방역에 힘을 쏟은 신전의 진력으로 마을 내부에서 이번 병에 걸린 사람이 나왔다는 이야기는 없었다. 또한 마을 여기저기에서 피어나는 불씨는 말썽으로 바뀐 순간에 헌병대가 제압했다. 안전한 기반을 지탱하는 조직을 향한 신뢰가 있는가 없는가에 따라 마을 사람들의 불안감은 크게 달라진다.

동시에 이 크로이츠라는 마을에서 가장 큰 『불씨』가 될 수 있는 존재인 모험가들 대다수가 하나의 깃발 아래에서 단단히 통괄되고 있다는 점도 무시할 수 없었다.

백금색 머리카락을 나부끼는 요정 표식. 『백금의 용사』의 기치로도 알려진 『요정 공주』의 이름 아래 단결한 이 집단은 때로는 헌병대에 협력하여, 불온과 혼란을 틈타 악행과 범죄에 가담하려고 하는 족속을 제압해갔다.

그래서 이 크로이츠라는 마을은 라반드국 내에서도 비교적 안정되고 평온한 정세를 유지할 수 있었다.

그런 『요정 공주』의 깃발 아래 모인 자의 거점이라고도 할 수 있는 한 주점 안에서, 가게 주인인 리타는 『초록의 신』의 전언판을 통해 들어온 정보를 앞에 두고 한숨을 쉬었다.

"『넷째 마왕』 다음은 『일곱째 마왕』을 토벌하러 가기로 결정된 모양이야. 그 바보."

리타의 음성에는 어이없음과 불안의 감정이 배어 있었다.

말은 험하지만, 진심으로 어찌 돼도 좋다고 생각한다면 모습을 감춘 데일의 동향을 이렇게 정기적으로 확인하지 않을 것이다. 『초록의 신 전언판』이라는 단말을 다루어 『범고양이』에 있는 모두가 알 수 있는 범위에서 데일의 모습을 전하는 것은 그 후로 줄곧 리타의 역할이었다.

남편인 케니스는 그런 솔직한 부분을 험한 말로 덮어서 숨기려고 하는 리타의 버릇을 알고 있기에 쓴웃음으로 응할 뿐이었다.

“『일곱째 마왕』은 라반드국에서 떨어진 곳에 있다고는 해도 여러 나라를 멸망시켰을 텐데.”

“그런 것 같아…… 과거에 그렇게 해서 세력을 넓힌 뒤로 최근 몇십 년은 교착 상태였던 모양이지만…… 갑자기 또 움직이기 시작했어.”

어느 날 북쪽 소국에 돌연 나타난 『일곱째 마왕』은 처음엔 조금씩 자신의 세력을 넓혀갔다고 한다. 주위를 삼키고, 복종시키고, 세력을 확장하여 왕이라고 불리기에 걸맞은 군세와 지배 지역을 얻기에 이르렀다. 패도를 걷는 『마왕』다운 존재였다.

“북쪽과 맞닿아 있는 동방 제국, 더 나아가 라반드국도 동쪽에는 난민이 흘러들고 있는 것 같으니 말이지…… 상당히 혼란스럽다는 이야기가 손님 사이에서 들려오고 있어.”

“유통에도 영향이 나타나고 있고…… 언제쯤 안정되려나.”

리타는 여전히 불안한 표정으로, 품속에서 잠든 사랑하는 딸을 보았다. 새근새근 평온한 숨소리를 내며 자는 딸의 모습을 보자 가슴속 불안이 커졌다.

그것은 리타가 부모이기 때문이었다.

제 아이가 앞으로 살아갈 세계가 온건하고 평화롭기를 바라는 것은 엄마로서 당연한 심리였다.

“그 바보가…… 전부 짊어지게 하고 싶지는 않지만…….”

툭 중얼거리고서 리타는 한숨을 쉬었다.

그렇게 생각은 해도 데일의 능력을 아는 『한 사람의 엄마』로서는 제 자식이 앞으로 살아갈 세계를 평온으로 이끌어주기를 바라고 말았다. 전혀 모르는 『용사』라는 우상이라면 무책임한 기대만을 걸 수 있겠지만 그렇게 딱 잘라낼 수도 없었다.

두 사람의 대화가 끊어지자 『범고양이』 점내는 쥐 죽은 듯 고요해졌다. 마침 손님도 별로 없었기 때문이다. 답답한 세상 물정과 심정을 반영한 그 공간 속에, 뒷마당에서 노는 테오의 환성이 울렸다.

언제나 가게 안을 장식하던 커다랗고 환한 꽃송이 같은 소녀를 잃은 지금 이 가게에서도 활기찬 아들은 음울함을 쫓아내는 『밝은 화제』가 되어주고 있었다. 건강하게 나날이 쑥쑥 자라는 아들의 모습은 부모인 케니스와 리타에게 무엇과도 바꿀 수 없는 행복을 느끼게 했다.

"어서 와~."

"멍!"

"응?"

"어라?"

아들의 목소리를 듣고 케니스와 리타는 동시에 입을 열었다.

한동안 모습을 안 보이며 목소리도 듣지 못했던 누군가가 대답한 것 같았다.

서로 얼굴을 마주 본 부부는 이어진 아들의 목소리에 똑같은 얼굴로 굳었다.

"누나, 고향에 데려다줬어~?"

"멍!"

"수고했어~ 뷔~ 대단해."

—아들은 무슨 짓을 저지른 거야?! 그리고 뭘 알고 있는 거야?! 하고 『범고양이』의 부부는 서로의 안색만으로 의사소통했지만, 너무나도 엉뚱한 사건이라 캐물을 말이 얼른 생각나지 않았다.

무슨 일이 벌어졌는지 살짝 이해하기 힘들었다. 자신들의 아들이 「누나」라고 부르며 따르는 상대가 유일무이함을 알고 있어도 그랬다.

시선을 돌리니 얼마 없는 가게 안 단골손님들도 똑같은 얼굴이 되어 있었다.

모든 어른이 혼란에 빠진 결과 한없이 조용해진 『범고양이』 점내에, 그런 어른의 상식 따위 전혀 신경 쓰지 않는 한 사람과 한 마리의 목소리가 계속해서 울렸다.

"누나네 고향, 바실리오라고 해. 나 알아."

"멍!"

"누나, 지금 거기 있어?"

"컹."

"나 편지 쓸 거야~ 뷔~ 배달해줄래?"

"멍!"

"……"

"……"

현실도피를 해서는 안 된다. 부부는 말없이 그 결론에 이르렀다.

그렇게 사실을 이해하고 케니스는 얼마 없는 가게 안 손님들을 향해 외쳤다.

"상황이 바뀌었어! 질베스터를 불러!"

"실비아한테도 알릴게!"

"아, 그 전에…… 테오! 테오! 너 대체 뭘 알고 있는 거야?!"

어린아이와 멍멍이의 공모로 이루어진 일을 어른들이 안 것은 이 직후였다.

죄책감이라고는 조금도 없이 당당한 어린아이 앞에서 어른들이 — 우는 아이도 경기를 일으키며 울음소리가 멎을 정도의 무서운 얼굴들도 포함된다 — 고개를 푹 숙인다는 보기 드문 광경이 펼쳐지게 되었다. 그리고 때마침 그 타이밍에 『범고양이』를 방문한 일반 손님이 가게 안의 그 혼돈한 상태를 보고서 깜짝 놀랐다는 여담을 만들어내게 되었다.

덧붙여 바실리오로 옮겨진 라티나도 의식을 되찾고서 엄청난 혼란에 빠졌다. 그녀는 자신이 몽롱한 상태로 했던 발언을 정확하게 파악하지는 못했다. 파악할 수 있을 만한 상태였다면 좀 더 확실하게 상황을 판단할 수 있었을 것이다.

그리고 『보통』은 말한다고 해서 실현될 만한 요망이 아니었다.

빈트는 단순한 멍멍이가 아니라 환수인 천상랑, 그중에서도 최강의 개체 하겔의 장남 멍멍이였다.

크로이츠에서 그런 아비규환 소동이 일어나고 있다는 소식 따위 결코 전해지지 않을 먼 땅에 데일은 있었다.

지금 데일에게 『춤추는 범고양이』는 너무나 괴로운 장소였다. 이곳저곳에 라티나와의 따뜻한 추억이 남아 있었다. 그녀가 지냈던 흔적이 남아 있었다. 지금의 데일은 그것을 볼 수가 없었다.

『범고양이』 사람들과 거리를 두고 고향의 정보원만을 의지한 것도 비슷한 이유였다.

그 가게는 데일에게 『제 모습 그대로 있을 수 있는 장소』였다. 친형 같은 존재인 케니스와, 아웅다웅하는 친구인 리타가 있는, 자신의 감정을 억지로 죽일 필요가 없는 장소였다. 라티나와 만나기 전의 데일이 일 때문에 마음을 마모시켜가면서도 꺾이지 않았던 것은 그 가게가 있었기 때문이었다.

그렇기에 지금은 돌아갈 수 없었다.

지금 자신은 『자신』으로 있을 수 없다.

그리고 그런 자신을 그 가게 사람들에게 보여주고 싶지는 않았다.

설마 그곳의 어린아이와 새끼 늑대가 자신이 원하는 가장 중요한 정보를 쥐고 있으리라고 데일은 전혀 예상도 못 하고 있었다.

†

『일곱째 마왕』은 『전란의 마왕』이라는 이명으로 불렸다.

전쟁 그 자체를 사랑하며 압도적인 무력으로 유린하기를 좋아하는 존재였다.

거기에는 확실히 지배욕도 있을 것이다. 하지만 그 마왕에게는 자신의 영토를 지키며 통치하고자 하는 생각이 없었다. 영토는 어디까지나 자신이 이끄는 군의 양식으로서 착취당하기 위해서만 존재를 허락받았다.

목적부터 파탄 나 있었다.

전쟁을 일으키는 이유는 영토를 넓히기 위해서도, 자신의 지배욕을 채우기 위해서도 아니었다. 영토가 넓어지는 것이나 지배자로 군림하는 것은 결과일 뿐이었다. 목적은 어디까지나 전란 그 자체였다.

그렇기에 『일곱째 마왕』의 영토는 전부 피폐하고 황폐했다. 멸망을 피하고자 항복해도, 잠식당하는 것을 기다릴 뿐인 절망 속에 몸을 두게 되는 것이었다.

『마왕』의 대적하는 존재로서는 반칙 수준인 힘을 가지고 있는 지금의 데일도 『일곱째 마왕』에게 혼자서 대항하기는 어려웠다.

상대는 『군대』였다.

개인의 능력으로 자웅을 겨루는 것이 아니라 대군을 상대로 군

략을 가지고서 나아가야 했다. 전쟁을 움직이는 능력은 데일의 전문이 아니었다.

『재앙의 마왕』이 움직여준 것은 어떤 의미에서 데일에게 좋은 기회라고 할 수 있었다.

『넷째 마왕』을 토벌한, 백금의 용사라고 불리는 존재를 데리고 있는 라반드국이 주변 나라들과 연합하여 『일곱째 마왕』을 치자고 결정한 것이다.

라반드국에 비해 소국이며 국력도 낮은 나라들은 『일곱째 마왕』이 이대로 진격을 계속한다면 유린당하기를 기다리게 될 뿐이었다.

한편 라반드국도 『넷째 마왕』에 의해 타격을 받은 직후에 자신의 영토 내에서 『일곱째 마왕』과 결전을 치르고 싶지는 않았다.

각국의 의도가 뒤얽히면서도 똑같은 방향으로 일치했기에 협정은 빠르게 맺어졌다. 한시도 지체할 수 없다는 것 역시 수뇌부들에게 신속한 결정을 내리게 했다.

데일이 지금 있는 곳은 전선의 한 부대였다.

기마를 타고, 상징으로서 큰 의미를 가지게 된 백금색 갑옷을 입고 있었다. 하겔은 그 존재가 군마에게 겁을 주어서 거리를 두고 동행 중이었다. 아무리 용맹한 군마라고 해도 강력한 육식 동물인 환수의 중압감은 버거웠다.

"명목상 너는 내 부하야. 단독 행동은 삼가줘."

"알고 있어."

누군가 말을 걸어와서 데일은 힐끔 옆을 보았다.

반들반들한 칠흑색 군마는 명가가 소유한 말답게 아름다웠다. 그 위에 걸터앉은 그레고르도 공작가라는 이름이 부끄럽지 않을 고급스러운 장비를 걸치고 있었다.

그레고르의 가장 큰 장기가 신속(神速)과 같은 속도를 겸비한 검술임을 아는 데일이 보기에 고급스럽기는 해도 중량을 동반한 그 갑옷 차림은 위화감을 느끼게 했다.

하지만 그는 데일과 달랐다.

삼남이라고는 하지만 무예를 장려하는 라반드국 굴지의 명가, 에르디슈테트 공작가의 사람으로서 군을 움직이는 방법도 알고 있었다.

국가의 중요 인물로서 중추에서 움직일 수 없는 아버지, 그리고 국방의 열쇠로서 국경에서 움직일 수 없는 둘째 형을 대신하여 가문의 이름을 짊어지고 전장에 서는 역할을 명령받았다.

"너도 큰일이구나."

"……딱히. 라반드국의 귀족으로 있는 이상, 이런 기회는 언젠가 있을 거라고 생각했어."

데일의 말에 대답한 그레고르는 자신이 맡은 군대를 둘러보았다.

정연하게 나아가는 군대의 모습은 확실한 숙련도와 규율을 느끼게 했다. 『일곱째 마왕』이라는 강대한 적에게 향하고 있음에도 불구하고 병사들에게 비장감이 없다는 점도 그러한 인상에 영향을 주는 것처럼 보였다.

『넷째 마왕』을 토벌한 용사들. 공작가 직계인 그레고르가 이끄는 군대이며 살아 있는 전설인 백금의 용사와 함께 임하는 전투였다. 에르디슈테트 가문의 문장이 들어간 깃발과 백금의 용사가 사용하는 요정 공주 깃발, 나란히 내걸린 그 두 깃발 아래에서 걸어가는 병사들은 자랑스러워하는 듯 보이기까지 했다.

데일은『백금의 용사』라는 이름이 부끄럽지 않을 당당한 태도로 주위에 응대했고, 과할 정도인 주위의 기대에도 쉽사리 부응해 보였다. 데일의 모습을 보며 기사와 보병의 사기는 확연하게 올라갔다. 자신도 영웅담 일부에 더해질지도 모른다. 그것은 공명심과도 조금 다른 동경에 가까운 감정이었다.

그레고르도 그런 병사들의 모습에 불만은 없었다.

'……달라.'

옆에서 말을 모는 친구에게 한 번 의식을 보내고서 그레고르는 생각했다.

'주변의 기대에 중압을 안 느끼는 게 아니야. 자신의 평가에 관심이 없는 건가.'

사랑하는 약혼자를 잃은 이후로 위험한 분위기를 휘감은 데일은 날이 갈수록 더 위태로워지고 있었다.『백금의 용사』라는 광대의 가면을 쓰는 것을 배운 뒤, 감춰버린 마음속으로 더욱 무서운 것을 키우고 있는 듯하다는 생각을 지울 수 없었다.

탄식한 것을 눈치채지 못하도록 똑바로 앞을 보고서 그레고르는 말을 몰았다.

자신들의 번뇌를 주위 병사들에게 들켜서는 안 됐다.

자신들의 역할은 상징이다. 흔들림 없이 자리하며 사기와 마음을 지탱하는 존재로 있어야 했다.

'사람인 이상…… 버팀목을 바라는 건 똑같을 테지만 말이지…….'

자신들의 마음을 지탱해주는 존재를 바라는 것은 죄일까. ―안쪽으로 건, 소중한 여성이 만든 호부를 갑옷 위에서 누르며 그레고르는 생각했다.

『일곱째 마왕』을 토벌하기 위해 대국 라반드가 움직인 것은 즉각 많은 나라가 알게 되었다. 당사자가 아닌 나라도 라반드국이 쓰러지면 『일곱째 마왕』을 막을 수단이 없어지게 된다. 단순한 국력 자체도 크지만, 영웅적인 명성을 가진 『백금의 용사』 이상의 『용사』가 나타나기를 기다릴 수밖에 없게 되는 것이었다.

『초록의 신』의 신전을 중심으로 정보는 전 세계로 퍼져갔다.

많은 나라가 마른침을 삼키며 정세를 지켜보는 가운데, 라반드국을 주축으로 하는 연합군은 『일곱째 마왕』의 지배 지역에 도달했고 개전이 선언되는 일도 없이 교전이 시작되었다.

마왕이 지배하는 중추와 멀리 떨어진 곳에서 벌어진 전투는 연합군의 압도적인 승리로 끝났다. 진군하는 동안 시야에 들어오는 황폐한 참상은 연합군에 소속된 자들에게 의분과 함께 「자국을 이렇게 만들 수는 없다」는 사명감도 주었다.

진군하는 연합군은 확실히 『일곱째 마왕』에게 다가가고 있었다.

그 소식은 이윽고 인간족과 교류하지 않는 폐쇄적인 나라에까지 전해졌다.

“「인간족의 군대가 『일곱째 마왕』과 맞붙었는가.」”

“「예, 폐하.」”

부하의 보고를 듣고, 옥좌라는 형용이 어울리는 발 너머에서 『황금의 왕』이라는 별호를 가진 존재는 눈을 감고 묵고했다.

바실리오의 기후는 라반드국보다도 건조하고 더웠다.

『첫째 마왕』이 거성으로 삼아 진좌하고 있는 곳은 『보라의 신(바나프세기)』의 신전이었다.

바실리오의 국주(國主)는 『첫째 마왕』이다.

신이 자격 있는 자를 그 존재로 임명하는 것이 『마왕』이었다. 그렇기에 재위 기간이 수백 년간 이어질 때도 있는가 하면, 국주가 존재하지 않는 기간도 있을 수 있었다. 『마왕』이 없을 때는 『보라의 신』의 고위 신관들을 중심으로 정치 기구를 유지해가게 된다. 신전이 바로 정치의 중심이며 왕과 신을 맞이하는 인심의 집약소였다.

그것은 도시의 곳곳에서도 엿보였다. 그들의 군주인 『첫째 마왕』의 거성이기도 한 흰색의 석조 대신전을 중심으로 도시가 구축되어 있었다. 거대한 신전을 에워싸듯 펼쳐진 거리는 하얀 돌과 햇볕에 말린 벽돌로 만들어져 있었다. 거리는 정연하고 깨끗하여 마치 신전의 연장선처럼 생활감보다도 엄숙함이 느껴졌다.

『마인족』은 인간족보다 절대적인 수가 상당히 적었다. 이곳은 바실리오의 유일한 도시였다. 다른 지역에는 촌락이라고 불러야 할 규모의 마을밖에 없었다. 지리적 환경으로 타국과 동떨어진 이 지역은 쇄국 정책을 펴기 쉬웠다.

이 세계에서는 모든 토지가 국가로 구분되어 있지는 않았다.

나라라고 부를 수 있는 지역은 어디까지나 『인족』이 지배하는 영역뿐이었다. 미개척 땅도 무수히 있었고, 마수의 생식지라서 사람의 출입을 거부하는 토지는 어느 나라에도 속하지 않는 경우도 있었다.

일곱 종 존재하는 『인족』과는 다른 종류의 인간형 생물 — 아인족 — 이나 환수가 지배하는 영역은 어느 정도 문화가 인정되어 교류할 수 있지만 『국가』로 꼽히지는 않았다.

사람이 살기 좋은 조건의 땅에서는 여러 국가가 복작대며 영토싸움을 하고 있으나 공백의 지역도 넓게 분포되어 있었다.

바실리오와 인접한 국가는 라반드국이지만 양국 사이는 마수의 서식 영역으로 가로막혀 있었다. 바실리오는 마수의 서식 영역과 광대한 사막에 둘러싸여 지리상 홀로 남겨진 위치에 존재하는 국가였다.

가혹한 토지라는 점은 분명하지만 다부진 종족인 마인족은 생활상의 불편도 없이 살아갈 수 있었다. 타국의 침략을 받지 않고, 그저 평온을 바라며 삶을 영위해가기에는 지장이 없는 땅이었다.

바실리오의 대신전은 겹겹의 구획으로 이루어져 있었다. 신전 내부만으로 작은 마을 정도의 규모 같다는 착각마저 들게 했다. 넓은 부지 안에는 여러 건축물이 존재하고 있었는데 중심으로 갈수록 출입자가 제한되는 중요한 구획이었다.

별궁은 그 중심 구획 안에 있었다.

건조한 이 토지에서 가장 귀중할 터인 청류(淸流)가 맑은 울림을 연주했다. 얕게 자갈을 깐 인공 샘에 가는 실 같은 용수(湧水)로 이루어진 폭포가 쏟아졌다. 별궁은 그 샘 안에 축조되어 있었다.

크기는 작지만, 풍아함만을 모은 듯한 미술품 같은 건물이었다. 외양이 화려하거나 호화롭지는 않았다. 마인족은 호화찬란한 세간으로 신변을 장식하는 문화를 가지고 있지 않았다. 세세하게 새겨진 조각 하나하나와 사용된 재질에 극한의 사치가 담겨 있었다. 안목 있는 사람이 본다면 전부 최상급 물건임을 알 수 있는 건축물이었다.

그도 그럴 것이 이 별궁은 이전 『첫째 마왕』이 총애했던 비를 위해 부와 기술의 정수를 모아 만들게 한 것이었다.

마왕이 바뀌어 이 별궁도 주인을 잃었으나 지금은 다시 아름다운 공주를 그 안에 품고 있었다.

크리소스는 내궁이라고 불러야 할 신전의 중심 구역을 걸어갔다.

얇은 천을 겹친 의복은 통풍이 잘돼서 이 토지의 기후에 적합했다. 그 의복 안쪽으로 차가운 공기가 가볍게 지나갔다.

『총희의 별궁』이라고 불리는 이 장소는 미지근해지지 않는 용수가 열기를 식혀 아무리 더운 날에도 차가운 바람이 불었다. 별궁으로 이어진 복도를 걷는 크리소스를 알아차린 여관들이 머리를 숙이며 왕을 맞이했다.

이 별궁에 출입할 수 있는 것은 별궁의 현재 주인인 『공주』를 모시는 한정된 여관과 왕인 크리소스뿐이었다.

크리소스가 들어간 별궁 안은 마인족의 문화권답게 최소한의 가구만이 마련되어 있었다. 실내 대부분을 차지하는 것은 침대였다. 바람이 통과하자 천장에서 드리워진 사(紗)가 부드럽게 흔들렸다. 사에 차단된 햇빛은 침대 위에 온화한 그림자를 늘어뜨렸다. 그 그림자 안에 누워 있던 여성이 인기척을 느끼고 몸을 뒤척였다.

“「크리소스…….」”

“「일어나 있었나, 플라티나.」”

크리소스의 목소리에 대답하고자 몸을 일으키려 했던 그녀는 곧장 힘이 다해 침대 위로 픽 쓰러졌다.

“「무리하지 마. 아직 움직일 수 있는 상태가 아닐 터.」”

“「미안해…….」”

몸을 축 늘어뜨린 채 그녀— 라티나는 겨우 알아들을 수 있을 만큼 가냘픈 목소리를 짜냈다.

“「그래도 조금은 깨어 있을 수 있게 됐어…… 크리소스 덕분이야.」”

“「느슨해졌었다고는 해도 『봉인』을 억지로 돌파하다니…… 무사히 나왔으니 다행이지만, 무모한 짓을 했다.」”

그렇게 말하고 크리소스는 라티나의 이마로 흘러내린 머리카락을 손끝으로 넘겼다. 그리고 그대로 그녀의 부러진 뿔 밑동 부근을 살며시 어루만졌다.

마인족에게 『뿔』은 종족의 특징이며 신성시되는 것이었다. 그곳을 만지는 행위는 매우 친밀한 자에게만 허락됐다.

"「이제 다시는 짐이 그대를 잃는 선택을 하게 만들지 마라…….」"

크리소스의 괴로워하는 표정과 목소리에 라티나도 표정을 흐렸다.

"「미안해…… 크리소스…….」"

"「됐다. 그대가 돌아온 것만으로 충분해.」"

크리소스는 희미하게 미소 짓더니 라티나의 이마에 손을 올렸다. 그러자 주위 『공기』가 변화했다.

가냘프게 얕은 호흡을 반복하던 라티나가 깊이 숨을 내쉬었다. 파랗게 질렸던 얼굴에 살짝 혈색이 돌아왔다.

빈트가 바실리오에 데려다준 뒤로 라티나는 거의 잠든 채 보내고 있었다.

잠시간 크리소스와 해후를 완수하면 그대로 의식을 잃고 말았다.

『여덟째 마왕』인 그녀를 얽매는 주문은 강력했다.

라티나는 그것을 불완전한 형태로 돌파하는 대가로 많은 힘을 『옥좌』에 두고 왔다. 그 결과, 라티나는 자신이 존재하는 힘 — 살아가는 힘 그 자체 — 조차 거의 잃어버렸다.

그것을 자신이 가진 마왕의 힘으로 보충하고, 유지하고, 정돈한 것이 크리소스였다.

크리소스가 『첫째 마왕』이 아니었다면 불가능한 일이었다.

『첫째 마왕』은 가장 『마왕』다운 힘을 가진 마왕. 신의 말석으로서 마왕의 힘을 다루는 것에 가장 뛰어난 존재였다.

그런 크리소스여도 라티나처럼 『봉인』을 돌파할 수 있냐고 묻는다면 불가능하다고 단언하지 않을 수 없었다. 힘을 다루는 기술에 뛰어나기에 라티나가 얼마나 무리하게 말도 안 되는 일을 했는지 이해하고 있었다.

크리소스의 힘으로 라티나는 조금씩이기는 하지만 회복의 징조를 보였고, 바실리오에 처음 도착했을 때의 위험한 상황은 벗어난 상태였다. 하지만 정상 컨디션과는 거리가 멀어서 하루 중 대부분을 침대에 누운 채 꿈과 현실 사이를 오가고 있었다.

“「나, 크리소스한테…… 해야 할 말이…… 잔뜩 있는데…….」”

“「됐다. 짐에게 전부 맡겨라. 그대는 자기 일만 생각하면 돼.」”

강력한 수마의 유혹에 라티나의 몸에서 힘이 빠졌다.

규칙적인 숨소리가 들려오자 크리소스는 라티나의 이마에서 손을 뗐다.

“「……해야 할 말이라는 건 자신의 『권속』에 관해서인가? 플라티나.」”

꿈속에 있는 플라티나에게 목소리가 닿지 않을 것을 알면서 크리소스는 감정이 담기지 않은 목소리로 중얼거렸다.

“「짐에게서 그대를 빼앗으려 하다니…… 어떤 족속인지, 만날 때를 기대하고 있다.」”

마침내 자신에게 돌아온 사랑하는 반쪽.

몇 년이나 찾았다. 재회하고 얼마 안 가 다시 이별을 체험할 줄은 생각도 못 했지만 ― 이성은 그렇게 될 가능성을 이해하고 있었으나 받아들이고 싶지 않았다 ― 피할 수는 없었다.

그녀를 잃었을 때는 몸의 절반이 도려내진 것 같은 고통을 맛보았다.

『첫째 마왕』이라는 입장의 자신은 『여덟째 마왕』을 봉인해야 했다. 가장 사랑하는 그녀가 죽지 않도록 하려면 그렇게 할 수밖에 없었다.

그래도 그 선택은 피를 토하는 듯한 고통을 동반했다.

사랑하는 공주인 그녀를 자신 곁에 되찾은 이상, 더는 잃어버리지 않을 것이다. 온 힘을 다해 지킬 것이다.

"「안 그런가, 『백금의 용사』여.」"

크리소스는 결의를 가슴에 품으며, 이곳에는 없는 존재를 향해 말했다.

†

라반드국이 소유한 비룡 부대는 결코 적지 않다.

그 대부분은 현재 원방에서 벌어지고 있는 『일곱째 마왕』과의 싸움에 투입되어 있었다. 비룡은 마수로 분류되는 용종(竜種)이지만 단일 개체의 공격 능력만을 보자면 특출한 부분이 없는 생물이었다. 쉽게 죽일 수는 없으나 전황을 뒤엎을 만큼 강대한 힘은 가지고 있지 않았다.

비룡 부대의 가장 중요한 역할은 사람이나 물자의 운반이었다. 하늘길을 갈 수 있는 존재는 한정되어 있다. 간단히 부족분을 보충할 수 있는 존재도 아니었다. 전선에 내보냈다가 잃으면 대신할 존재가 없다는 점도 후방 지원이 주요 임무인 한 요인이었다. 안이하게 전투에 관여시키는 것은 큰 위험성을 동반했다.

그 라반드국에 속하는 비룡 한 마리가 여유롭게 날개 치고 있었다.

대형 수컷 비룡이었다.

등에는 라반드국 소속임을 나타내는 다홍색 장비를 몸에 걸친 기수를 태웠다. 그리고 자신의 몸 밑에 큰 상자 형태의 물건을 부둥켜안고 있었다. 얼핏 보면 그 상자는 선박과도 닮은 모습이었다. 그것은 사람을 운반하기 위한 객실 부분에 해당했다.

『배』를 나르는 비룡 앞에서는 한층 작은 비룡이 선도하고 있었다. 수송 중인 승객들을 지키는 호위였다.

"……각하는 무슨 생각을 하고 계시는 걸까요."

비룡이 운반하고 있는 『배』 안에서 로제는 고개를 갸웃했다. 사적인 시간에는 에르디슈테트 공작을 『아저씨』라고 스스럼없이 부르는 로제지만 지금은 공인으로서의 입장을 무너뜨리지 않았다.

"저희는 아는 바가 없습니다. 그저 로제 아가씨를 지키라는 명령이었기에."

"그런가요……."

로제 곁에 있는 것은 공작이 개인적으로 계약을 맺고 있는 모험가들이었다. 데일과 마찬가지로 마왕이나 마족 토벌에 임할 때도 있는, 실력과 품행을 신뢰할 수 있는 자들이었다. 시종도 없이 호위만 데려가는 것은 『배』에 탈 수 있는 인원이 한정되어 있기 때문이었다.

평범한 귀족 자녀였다면 거부하는 것도 무리가 아닌 불편한 여행길이었다. 그래도 원래 하급 귀족 출신이며 여행에 익숙한 로제는 안색 하나 바꾸지 않았다.

로제 옆에 있는 모험가는 몇 명 있는 동행자 중에서도 여성뿐이었다. 일행에 여성 비율이 높은 것은 호위 대상인 로제가 젊은 여성인 것에 대한 배려인 듯했다.

'아저씨는 무슨 생각이실까…… 이러한 때에…….'

『넷째 마왕』이 할퀴어 놓은 흔적 때문에 로제가 소속된 『남색의 신』신전은 현재 다망했다. 이런 때 비룡을 이용해 『남색의 신』의 고위 신관인 로제를 먼 곳으로 보내는 이유를 알 수 없었다.

그래도 에르디슈테트 공작이 직접 내린 명령인 이상, 로제로서는 거절할 방도 따위 없었다. 로제는 사려 깊은 공작을 잘 알고 있지만, 그의 생각을 짐작할 수 없어서 아무래도 불안이 커지고 말았다.

'그레고르 님은 무사하실까요…….'

전쟁터에서 병사를 이끄는 그레고르를 생각하자 로제의 표정이 흐려졌다. 무사하기를 기도할 수밖에 없는 자신의 상황이 안타까웠다.

창밖은 온화한 바람이 부는 창공이었으나 로제의 마음은 그 아름다움을 보고도 맑게 개지 않았다.

비룡은 야간 비행에 적합하지 않다.

밤눈이 발달하지 않은 비룡은 야간 시야가 크게 제한되기 때문이었다. 기수 또한 인간족이라 암시(暗視) 능력은 가지고 있지 않았다. 웬만하면 지상에 내려서 휴식하는 편이 좋았다.

비룡이 내려가려면 어느 정도 넓은 토지가 필요했다. 적절한 장소를 확인했을 무렵에는 완전히 해가 떨어져 있었다. 등불 마법으로 시야를 확보하고 병사들과 모험가가 야영 준비를 시작했다.

일행 안에서 신분 있는 사람으로 취급되는 로제는 그 속에 끼지 않았다. 휴대용 필기구를 꺼내 공작에게 보내는 보고서를 간결한 말로 적어갔다.

—그때였다.

호위 모험가들에게서 크게 거리를 둔 것은 아니었다. 그리고 본래 로제는 아무리 보고서 작성에 의식이 가 있더라도 부주의하게 긴장을 늦추는 성격이 아니었다.

"이때가 오기를 기다리고 있었습니다."

그런데도 그때, 어둠 속에서 갑자기 울린 목소리를 들은 것은 로제 한 사람뿐이었다.

그 목소리를 듣고 나서야 로제는 자신이 단독으로 행동하고 있었음을 깨달았다.

갑작스러운 일에 대한 놀람 때문이 아닌 다른 이유로 로제는 평소의 냉정함을 잃었다.

들은 적 있는 목소리였다. 잊을 리가 없었다.

"당신은……!"

어둠 속으로 시선을 집중하고 물었다. 그 안에서 천천히 기척이 움직이는 것을 감지하고 로제는 반사적으로 어둠 속에 발을 들였다.

숲속은 로제가 생각했던 것보다도 걷기 힘들었다. 동행자들의 눈을 피해 행동하고 있다는 자각은 있었기에 등불 마법은 사용하지 않고 기척을 쫓았다.

시야가 안 좋은 가운데 나아가는 것은 체감 거리를 교란했다. 상당히 걸어온 느낌이었지만 실제로는 야영 장소에서 그다지 떨어지지 않았다는 것도 로제는 파악하고 있었다.

앞서가던 기척이 숲속을 어느 정도 나아가자 발을 멈췄다. 손바닥 위에 작은 마법 등불이 켜지더니 기척의 주인의 얼굴을 부드러운 빛으로 비추었다.

"역시 당신은……."

상대의 얼굴을 확인한 로제에게서 나온 목소리는 복잡한 심경을 드러내고 있었다.

반듯하고 아름다운 얼굴. 불빛을 반사하여 희미하게 반짝이는 금색 뿔. 그리고 무엇보다 잊을 수 없는 길고 선명한 보랏빛 머리카락. 일찍이 『둘째 마왕』에게서 로제를 구한 마인족 여성이었다.

"저는 『이 순간』을 기다리고 있었습니다. 장미의 색을 지닌 당신과 이곳에서 만나는 이 순간을―."

"……!"

로제는 눈앞의 여성이 『보라의 신』의 고위 신관임을 알고 있었다.

그 신이 사람에게 주는 가호는 『예지』의 힘이었다. 그녀의 말이 무엇을 의미하는지도 로제는 저절로 이해하고 말았다.

“당신은…… 저와『지금』만날 것을 알고 계셨군요…….”

그렇기에『둘째 마왕』과 만났던 그때, 그녀는 로제가 살아남을 수 있다는 사실을『알고 있었다』. 그보다 나중인 미래에 만난다면 그것은 확신에 이를 것이다.

“신의『예지』라고 해도 전부 그렇게 움직인다고는 할 수 없습니다. 제가『이때』당신과 만나는『미래』는 제가 고대하던『미래』의 도중에 있었습니다. ……저는 마침내…… 이『미래』에 도달했군요…….”

보라색 여성은 감격한 모습으로 잠시 말을 멈췄으나 이내 로제를 조용한 눈으로 곧게 바라보았다.

“『백금의 용사』는『일곱째 마왕』을 토벌하겠지요.”

두려운 느낌이 들 만큼 확고한 음성으로 예언자가 고했다.

“그때, 미래는 확정됩니다.『둘째 마왕』은 이 땅에 있게 됩니다.”

그렇게 말한 그녀가 로제에게 건넨 것은 간단한 지도였다. 종잇조각에 휘갈겨진 선은 라빈드국 변두리의 지리를 그리고 있었다.

“『둘째 마왕』은 마음 가는 대로 행동하여 행동을 예측할 수 없는 존재. 거처도 일정하지 않습니다.『백금의 용사』가 행방을 찾더라도 통상적인 수단으로는 마주하기조차 어렵죠…… 그렇기에 저는『이때』를 기다리고 있었습니다. 장미의 색을 지닌 당신에게 이 지도를 넘기는 것으로 이 미래는『백금의 용사』에게 이릅니다. ……그렇다면 이것으로 제 역할도 끝납니다.”

똑같이 가호를 가진 신관이지만 로제는『보라의 신』의 가호가 어떻게 현현하는지 몰랐다. 그러나 여성의 말을 듣자 가슴이 술렁였다. 그녀의 말에는 괴로울 정도의 결의가 담겨 있었다.

"……당신은 전에 말씀하셨지요. 『마왕의 권속은 자신의 생살여탈 권리를 주인에게 맡기고 있다』고…… 『둘째 마왕』이 없어지면 당신은 구원받나요……?"

"어떤 의미에서는."

로제의 질문에 답한 여성의 목소리는 조용했다.

"『주군』이 없어지면 권속인 저도 따라 죽게 되겠지요."

숨을 삼킨 로제에게 미소조차 보내며 그녀는 말을 이었다.

"그것을 알면서도 저는 『주군』 밑으로 들어갔습니다. 전부 각오한 일."

그녀에게는 감정의 동요조차 없었다.

이미 진즉에 결단한 자의 달관과도 닮은 기색을 지니고 있었다.

"이 기회를 놓치면 『주군』은 또 많은 자를 죽이겠지요. 제 모국도 『주군』 때문에 큰 희생을 치러왔습니다."

그것이 자신이 할 일이라는 것처럼 그녀는 어디까지나 의연하게 고했다. 아름다움마저 느껴지는 흔들림 없는 모습이었다.

"당신이라면 어떻게 하시겠습니까. 자신의 목숨을 걸어서라도 지키고 싶은 존재를, 자신의 목숨을 걸기만 하면 지킬 수 있음을 알고 있다면."

로제는 그녀의 그 물음에 대답할 말을 가지고 있지 않았다.

"분명 당신도 똑같은 선택을 할 겁니다."

그녀는 해야 할 말을 고한 뒤, 마법 등불을 끄고 로제에게 등을 돌렸다. 숲 안쪽 어둠 속으로 걸어갔다. 로제는 한동안 그대로, 보이지 않게 된 그녀가 걸어간 곳을 바라보고 있었다.

뒤돌아보니 마법으로 환하게 밝혀진 야영지가 보였다.

빛 속에 있는 그곳과 자신이 있는 장소의 차이가 너무 커서 로제는 잠시 움직이지 못했다.

"데일 님께…… 이걸 맡기면……."

『둘째 마왕』은 신출귀몰하게 살육을 즐기는 악귀. 데일은 『둘째 마왕』을 토벌하러 가게 될 것이다. 거처가 묘연하여 어디 있는지 알 길이 없는 『둘째 마왕』을 칠 수 있는 기회는 쉽게 찾아오지 않는다.

그것은 동시에 로제의 은인인 『그녀』의 죽음도 의미했다.

로제는 손안에 있는 종잇조각을 응시했다가 눈을 감고서 짧은 기간 묵고했다.

'내가 똑같은 입장이었다면…….'

자신의 목숨으로 최대의 호기를 손에 넣을 수 있다면, 값싼 동정으로 그것을 부질없는 일로 만들지 않기를 바랄 것이다.

그녀는 아마 줄곧 그것을 위해 살아왔으리라.

자신의 신념하에 역할을 다하고자 하는 그녀의 긍지를 더럽혀서는 안 됐다.

『자신』도 『그녀』와 똑같은 선택을 한다면 그러길 바랄 터였다.

로제는 눈을 뜨고 야영지로 돌아갔다.

그 발걸음에서 이미 망설임은 사라져 있었다.

로제가 생각지 못한 상대와 재회하고 있을 무렵, 북쪽 대지에서는 『일곱째 마왕』과의 전투가 최종 국면을 맞이하고 있었다.

『백금의 용사』라는, 상징으로서도 실력도 일급인 존재를 가진 제국 연합군은 진격을 계속했다. 도중에 통과한 토지는 당연하게도 황폐하고 참혹했다. 여러 나라로 이루어진 연합군이었지만 각자 「자신의 모국을 똑같이 만들 수는 없다, 이 참상으로부터 모국을 구하자」는 일치된 방향으로 단결을 유지할 수가 있었다. 『마왕 토벌』이라는 대의명분은 조금도 더럽혀지지 않았다.

그리하여 『일곱째 마왕』과의 전쟁은 제국 연합군의 승리로 끝났다.

전쟁이 할퀴고 간 상처는 전쟁터가 됐던 국토에 선명히 새겨져서 이미 유린당한 땅에 활기가 돌아오지는 않았다.

그래도 틀림없는 승리였으며 이 이상의 침략도 유린도 받지 않는다는 사실은 사람들에게 희망을 주었다.

희망은 요정 공주의 깃발을 내건 『백금의 용사』라는 상징과 함께 가장 새로운 영웅담으로서 회자되었다.

제국 연합군, 전선의 한 거점도 승리에 열광하고 있었다.

국가 간의 전쟁보다도 마왕과의 싸움은 승리가 명확했다. 여러 나라의 왕에게 헌상하기 위해 『일곱째 마왕』의 목은 몸통과 나뉜 상태로 보호되었고, 마왕의 장수인 마족도 마왕의 죽음과 함께 그 생명 활동을 끝내게 되었다.

어중이떠중이로 변한 패잔병들은 나중에 소탕해야 할지도 모르지만 현재로써는 특별히 위협이 되지 않았다.

데일은 에르디슈테트 공작이 보낸 서간을 받아 보고 있었다.

"『둘째 마왕』의 거처를 알았다고……?"

공작의 사병을 이용하여 비밀리에 운반된 전령. 거기에는 로제가 에르디슈테트 공작에게 알린 정보를 더욱 자세히 조사한 내용이 적혀 있었다.

데일 자신도 고향의 정보망을 사용해『둘째 마왕』의 행방을 찾고 있었다. 세계 각지에 연고가 있는 티스로우도『둘째 마왕』에 관한 구체적인 정보는 무엇 하나 모으지 못해서 미약한 짜증을 느끼고 있던 참이었다.

공작 각하는 독자적인 정보망을 가지고 있는 걸까— 데일은 그렇게 결론짓고 생각에 잠겼다.

남은 마왕은『첫째 마왕』과『둘째 마왕』뿐.『첫째 마왕』은 마인족의 국가 바실리오의 원수다. 거처는 특정되어 있었다. 그렇다면 우선해야 할 것은『둘째 마왕』쪽이리라.

라반드국으로서도『둘째 마왕』이 국내에 숨어 있는 사태는 마땅히 위기감을 느낄 일이었다.

대적하는 존재인『용사』가 없는 토지에서『둘째 마왕』이 사람들에게 이를 드러낸다면, 무수한 전사가 아무리 분투해도 마왕에게 결정타를 날릴 수는 없었다. 피해가 최소한에 그치더라도 그 영향은 막대할 것이다.

무엇보다도 『둘째 마왕』의 가장 큰 위협은 사람들 마음에 미치는 공포심이었다.

피해의 크기만이라면 군대를 소유하고 모든 것을 유린하는 『일곱째 마왕』이나 눈에 보이지 않는 『마소』로 죽음의 병을 흩뿌리는 『넷째 마왕』 쪽이 컸다.

그런데도 『둘째 마왕』이 그 마왕들 못지않게 공포의 대상인 이유는 그 성질 때문이었다.

신출귀몰하며 가장 잔인한 살육자. 자신의 쾌락과 희열을 위해 살육을 행하는 그 마왕의 행동은 예측조차 하기 어려웠다.

언제 나타날지도 알 수 없고, 나타났을 때는 피비린내와 시체로 그 땅을 메우는 존재.

사람들을 공포의 밑바닥으로 떨어뜨리는 존재였다.

데일도 지금까지 직접 『둘째 마왕』과 마주한 적은 없었다. 데일이 예전에 싸운 경험이 있는 것은 『둘째 마왕』의 권속뿐이었다.

『둘째 마왕』의 권속은 적인 데일조차 연민을 느끼게 하는 자들뿐이었다. 부하라고 부르기에는 일그러진 존재, 그저 신체만을 강화한 불쌍한 『생물』들이었다.

망가지지 않는다. 죽지 않는다.

그러나 통각 등은 분명하게 남아 있었다. 허용 범위를 넘은 고통에 몸부림쳐도 망가지는 것을 허락받지 못하며 죽음의 자유를 빼앗긴 존재들이었다.

데일은 그런 『그들』의 목숨을 앗아왔다. 간단히 죽을 수 없는 존재들이 죽을 때까지 검을 휘두르고 마법을 행사해 그 목숨을 빼앗았다.

『그들』이 죽는 순간 떠올렸던 표정이 틀림없는 안도라는 사실은 참을 수 없는 기분을 들게 했다.

그렇게 생각에 잠겨 있던 데일은 누군가 앞에 서는 기척을 느끼고 얼굴을 들었다.

그레고르가 자신을 보고 있었다.

그레고르의 얼굴에는 피로의 색이 비쳤다. 이 정도로 규모가 큰 군대를 지휘하는 것은 그레고르도 처음일 터였다. 공작 각하가 붙여준 보좌가 우수하기는 했지만, 데일은 솔직하게 자신은 흉내도 못 낼 일이라고 생각했다. 좀 더 규모가 작은, 전선에 나서는 유격대의 지휘라면 자신도 맡을 수 있겠으나 이것만큼은 적재적소에 배치해야 할 일이었다.

"데일, 갈 거야?"

반쯤 명목상이라고는 해도 데일은 그레고르의 지휘하에 있었다. 에르디슈테트 공작이 데일에게 내린 명령은 그레고르도 아는 것 같았다.

"그래…… 즉각 향하라는 각하의 명령이야."

그레고르는 데일의 대답을 듣더니 잠시 무언가 생각하는 동작을 했다.

그리고 데일이 생각지도 못했던 제안을 했다.

"나도 동행하마."

"뭐? 넌 지금부터 귀환을 지휘해야 하잖아?"

"귀환할 뿐이라면 대리에게 맡겨도 문제없어. 하지만 『둘째 마왕』 토벌에 임할 수 있는 인원은 흔치 않아. 비룡으로 이동할 걸 생각해도 정예 몇 명으로 가게 될 테니까."

"……그러네."

데일은 묘하게 고요한 눈으로 그레고르의 말을 받아들였다.

그는 지금 자신이라면 『둘째 마왕』 상대로도 뒤떨어지지 않을 것이라고 생각했다. 홀로 향하더라도 상관없었다. 하지만 그것은 자신이 『마족』이 되었음을 모르는 그레고르나 에르디슈테트 공작에게는 설명할 수 없는 일이었다.

그레고르도 자신이 무리한 말을 하고 있다는 자각은 있었다. 지금 자신에게 부과된 책임은 간단히 타인에게 떠넘겨도 되는 것이 아니었다. 그래도 그는 직감적으로 데일을 혼자 보내서는 안 된다고 생각했다.

『일곱째 마왕』을 토벌한 지금, 위협적인 존재는 없을 것이다. 귀환의 지휘권을 어떻게 보좌에게 넘기면 가장 효율적일지 머릿속으로 구상했다.

자신이 아니어도 괜찮겠지만, 『둘째 마왕』을 상대할 수 있을 만큼 실력 있는 자를 선발하는 것은 어려웠다. 긴급을 요하는 현 상황이기에 자신이 가야 한다고 생각했다.

라반드국 공작가의 사람으로서, 친구로서, 『용사』를 잃을 수는 없다. 불안정한 지금의 데일을 혼자 『둘째 마왕』 곁으로 보내서는 안 됐다.

자신은 데일이 바라는 『존재』를 대신할 수 없을 테고, 될 생각도 없었다. 그래도 지탱해줘야만 했다.

"……내게도 내 역할이 있어."

"그런가…… 그럼 안 말릴게."

간결하게 대답하고 일어선 데일이 향한 곳에는 백금색 갑옷을 입은 회색 환수가 있었다.

환수의 눈에 자신과 비슷한 색이 있는 것 같아서 그레고르는 희미하게 한숨을 쉬었다.

그레고르는 신속히 자신의 보좌에게 지휘권 위임을 끝내고 『둘째 마왕』 토벌 소대를 편제했다. 『일곱째 마왕』과의 전투 직후라 어수선한 가운데 비밀리에 움직일 수 있는 비룡의 수를 고려하여 데일과 그레고르, 그리고 후방 지원에 뛰어난 마법사 등으로 이루어진 정예들이었다.

현재 위치인 대륙 북동부에서 라반드국으로 돌아가려면 비룡의 속도로도 며칠은 걸렸다. 그래도 지상을 진군했을 때와는 비교도 할 수 없는 속도였다. 그렇게 비행에 특화된 마수인 비룡에게조차 하겔은 뒤처지지 않았다. 데일의 고향인 티스로우에서 하겔 맞춤으로 만든 부분 갑옷은 안장 기능을 갖추고 있어서 비행 시의 불안정한 자세를 받쳐주게 된 상태였다.

지금의 데일은 수면이나 휴식 없이도 며칠은 검을 휘두를 수 있었지만 그것을 주위 사람에게 강요할 수도 없었다. 조급한 마음을 진정시키고 야영하는 무리 속에 섞였다.

일렁이는 모닥불의 불빛 속에서 그레고르는 몇 가지 서간을 확인하고 있었다. 불안정한 상태로 펜을 놀리고 있음에도 불구하고 그의 성격을 드러내는 꼼꼼한 글자가 적혀갔다. 가늘게 빙 말아 전용 통에 넣은 뒤, 촛농을 떨어뜨려 봉했다.

전후 처리를 맡기고 온 관계도 있을 것이다. 그레고르는 이동 중에도 연락용 새를 이용해 빈번히 본국과 글을 주고받고 있었다.

"……."

"왜?"

몇 번째인지 모를 글을 개봉하여 내용을 확인하더니 그레고르가 살짝 눈썹을 찡그렸다. 그대로 생각에 잠기는 모습을 보고 데일은 이상하게 여겨 목소리를 냈다.

"아니, 아무것도 아니야."

"그래."

그레고르 입장에서는 상대가 친구라고 해도 본국에서 보낸 정보를 간단히 입에 올릴 수는 없었다. 데일도 그것을 이해했기에 깊이 캐묻지 않고 적당히 대답하고서 타닥거리는 모닥불로 시선을 돌렸다.

그런 데일을 힐끗 보고 그레고르는 다시 생각에 몰두했다. 다 읽어서 처분해야 할 서간을 눈앞의 불길 속에 넣어 태웠다. 얇은 종잇조각은 순식간에 재가 되어 불꽃 속으로 사라졌다.

—라반드국은 마인족 국가 바실리오와 정식으로 국교를 연다.

그레고르가 곤혹스러워한 이유는 이 타이밍에 본국에서 전달된 그 정보 때문이었다.

오랫동안 바실리오는 타국과 교류를 꾀하지 않으며 폐쇄된 나라로 존재했다. 하지만 바실리오의 원수인 『첫째 마왕』은 이번에 정식으로 라반드국에 국교를 바라는 사자를 보냈다고 한다.

마인족이라는 종을 통솔하는 『첫째 마왕』은 『재앙의 마왕』이 인간족을 침략하는 것에 근심을 품었다. 『재앙의 마왕』과 『마인족』의 의사는 똑같지 않다. 하지만 마인족이 오랜 세월 다른 종족과 교류를 끊은 현재 상황에서는 그 편견이 인간족 사이에 만연한 것도 사실이었다.

쓸데없이 불안과 의심을 부채질했다가 마인족과 인간족이라는 종 자체의 대립으로 발전할지도 모른다고 염려한 그 마왕은 이번 대전(大戰)의 최대 공로자인 라반드국에 사자를 보낸 것이었다.

라반드국도 바실리오의 제의에 응하여 이미 준비는 물밑에서 시작되고 있었다.

그레고르는 아버지인 『라반드국 재상 에르디슈테트 공작』이 그 외교 관련 정보를 왜 지금 자신에게 전달했는지, 그리고 무엇을 시키고 싶은 것인지— 여러 가지로 생각을 이어갔다.

†

『둘째 마왕』이 잠복 중이라고 여겨지는 장소는 라반드국에서도 외진 곳에 있는 시골 마을이었다.

한가로운 전원 풍경 속 저택은 귀족의 별장이라는 인상을 주는 호화롭고 섬세한 외관을 하고 있었다. 라반드국풍의 다홍색 지붕은 질 좋은 도료를 썼다는 게 보이는 투명하고 선명한 색이었고, 순백색 벽과 녹음 짙은 풍경이 대비를 이루어 반짝이는 듯한 아름다움을 발했다.

안뜰에는 훌륭한 장미 정원이 있었다.

다양한 품종이 흐드러지게 피어 있지만 그 대부분은 깊은 비색(緋色)이었다. 안뜰도 저택 일부로서 완벽한 조화를 이루었다.

장미 정원 안에는 금속제 테이블과 의자가 마련되어 있었다. 주위 분위기에 녹아드는 산뜻한 구조의 그곳에는 역시 완벽한 조화를 자아내는 아름다운 소녀가 앉아 있었다.

풍성한 곱슬머리는 반짝거리며 윤기가 흐르는 금색. 심홍색 벨벳 리본을 매고, 몸에 걸친 호사스러운 드레스 역시 똑같은 붉은빛이었다.

마치 한 송이 큼직한 장미 같은, 장미 정원(이 장소)의 화신 같은 소녀였다.

행복한 미소를 짓고서 흰 찻잔에 담긴 차의 향기를 즐겼다. 그 동작도 외모에 어울리게 우아하고 아름다웠다. 정말이지 즐겁다는 얼굴로 작은 웃음소리를 흘리고서 꽃봉오리처럼 사랑스러운 입술로 다기를 가져갔다.

“즐거워. 정말 신나. 『백금의 용사』래.”

키득키득 웃고서, 준비된 쿠키를 가느다란 손가락으로 가지고 놀았다.

“다른 마왕들은 거~의 다 죽어버렸어! 너무나도 멋져.”

금빛 소녀가 시선을 보낸 곳에는 남녀 몇 명이 있었다.

대답을 하는 것도 아닌 그 인물들을 향해 『둘째 마왕』이라는 이명으로 불리는 아름다운 소녀는 즐거움을 감추려 하지도 않고 말을 이었다.

“『신』에게 마왕을 죽이는 걸 허락받은 『용사』와, 사람을 죽이는 걸 허락받은 『마왕』(나). 어디가 다른 걸까? 『용사』라면 대답을 가지고 있을까?”

손끝에 묻은 과자를 빨간 혀로 버릇없이 핥고서 금빛 소녀는 웃었다.

어딘가 선정적이면서 요염하고 우아한 동작은 겉으로 보이는 소녀의 나이와 어울리지 않았다.

“『용사』 속을 전부 파내서 답을 가지고 있는지 찾아봐야겠어. 멋져. 분명 아주 예쁜 빨간색이겠지. 『용사』인걸. 다른 『장난감』과는 다른 색일 거야.”

그런데도, 그렇게 말하며 미소 짓는 얼굴은 겉모습 그대로 앳된 인상이었다. 순진무구한, 약간의 죄책감도 포함되어 있지 않은 웃음. 그렇기에 깊은 광기를 내포한 뒤틀린 웃음이었다.

"『용사』를 죽이는 건 재밌을 것 같아."

붉은 입술이 초승달 같은 미소를 만들었다.

"『첫째 마왕』을 죽이는 건 간단했어. 싱거울 정도로. 그 후 『첫째 마왕』의 후보를 죽이는 것도 간단했어. 그건 주위에서 허둥대는 모습이 살짝 재밌었으려나."

금빛 소녀의 말을 듣고 엎드려 있던 자 중에서 남녀 몇 명이 어두운 눈으로 『마왕』을 노려보았다. 증오가 담긴 그 시선에 소녀는 욕정과도 같은 오싹한 열기를 느끼고 몸을 떨었다.

"아직 망가지지 않은 거야? 기뻐라. 좀 더 날 즐겁게 해줘."

티세트 옆에 당연하게 놓여 있던 잘 벼려진 은빛 단검을 집어 들고 조금의 주저도 없이 던졌다. 자연스러운 흐름처럼, 목표가 빗나가는 일 없이, 단검은 『마왕』에게 보내는 증오의 시작점을 꿰뚫었다.

고통의 목소리를 삼키고 단검이 깊이 박힌 눈을 누른 남자의 손 사이로 유리체와 피가 섞인 액체가 흘러나왔다.

"날 더욱 원망하도록 해. 증오스러운 원수인 나의 장난감으로 사는 건 얼마나 절망적일까."

키득키득 웃는 금발 소녀에게 죄책감은 조금도 없었다.

"너희가 지키지 못했던 『그 작은 아이』는 때가 되면 『왕』이 될 자격을 얻었겠지. 하지만 지키지 못했어. 너희의 눈앞에서, 산 채로 내 손에 찢겼어. 잊을 수가 없는 무척 멋진 추억이야."

—잊을 수 있을 리가 없다.

긴 보라색 머리카락을 흔들며, 마왕에겐 한때의 장난에 불과한 눈앞의 광경을 바라보면서 『그녀』는 생각했다.

일찍이 바실리오는 국가 원수인 『첫째 마왕』을 이 소녀의 모습을 한 『둘째 마왕』 때문에 잃었다. 그리고 그 후, 시간이 흘러 바실리오에는 다음 대 『첫째 마왕』이 될 것이라 여겨지는 후보자가 태어났다.

그 아이는 왕이 되지 못했다. 『왕』이 될 자격을 얻기 전에 선대와 마찬가지로 『둘째 마왕』이 죽였기 때문이다.

지금 한쪽 눈을 잃은 남자는 그 아이의 호위였다. 남자 곁에서 아직도 『둘째 마왕』을 향한 증오를 숨기려 하지 않는 여자는 아이의 유모였다. 지키려 하던 그들을 아주 쉽사리 물리치고 그들의 눈앞에서 흉행은 벌어졌다.

자신은 나이가 비슷하다는 이유로, 마왕이 될 터였던 아이의 말벗으로서 시중을 들고 있었지만 아무것도 할 수 없었다. 『보라의 신』의 고위 가호를 가지고 있어도 모든 미래를 능숙하게 골라잡을 수는 없다며 자신의 무력함을 통감한 것도 그때였다.

일어날 수 있는 허다한 미래의 선혈빛 광경이 현실의 선혈색 광경에 겹쳐졌다.

무수한 가능성 중 일어날 수 있는 몇 가지 『죽음』의 광경을 보고, 어렸던 자신은 얼이 빠져서 움직이지 못했다.

아무것도 못 했던 자신 앞에서 호위 남자와 유모는 마왕에게 『죽음의 자유』를 빼앗겼다. 간단히 망가지는 장난감은 『둘째 마왕』의 관심을 끌지 못한다. 강한 마음이 있기에 아끼는 장난감이 되고 말았다. 그리고 그 마음을 지탱하는 것이 증오라면 더더욱, 이 악취미 마왕의 가학성을 크게 충족시켰다.

그들은 틀림없이 강한 마음의 소유자였다. 그렇기에 지금도 자신의 마음을 그대로 유지하고 있었다.

그것이 얼마나 잔혹하며 고통에 찬 일인지는 상상할 것도 없었다.

신의 색깔인 『보라색』의 이름을 가진 무녀는 연민이 담긴 눈을 살짝 내리떠서 자신의 마음속을 들키지 않도록 했다.

눈앞의 자들도 자신도, 똑같은 일념으로 마음을 유지하고 있었다.

눈앞의 자들은 잃어버린 주인을 위해. 자신은 잃지 않기 위해.

그리고 모국과 그곳에 사는 백성을 위해.

이 『재앙』에게 갚아줄 것이다. 다가올 때에 이 『마왕』을 확실하게 없앨 것이다.

이번에는 실수하지 않는다. 실수할 수는 없었다. 어린 날 보았던, 일어날 수 있는 미래. 선혈에 물든 그 광경을 현실의 미래로는 결코 만들지 않겠다. 결의는 흔들림 없었고 마음은 정해져 있었다.

'앞으로…… 조금. 그러면 나도…….'

마음속으로 중얼거리고, 일찍이 무력함에 좌절하던 자신을 위로해 주었던 사람의 — 이제 다시는 만날 수 없는 사람의 — 누구보다도 자상했던 미소를 떠올린 그녀(모브)는 기도하는 형태로 손을 맞잡았다.

『둘째 마왕』은 그 외양대로 어린 정신성이 남아 있었다.

자신의 권속이라는 장난감으로 노는 것에 얼추 만족하자 소녀는 그들에 대한 흥미를 잃은 것처럼 자신의 손끝으로 시선을 옮겼다. 잘 관리된 손톱을 보고서 드레스와 똑같은 심홍색 매니큐어를 바르기로 했다.

"아니면 검은색으로 할까. 나는 자비로우니까 죽어가는 많은 자를 위해 애도하는 마음을 나타내는 것도 좋겠어."

상복과 똑같이 『죽음』을 상기시키는 색깔의 드레스와 맞추는 것도 좋은 발상이라면서 금발 소녀는 부드럽게 머리카락을 나부끼며 일어섰다.

마왕이 저택으로 들어가는 문 앞에 서자 문은 조용히 열렸다.

그것은 평소 모습을 드러내지 않는 종(권속)이 한 일이었다. 종들은 얼굴을 가리기 때문에 개개인을 판별할 수도 없었다. 각자의 목에 새겨진 기호로서의 『이름』은 흡사 노예를 위한 굴레 같았다. 그들은 목소리를 내는 것조차 금지되어 있었다. 『둘째 마왕』이 편리하게 쓰기 위해서만 존재를 허락받은 살아 있는 도구였다.

마왕이 저택 안으로 사라지자 보라색을 지닌 그녀는 빠르게 치유 마법을 외웠다.

"「높은 곳인 하늘이여, 내 이름하에 나의 바람을 이루어라, 다친 자를 고치는 힘이 되어라. 《유광》.」"

마법이 올바르게 발동하여 눈을 잃은 남자의 출혈이 멈췄다. 마력 형질을 가진 그녀의 강대한 마력을 사용한다면 남자가 잃어버린 안구조차 재생시킬 수 있을 것이다. 하지만 그녀는 그러지 않았다.

자신이 빼앗은 것이, 자신이 모르는 곳에서 재생되는 것을 그 마왕은 허락하지 않는다. 재생된 것을 들킨다면 더욱 끔찍한 징계를 받게 된다. 뻔히 알고 있는 그런 일을 일으킬 수는 없었다.

"「괜찮으십니까.」"

"「예.」"

"「무녀공주…….」"

희대의 가호를 지닌 신관이기에 받게 된 이명. 그것으로 자신을 부른 두 사람. 그리고 죽음을 맞이하려 하는 와중에도 의지가 느껴지는 빛을 두 눈에 담은 자들. 그 사람들을 앞에 두고, 일찍이 왕 없는 마인족(바실리오)의 국가에서 백성을 이끄는 위치에 있었던 여성은 의연한 모습으로 신탁을 고했다.

"「얼마 남지 않았습니다. 우리는 주문에 속박되어 있습니다. 하지만 마음은 팔아넘기지 않았습니다.」"

그녀의 말을 듣는 자들은 모두 무참한 모습을 하고 있었다.

한쪽 눈을 잃은 남자뿐만이 아니었다. 다른 자들도 신체 일부를 잃은 상태였다. 상처가 완전히 낫지 않았는지 피가 배어 나오는 자도 있었다. 그것은 전부 마왕이 놀이 삼아 빼앗은 결과였다.

"「우리의 역할은 이곳에 『주군』을 잡아두는 것. 장난감이라고 불리면서도 참아왔던 것은 이때를 위해. 우리의 목숨은 우리 것입니다.」"

그녀의 말을 듣는 사람들의 눈에는 힘이 있었다.

아무리 지독한 짓을 당해도 참고 견딜 수 있었던 것은 이 아름다운 보라색을 지닌 여성의 존재 덕분이었다.

수많은 가능성을 보고 그것을 판별하여, 바라는 미래로 이끄는 힘을 가진 희대의 무녀공주라고 불리는 여성. 그녀의 예언이 있었기에 그들은 절망에 마음이 꺾이지 않고 자아를 유지해왔다. 원수에게 앙갚음할 때를 믿으며 살아왔다.

모두 똑같은 마음이었다.

"「결코 『주군』을 따라 죽기 위한 목숨이 아닙니다.」"

그것은 싸움의 한 가지 형태였다.

†

변경의 시골 마을에 있는 건물이라고는 생각할 수 없을 만큼 세련된 멋을 지닌 저택. 그곳에 도착했을 때, 데일은 무심코 눈썹을 찌푸렸다.

그곳은 시골 마을에는 어울리지 않는 호사스러운 건물이면서도 과하게 화려하지 않아 주위 경관에 녹아들고 있었다. 모든 조화를 고려하여 높은 미의식이 느껴지는 저택이었다.

섬세하게 장식된 철제 울타리 안쪽에는 진홍색 장미가 훌륭하게 만발해 있었다.

모든 것에서 불쾌한 요소 따위는 없어 보였다. 그런데도 말로 표현할 수 없는 불쾌감이 느껴졌다. 아무래도 그것을 느끼고 있는 것은 데일뿐만이 아닌지 그레고르도 불쾌한 표정을 짓고 있었다.

"이건…… 뭐야……?"

"음…… 설마, 이거……?"

문득 알아차렸다.

데일이 코를 움직이자 그레고르도 이해한 반응을 보였다.

"피 냄새…… 시체 냄새도…… 이게 원인인가."

향기로운 장미향에 섞인 이물. 그것이 위화감의 정체임을 깨달았다.

데일 일행은 알 방도도 없는 일이지만, 이 아름다운 정원과 저택 여기저기에서 『둘째 마왕』은 『장난감』이라고 부르는 자를 가지고 놀이를 즐겨왔다. 몇 번이고 반복된 그 잔학한 행위가 이 저택에 숨길 수 없는 어두운 그림자를 드리우고 있었다.

모습을 살피던 일행에게, 저택과는 다른 방향에서 서늘한 목소리가 말을 걸어온 것은 그때였다.

"잘 오셨습니다."

적진에서 갑자기 들린 목소리에 데일과 그레고르, 그리고 다른 동행자들이 경계한 것은 무리도 아니었다. 데일 일행도 속으로는 당황하고 있었다. 이렇게 가까운 거리에서 자신들이 기척을 감지하지 못하다니 있을 수 없는 일이었다. 이곳은 적진이다. 평소보다 경계를 소홀히 하지는 않았다.

'……어?'

부드럽게 나부낀 보랏빛 색채를 보고 옆에 있는 그레고르의 몸에서 긴장이 조금 풀렸다.

자신들은 『이 여성』을 알고 있었다. 한눈에 알아볼 수 있었다. 이야기로 들었던, 로제를 구한 마인족 여성임을 헤아리기에 충분할 만큼 아름다운 마력 형질의 색이었다.

'하지만 뭐지? ……뭔가…….'

살포시 미소 짓는 그녀에게는 주위를 안심시키는 분위기가 있었다. 작은 동물처럼 너무나 자연스럽게 곁에 녹아들었다. 의연히 있을 때는 누구보다도 존재감을 내뿜는데— 하고, 자신이 품은 감각에 데일은 당황했다. 자신은 이 여성을 알고 있는 듯한 기분이 들었다.

"장미의 색을 지닌 영애는 제 소원을 들어주셨군요. 처음 뵙겠습니다. 『백금의 용사』님."

그렇게 말하고 그녀는 생소한 작법으로 고개를 숙였다.

"부디 『주군』을 토벌해주십시오. 그것이, 바라지 않는 복종을 강요받고 있는 저희의 비원 성취이기도 합니다."

"로제를 통해…… 이곳의 정보를 알린 건 당신인가?"

그레고르의 물음을 보라색 여성은 조용히 긍정했다.

"맞습니다."

상대가 『둘째 마왕』의 권속이고 그자가 이곳으로 불러들인 이상, 우선 의심해야 할 것은 함정일 가능성이었다.

데일도 그레고르도 로제에게 전해 들은 것 말고는 눈앞의 여성에 관해 아는 바가 없었다. 다른 동행자들에게는 갑자기 나타난 난입자였다. 신뢰할 이유도 찾아낼 수 없을 것이다.

로제를 구한 것조차 어떤 간계일 가능성을 부정해서는 안 됐다.

그런데도 데일은 눈앞의 여성을 의심할 수가 없었다.

'왜…… 나는? ……『중앙』 마법에 의한 정신 간섭인가?'

의문을 품으려 하지 않는 자기 자신 때문에 희미하게 동요함과 동시에 스스로를 의심했다. 주위 동행자들의 모습을 관찰했다. 적측에 속할 터인 마인족 여성의 모습에 경계와 의심을 드러내며 마주하고 있었다. 지극히 평범한 반응이었다.

만약 모든 이가 자신과 마찬가지로 그녀에게 우호적인 반응을 보였다면 마법 간섭일지도 모른다는 의심이 강해졌을 것이다. 『중앙』은 사역과 지배를 가능하게 하는 마법 속성. 그 대상은 짐승이나 마수에 한정되지 않는다. 사람의 마음에까지 간섭할 수 있는 자도 존재했다.

그 과정에서 데일은 하겔의 모습을 알아차렸다.

자신과 비슷하게 희미한 당황을 보이는 그 환수는 그녀에게 적의를 드러내고 있지 않았다. 위협하거나 적대하지도 않고, 당황한 듯이 그저 느릿한 움직임으로 꼬리를 흔들고 있었다.

"하겔."

짧게 부르자 회색 환수는 고요한 눈으로 데일을 바라보았다. 거기에 떠오른 온화한 색은 **그녀**를 볼 때와 닮아 있었다. 아마도 지금 자신은 하겔과 똑같은 감상을 품고 있을 것이다. ―그것을 눈치채고 말았을 때, 데일은 자신의 직감을 믿기로 했다.

"시간도 별로 없어. 안내해주는 건가?"

데일이 그녀를 신뢰하는 취지의 발언을 하자 그레고르도 깜짝 놀란 반응을 보였다. 오랜 친구이기에 알 수 있는 정도였지만 표정이 미미하게 흔들렸다.

"데일."

"다음에 호기가 찾아올 거라고는 장담할 수 없어. 함정이더라도, 우리에게는 맞선다는 선택지밖에 없어."

방해되는 것은 모두 제거한다.

원래부터 물러날 수 없는 처지이니 취할 수 있는 행동은 한정되어 있었다. 기습이 전제이기는 하지만, 교활한 마왕을 상대하는 이상 함정이 있는 것도 예상 범주 내였다.

"전부 쓸어버릴 뿐이야."

데일의 의사를 확인하고 그레고르는 복잡한 표정을 지으면서도 허락하는 의사를 나타내며 부정하는 말을 삼켰다.

"네 생각이 그렇다면 나도 내 일을 할 뿐이야."

데일과 그레고르 사이에서 이야기가 정리된 것을 보고 보라색 여성은 저택 입구와는 다른 방향을 가리켰다.

"그럼 이쪽으로. 『주군』에게 들키지 않고 저택에 들어갈 수 있는 입구가 있습니다."

귀족의 저택에는 여기저기에 통로를 설치하는 일이 왕왕 있었다. 비밀리에 설치된 탈출용뿐만 아니라, 하인이 집안사람에게 눈치채이지 않고 이동하기 위한 것도 있었다. 그녀는 그중 하나를 가리킨 것이었다.

"하지만 안내할 수 있는 데는 한계가 있습니다. 『주군』은 오랜 시간을 마왕으로 있었습니다. 들키지 않고 일을 성사하는 건 매우 어렵습니다."

"……양동 작전인가."

"저와 뜻을 같이하는 자가 요격하고자 나올 겁니다. 요란한 연무(演舞)로 『주군』의 눈을 즐겁게 해주시기 바랍니다."

차가운 울림을 지닌 그녀의 목소리를 듣고 그레고르는 눈썹을 살짝 찡그렸다.

"그쪽 의사가 어떻든 간에 이쪽은 대충하지 않을 거야."

"상관없습니다. 공모했다는 걸 간파당한다면 전부 수포로 돌아가겠지요."

그레고르는 승낙은 했지만 아직 함정일 가능성을 버리지 않고 있었다. 그렇기에 양동 작전이더라도 확실하게 상대의 전력을 줄이는 것을 제일 먼저 생각했다.

데일은 그런 그레고르의 생각도 이해하고 있었으나, 동시에 자신 혼자 『둘째 마왕』에게 갈 수 있다면 충분하다는 것도 알고 있었다.

"그럼 내가 『둘째 마왕』에게 가겠어. 그레고르 너는 다른 사람과 함께 양동으로 움직여 줘."

"……."

그레고르는 잠시 침묵하며 데일을 보았다. 비장감도 자포자기도 느껴지지 않는 평온한 데일의 모습을 보고서 마음을 정했다.

"알겠어. 무운을 비마."

"맡겨둬."

짧은 대화를 나누고 데일은 보라색 여성과 함께 저택 지하에 이르는 통로를 향해 갔다.

비밀 통로의 입구는 저택 뒷마당에 있었다. 원래는 긴급 시의 탈출용 통로였던 모양이었다.

저벅저벅, 두 사람분의 발소리만이 좁은 통로 안에 메아리쳤다.

멀리서 대지가 흔들렸다.

간헐적으로 이어지는 진동은 그곳에서 누군가 싸우고 있는 소리였다.

"『주군』에게는 모든 것이 놀이."

데일이 그 소리에 의식을 보낸 것을 눈치챘으리라. 선도하는 속도는 늦추지 않은 채 보라색을 지닌 그녀가 그렇게 말했다.

"침입자와 자신의 『장난감』이 목숨을 걸고 싸우는 것조차 지루함을 달래는 수단 정도로만 생각합니다."

그레고르는 저택 정면에서 침입하고 있었다.

조금 전의 소리는 그레고르 일행과 『둘째 마왕』의 권속이 교전을 시작한 소리였다.

"자신을 진심으로 미워하는 자들에게 자신을 지키게 하며 기뻐하는 겁니다."

"……악취미군."

"예. 맞습니다."

맞장구칠 생각 따위 없었지만 데일은 반쯤 무의식중에 말을 꺼내고 있었다. 그런 자신의 모습에 놀랐다.

그녀는 자중하는 듯한 미소를 지으며 데일에게 대답한 후, 얼핏 보기에는 아무것도 없는 통로 중간에서 발을 멈췄다. 벽 일부에 댄 손이 작은 소리를 내며 약간 왼쪽으로 움직였다. 생겨난 틈에 손가락을 걸어 벽 일부를 움직이게 했다.

그 뒤로도 그녀는 복잡한 순서를 밟아 장치를 움직였다.

"그것을 『권속(저들)』들도 알고 있습니다. 『주군』의 명을 거역할 수는 없지만 조금이라도 길게 『주군』의 관심을 끌 수 있도록 멋진 연무를 춰 주겠지요."

서로 합의했다고는 하지만 지금 그레고르 일행이 펼치고 있는 것은 목숨을 건 진검승부와 하등 다를 바 없었다. 적당히 싸우고 있다는 것을 『둘째 마왕』에게 간파당한다면 양동 작전의 의미가 없다.

마왕을 없애는 칼날인 『백금의 용사』의 검을 확실하게 『둘째 마왕』에게 보내기 위해 제각기 각자의 역할을 다하고 있었다.

둔탁한 소리를 내며 벽이 크게 열렸다.

그 앞에는 어둑한 통로가 이어져 있었다. 똑바로 나아가니 막다른 곳에 밋밋한 문이 자리했다.

"『주군』은 이 앞에 있습니다."

그리고 그녀는 몹시 고요한 눈길로 데일을 곧게 바라보았다.

"뭐지……?"

데일은 당황한 목소리로 응했다. 자신은 **그 눈**에 속수무책으로 아주 약했다.

감도는 빛깔은 전부 다른데도, 눈가가, 웃는 방식이, 너무나도 『그녀』를 떠오르게 했다.

"당신은 『여덟째 마왕』의 권속이군요."

그것은 확신하는 말이었다.

그레고르나 로제가 모를 터인 정보를 눈앞의 여성이 알고 있다는 사실에 데일은 동요하지도 않고 추측을 입에 담았다.

"그건…… 『예언』으로 안 건가?"

"예."

"『둘째 마왕』은 이 사실을 알고 있나?"

"아니요."

여성의 대답을 듣고 데일은 왼손의 장갑을 벗어 그녀의 『증거』를 보였다. 거기에 새겨진 『이름』을 보더니 시종 침착한 모습이었던 그녀가 처음으로 놀란 표정을 지었다.

'그런 표정을 하면…… 정말로…….'

떠오른 감상을 눈치채지 못한 척하며 데일은 그녀를 보았다.

"……부탁이 있습니다."

"뭐지?"

"저를 죽여주시면 안 될까요."

데일이 다시 장갑을 끼는 것을 지켜본 후, 아주 살짝 주저하면서 그녀가 꺼낸 것은 자신의 죽음을 바라는 말이었다.

데일은 그 말에 놀라지 않았다. 그녀는 『그것』을 바랄 것 같았다.

"『둘째 마왕』이 없어지면 저도 따라서 죽겠지요."

“『목숨』이 구속되어 있는 거군.”

“예.”

데일의 『주인』인 『그녀』처럼 권속에게 아무런 속박도 하지 않는 쪽이 드물었다. 『주인』이 죽은 후, 권속 역시 목숨을 잃는다는 제약을 거는 정도는 『재앙의 마왕』이라면 할 법한 일이었다.

“저는…… 마지막 순간 정도는 자유로워지고 싶습니다. 『주군』을 따라 죽는 것 따위…… 결코 바라지 않습니다.”

분한 감정을 삼키고서 그녀는 조용한 목소리를 냈다.

“저는 『주군』에게 칼을 들이대는 것과 스스로 목숨을 끊는 것이 금지되어 있습니다. ……하지만 무리해서 들어주지 않으셔도 괜찮습니다.”

“……그건 당신에게 구원이 되는 건가?”

알고 있어도 데일은 그렇게 물었다.

“예.”

그녀의 대답에서는 희미한 망설임도 느낄 수 없었다.

“그것 말고…… 당신이 살아날 방도는 없는 건가?”

“『섭리』를 일그러뜨릴 수는 없습니다. 일곱 색깔 신의 조화가 아닌 이상은요.”

“그런가…….”

데일은 자조 섞인 미소를 지었다.

여기서 자신이 직접 나서지 않아도 눈앞의 여성은 죽는다. 자신이 『둘째 마왕』을 토벌하는 것은 그런 의미였다.

마지막 순간까지『마왕의 장난감』으로 있고 싶지는 않다. 그녀의 그 존엄과 긍지를 지키는 유일한 소원을 이루어주려면 그 수밖에 없었다.

“나는, 무력하군.”

“그렇지 않습니다.”

되찾고 싶은 여성의 모습이 상냥한 미소에 겹쳐졌다.

“당신은 제게 희망입니다. 당신이 나아가는 미래 끝에 제가 바라는 미래가 있었습니다. ……그리고 마지막 순간『당신』과 만났어요.”

그녀의 목소리가 너무나도 다정해서 데일은 숨이 막히는 듯한 착각이 들었다. 그래도 그녀를 구하기 위해『왼손』에 힘을 담았다.

그 안에 있는『여덟째 마왕』의 힘의 단편을 의식했다.

“저의 마지막『예언』입니다. 당신은 **그 아가씨**와 곧 만날 수 있어요.”

검을 휘두를 필요가 없었던 것은 데일에게 있어 다행이었다.

그녀는『둘째 마왕』의 힘에 의해 부자연스러운 상태로『살려져 있었다』.

분명하게 그것을 확신한 것은 데일 안에 깃든 힘으로 그 힘을 없앴을 때였다. 그것만으로도 그녀에게서 급속히 생기가 사라져갔다. 힘없이 무너져 내리는 그녀의 가느다란 몸을 데일은 순간적으로 안아 들었다.

살짝 놀란 감정을 싣고서 그녀는 미소 지었다. 그대로 조용히 눈

을 감았다. 고통도 없이, 안도가 느껴지는 온화한 표정이었다. 그녀는 확실하게 『구원받았다』는 생각이 들게 하는 모습이었다.

깨어날 일 없는 잠에 빠지기 직전, 그녀는 혼탁한 의식 속에서 희미한 목소리로 중얼거렸다.

"……고마워요…… 스마라그디……."

그것은 감사하는 말이었다.

†

"어머. 꽤 하네."

우아하게 세공된 오페라글라스를 한 손으로 빙 돌렸다. 이런 물건을 의지하지 않아도 자세한 부분까지 충분히 전망할 수 있지만 아름다운 세공이 마음에 들어서 곁에 두고 있던 물건이었다. 모처럼 찾아온 『무대 감상』이라면서, 좀처럼 쓸 기회도 없는 그것을 들여다보며 그런 자신의 모습에 흡족함을 느꼈다.

"주연은 저 검사려나. 실력도 용모도 합격점이야. 무대에서 멋지게 빛나는걸?"

키득키득 웃으며 금발 소녀는 상체를 앞으로 쭉 뺐다.

호사스러운 원피스 드레스를 입은 소녀가 있는 곳은 극장의 귀빈석과도 닮은 장소였다. 아래층을 바라볼 수 있는 구조의 공간에 테이블과 소파만이 마련되어 있었다. 테이블 위에는 작게 공들여 만든 다과와 다기 세트가 애프터눈 티 형식으로 차려져 있었다.

소녀가 보고 있는 것이 비극적인 연애물이라면 아무런 위화감도 없을 광경이었다.

하지만 소녀가 즐겁게 『관람』하고 있는 것은 자신의 부하와 침입자가 목숨 걸고 싸우는 광경이었다.

전위형 전사는 각각 한 사람씩. 침입자인 흑발 검사 쪽이 실력은 한 수 위였다. 자신의 부하인 남자도 고향에서 요인 호위를 맡을 정도의 전사지만 수세에 몰려 있었다. 그 남자가 아직도 쓰러지지 않은 것은 남자를 지키는 여자 마법사가 있기 때문이었다.

누구보다도 자신을 증오하는 그 두 사람이 자신의 호위로서 필사적으로 임무를 다하고 있었다. 그 사실에 소녀는 어떤 희극을 보는 것보다도 즐겁다는 얼굴로 미소 지었다.

"저쪽 마법사도 실력은 나쁘지 않지만 연계는 그저 그래. 하지만. 아~ 이대로 가면 죽어버리겠어."

수비의 주축인 마인족 여성을 노리고 침입자가 공격 마법을 쏘았다. 그러나 그것은 예측한 일. 다친 상태라서 전선에 나설 수 없는 자들이 자신을 방패 삼아 그녀를 감쌌다. 마인족은 모두가 마법을 쓸 수 있었다. 간이식 마법 장벽도 여러 겹 포개지니 어중간해서는 깨지지 않는 벽이 되었다.

그래도 전위 전사 두 사람의 치열한 접전은 부하 쪽이 불리했다. 한쪽 눈을 잃어서 시야가 좁아진 것이 큰 손해를 불러들이고 있는 것 같기도 했다.

"어머나, 이런. 다치지 않았다면 좋았을 텐데."

부하의 불운을 한탄해 보였다.

피가 흩날리는 것을 보면서, 새의 먹이 같은 비스킷에 피와 닮은 색깔의 잼을 발랐다. 붉은 입술 사이로 혀를 내비치며 요염한 동작으로 그것을 입에 넣었다.

좋아하는 홍차로 그 여운을 흘려보내고 있을 때. 금발 소녀는 문이 열리는 소리를 듣고 뒤돌아보았다.

문 앞에 있는 인물의 존재를 알아차리자 사랑스러운 얼굴에 경악의 표정이 떠올랐다. 그것은 곧 증오로 일그러졌다.

"모브……!"

소녀의 모습을 한 마왕은 다른 권속들과는 다르게 보라(모브)의 무녀에게는 최소한의 제약만 부과하고 있었다.

그것은 자신을 『배신할』 여지를 주기 위해서였다.

마왕이 권속을 구속하는 제약은 절대적. 그것과는 달리 상호 간에 주고받은 약속에 불과한 『약정』에는 아무런 강제력이 없었다.

『둘째 마왕』은 모브와 『약정』을 맺고 있었다.

그것은 그녀가 자신을 배신하지 않는 한 『그녀의 딸』에게는 간섭하지 않겠다는 내용이었다.

그렇기에 마왕은 모브에게 『자유』를 주었다. 그녀가 자신을 배신하거나, 혹은 속박에서 해방되길 바란다면, 자신은 그녀가 가장 사랑하는 『딸』을 죽이는 것을 허락받게 되는 것이었다.

단순히 죽이는 것은 언제든지 가능했다. 긴 시간을 사는 자신의 지루함을 달래주는 모처럼 『마음에 든 장난감』은 더욱 오랫동안 즐겁게 사용해야 아깝지 않았다. 룰이라는 제약이 있는 편이 훨씬 설레는 유희가 되었다.

그것이 역효과를 가져왔다.

그리고 무엇보다도 마왕이 분노한 것은 『그것』이 의미하는 바를 이해했기 때문이었다.

"나를 업신여기다니……!"

『보라의 신』의 고위 신관인 모브가 자신을 배신하고 이 남자를 자신에게 보냈다. — 이 남자를 자신에게 보낸 사람은 모브 말고는 있을 수 없었다 — 그것은 이 남자를 자신에게 보내면 그녀가 지키고자 하는 존재를 잃지 않는다는 말이었다.

이 『용사』라면 자신을 죽일 수 있다고 『예언』한 것이었다.

바닥을 찼다. 겹겹이 포개진 프릴과 레이스로 이루어진 드레스에 에나멜 펌프스. 그 겉모습만 봐서는 상상도 안 되는 속도로 『둘째 마왕』은 침입자를 요격하러 나섰다.

자리에서 일어난 순간에는 날을 드러낸 대거가 양손에 쥐어져 있었다. 데일도 마왕이 언제 무기를 뽑았는지는 지각할 수 없었다. 너무나도 자연스러운, 숨 쉬듯 익숙한 동작이었다.

『둘째 마왕』은 체구가 작다는 점도 있어서 다루기 쉬운 짧은 길이의 무기를 즐겨 사용했다. 피부나 뼈를 자르는 감촉이 전해지는, 손에 쥐는 무기를 좋아했다.

체격으로는 그녀보다 우위인 성인이나 남자도 도륙해왔다.

상대가 『일곱 색깔 신』이 정한 대존재인 『용사』라고 해도 죽일 자신이 있었다.

대거를 내리쳤다. 절대적인 일격. 확실하게 급소를 노리면서 양손이 각각 희미하게 속도를 바꿔 상대를 덮쳤다.

마왕은 첫 일격에 죽여버리는 것은 아까울지도 모르겠다고 사고 한편으로 생각했다. 하지만 이내 생각을 고쳤다. 모브 앞에 이 남자의 목과 그녀의 딸의 목을 늘어놓아야 하니까 시간은 의미 있게 사용해야 했다—.

긴 금발이 궤적을 그리며 중력에 따라 사뿐히 내려왔다.

—마왕의 사고는 날카로운 금속음을 인식했을 때 끊어졌다.

자신의 일격을 남자가 왼팔에 찬 비갑으로 막았으며, 상대의 자세가 조금도 무너지지 않았음을 순식간에 파악했다.

용사의 시선에는 두려움도 떨림도 없었다.

똑바로 꿰뚫는 시선을 받고 마왕은 살짝 동요했다.

곧장 그런 자신을 부정했다.

마왕이 된 뒤로 모든 사람은 자신을 두려워하는 약자였고 자신은 절대적인 강자였다. 그런 자신이, 아무리 상대가 『용사』라고는 해도 마음이 흐트러지다니 말도 안 되는 일이었다.

어린 소녀의 모습을 한 마왕은 반짝이는 은빛만을 인식할 수 있을 만큼 예리한 검의 잔광을 그리며 용사의 목숨을 빼앗고자 그 날붙이를 휘둘렀다.

자신의 마음을 고무시키는 그 반응을 마왕은 결코 인정하지 않았다.

은빛이 종횡무진 내달렸다.

숨도 쉬지 못할 정도인 공격을 데일은 그저 피하기만 했다. 『둘째 마왕』의 앳된 용모에 현혹되지는 않았지만 이렇게 몸집이 작은 상대와는 싸운 적이 없어서 공격하기 어려웠다. 짧은 리치는 결점이 아니었고, 오히려 무기를 되돌리는 속도를 살려서 이점으로 승화시키고 있었다. 게다가 가느다란 몸 어디에서 그런 힘이 나오는지 일격 하나하나가 매우 묵직했다.

오랫동안 살육에 빠져 있던 마왕은 세련된 검술을 지니고 있었다. 죽이는 것을 철저히 추구한 결과 만들어진 무서운 솜씨였다.

'하지만…… 보여.'

은빛 반짝임 속에서 분명하게 칼날을 확인할 수 있었다. 감에 맡기는 것이 아니라, 자신은 상대의 공격에 확실하게 대처하고 있었다. 전부 대응하고 있었다.

마족이 되어 얻은 힘은 마왕의 공격을 보는 눈도, 그에 반응할 수 있는 신체 능력도 주었다.

그리고 고향에서 만든 방어구는 마왕의 일격에도 버텨주고 있었다.

그것은 상대의 공격을 그저 받아내는 것이 아니라 교묘하게 흘리고 있는 데일의 기량을 증명하는 것이기도 했다.

마왕의 대거가 데일의 비갑에 튕겨 허공을 날았다. 그 움직임 속에서 느낀 희미한 위화감이 데일에게 경종을 울렸다. 직후, 마왕은 비게 된 왼손으로 가느다란 단검 세 개를 던졌다. 데일의 눈을 노린 투척이었다. 튕겨 날아갔을 터인 대거가 투척을 끝낸 손으로 당연하다는 듯이 떨어졌다. 그대로 다시 양쪽 대거로 추격타를 날리려던 마왕은 데일이 오른손으로 잡아서 되던진 자신의 단검을 보고 깜짝 놀라 눈을 크게 떴다.

황급히 회피 행동으로 옮겼다. 상대의 자세를 무너뜨리기 위한 무기가 자신의 자세를 무너뜨릴 줄은 생각지도 못했다. 데일은 텅 비게 된 마왕의 복부에 비갑을 때려 박았다.

"학……!"

온몸의 공기가 입 밖으로 튀어나왔다.

"아……."

그 단 한 번의 일격으로 다리가 덜덜 떨렸다.

무릎을 꿇고, 손에 익은 칼이 바닥으로 떨어지는 것을 멍하니 보았다.

마왕은 오랜 세월 절대자였다.

어린 용모는 그 나이에 『둘째 마왕』의 자격을 얻어 각성했다는 뜻이었다.

그때까지도, 그 이후로도, 마왕은 아픔이라는 감각과 무관하게 지내왔다.

그래도 절대자로서의 자아가 무릎 꿇은 자신을 내려다보는 존재를 허락하지 않았다. 그래서 다시 칼을 잡고 용사에게 달려들었다.

—명백한 빈틈을 그가 **눈감아 줬음**을 알아차려 버려서 분노로

이성을 잃었다.

칼을 휘두르고, 휘두르고, 휘둘렀다. 그 전부가 둔탁한 금속음만을 남기며 막혔다. 칼끝조차 용사에게 닿지 않았다. 어느 일격이나 충분히 목숨을 빼앗을 만한 필살의 공격이었다. 그런데 어느 것도 닿지 않았다. 닿지 않는다는 것을 인정하고 싶지 않았다.

데일은 『둘째 마왕』의 그 공격을 보며 어린아이가 떼쓰는 것 같다는 감상을 품었다.

뛰어난 검술이나 잔학성은 앳된 모습과 어울리지 않았다. 하지만 정신적인 면은 겉모습 그대로 유아성이 남아 있는 모양이라고 파악했다.

대단한 실력이지만, 『둘째 마왕』과의 싸움에서는 『여섯째 마왕』과의 일대일 승부 때와 같은 고양이 느껴지지 않았다. 자신의 힘에 빠진 오만한 자와의 싸움에서 찾아낼 수 있는 것 따위 아무것도 없었다.

금발을 흐트러뜨리고, 사랑스러운 얼굴을 붉히며, 푸른 눈동자에 눈물을 머금은 소녀의 모습을 봐도 마음은 전혀 움직이지 않았다.

그저 냉정하게 내려다보고 관찰했다.

그 시선이야말로 소녀의 모습을 한 마왕의 긍지를 깊이 상처 입히고 있었다.

데일의 공격을 받은 이후로 마왕의 움직임은 확연하게 둔해졌다.

데일은 가차 없이 추격타를 날렸다. 『평범』한 마인족이었다면 늑골을 비롯해 뼈 몇 개가 부러질 만한 공격이었다. 불행하게도 부서지지 않을 정도의 공격이었기에 마왕은 몇 번이고 일어났고 그때마다 바닥으로 무너지게 되었다.

몸으로 느끼는 고통 이상으로, 그것이 허리에 찬 검조차 뽑지 않고 이루어진 구타의 결과라는 사실에 마왕은 눈앞의 용사를 증오가 담긴 눈으로 올려다보았다.

마왕의 그 뜻이 통했는지 데일은 거기서 구타 이외의 공격을 그녀에게 가했다.

쓰러진 마왕의 얼굴을 발로 찼다. 마왕은 비명도 지르지 못하고 그대로 몇 걸음분 바닥을 굴렀다.

아무런 사정도 모르는 자가 만약 이 자리에 있었다면 틀림없이 데일을 규탄할 광경이 펼쳐지고 있었다. 그 정도로 농락당하고 있는 소녀는 가련했고 데일에게는 조금의 자비도 없었다. 그리고 무엇보다도 응수라고 부를 수 없는 일방적인 폭력이었다.

쓰러진 채 마침내 일어날 수 없게 된 마왕에게 다가간 데일은 처음으로 입을 열었다.

"이 정도인가."

얼음장같이 싸늘했다. 그렇게 형용할 수밖에 없는 차가운 목소리였다. 얼굴에 떠오른 표정에는 분명한 모멸이 나타나 있었다. 어느 쪽을 『마왕』이라고 칭하면 좋을지 판단하기 어려울 정도였다.

그는 거기서 일부러 천천히 검을 뽑았다.

소녀의 푸른 눈동자에 뚜렷한 공포의 색이 스쳤다. 인정하고 싶지는 않지만, 다가온 죽음의 기색을 알아차리지 못할 만큼 우둔하지는 않았다.

마왕은 자신의 외모가 가련함을 알고 있었다. 그것을 이용해 사냥감을 방심시켜서 도륙한 적도 여러 번 있었다. 자신의 긍지를 따지기보다도, 지금은 이 상황을 뒤집기 위해 울먹이는 눈을 그에게 보내며 짐짓 측은지심을 불러일으키는 목소리를 자아냈다.

"용서……."

하지만 그는 그 간청을 마지막까지 말하는 것조차 허락하지 않았다. 소녀의 작은 머리가 그의 신발 밑에서 바닥으로 눌렸다. 두개골이 삐걱거리는 소리를 들었다.

마왕이 한층 더한 굴욕을 느꼈을 때, 그는 최종 선고라고 해야 할 말— 즉 마왕에게 있어 사형 통지를 내뱉었다.

"그럼 여기까지군."

그래도, 하는 마음에 발악할 틈도 없이 『재앙』이라고 불렸던 소녀의 의식은 어둠으로 추락했다.

날 선 검에서 붉은 선혈이 방울져 떨어졌다. 『마왕』이 되어도 이런 부분은 『사람』과 다름없었다.

"……."

머릿속은 냉정했을 것이다.

그런데도 필요 이상으로 상대를 괴롭혔던 것은 분노의 감정이 틀림없이 자신에게 있었기 때문이었다.

데일은 자신의 감정을 그렇게 분석하고 숨을 내쉬었다.

움직이지 않게 된 소녀의 몸을 걷어찼다. 그것은 죽었음을 확인하기 위한 행동이었고, 자신의 분노를 부딪친 것이기도 했다.

보라색을 지닌 여성. 그녀를 구할 방도는 없었다.

자신의 손으로 그녀를 죽일 수밖에 없었다. 그 상황으로 몰아넣은 이 『마왕』을 용서할 수 있을 리가 없었다.

마왕이 처음 있던 위치로 가니 그곳은 발코니와 닮은 구조의 공간이었다. 금속 난간 너머로 아래를 내다보자 아래층에서 올려다보는 그레고르와 시선이 마주쳤다.

황폐해진 실내에는 전투의 흔적이 짙게 남아 있었다. 불탄 융단에서는 여전히 연기가 피어오르고 있는데도, 마인족의 특징을 지닌 여러 사람은 매우 부자연스러운 모습으로 쓰러져 있었다.

마치 도중에 시간이 잘리기라도 한 듯한 기묘한 광경이었다.

하지만 데일은 그것을 보고 아래층에서 일어난 일을 알았다. 그레고르도 어렴풋이 헤아렸을 것이다. 내려다보는 데일을 향해 확인하는 질문을 던졌다.

"끝났어?"

"그래."

그 짧은 대화로 그레고르는 알고 싶은 정보를 충분히 확인했다. 그레고르가 다홍색 외관의 태도를 우아한 동작으로 칼집에 넣는 것이 『둘째 마왕』과의 싸움이 끝났다는 신호가 되었다.

『넷째 마왕』과는 달리 『둘째 마왕』의 시체는 증거로서 국왕에게 헌상된다. 이 저택의 내부 전체가 『마왕을 토벌했다는 증거품』이었다. 응당한 조사가 이루어질 것이다.

그레고르 일행과 싸우던 마왕의 권속들도 데일이 『둘째 마왕』을 죽이면서 그 목숨을 잃고 쓰러졌다. 보라(모브)의 무녀 말한 대로 『둘째 마왕』과 연관된 자는 그 목숨을 마왕에게 바치도록 정해져 있었던 것이다.

주인을 잃고 강제로 따라 죽어야 했던 권속들의 표정은 그럼에도 몹시 평온했다.

저택 밖으로 나가자 장미향이 나는 바람이 몸을 어루만졌다.

폐 속까지 불쾌함으로 가득 차 있는 듯한 착각을, 깊이 숨을 들이마셔서 씻었다. 그래도 그 착각은 좀처럼 사라질 것 같지 않았다.

저택 밖에는 하겔이 있었다. 『그』는 돌격대에는 가담하지 않았지만 사람보다 탐지와 색적 능력이 뛰어나기에 혼자서도 십이분 파수꾼 역할을 소화했다. 복병이나 증원 가능성을 걱정하지 않아도 되는 것은 소수로 행동할 때 큰 이점이었다.

그렇게 입구를 지키던 하겔은 연한 노을빛으로 물드는 하늘을 올려다보고 있었다. 일정한 리듬으로 꼬리가 부드럽게 흔들렸다.

그것이 『그』의 생각할 때 버릇이라는 것 정도는 데일도 알 수 있게 된 상태였다. 소리 내어 질문을 던졌다.

"왜 그래?"

"아니……."

하겔로서는 드물게도 생각이 정리되지 않는 모양이었다.

데일을 보고, 그에게 휘감겨 있는 피비린내를 맡고서 더욱 고민에 빠진 것처럼 낮게 울었다.

"아이가……."

이윽고 하겔이 꺼낸 말에 데일의 표정이 바뀌었다.

"아이의 기척(냄새)이…… 먼 땅에 있어."

"어디에……?! 라티나가 어디 있다는 거야?!"

데일이 격한 감정을 드러내자 하겔은 난처해 하며 살짝 시선을 피했다.

"……먼 땅의 기척(냄새)을 찾는 건 나보다도 내 아이가 더 뛰어나. 나는 그렇게까지 자세히는 쫓지 못해."

"빈트라면……!"

얼굴을 구긴 데일을 쫓아 저택에서 나온 그레고르가 조용한 목소리를 울렸다.

"진정해, 데일."

"이게 진정할 수 있는……!"

끓어넘칠 듯한 자신의 감정을 데일은 어떻게든 억눌렀다. 그레고르의 고요한 시선을 통해 조금이나마 자신을 객관적으로 볼 수 있었기 때문이었다.

"나한테도 신경 쓰이는 정보가 있어. 아직 확실한 건 아니라서 말하지 않았지만……."

"뭔데?"

"……지금 라반드국은 바실리오의 개국 선언을 받아들이고 정식으로 국교를 개시할 준비를 시작했어."

그레고르의 말을 듣고 데일은 미처 숨기지 못한 초조와 증오를 표정에 비쳤다. 그럼에도 그레고르는 기죽지 않고 말을 이었다.

"바실리오의 국가 원수는 『황금의 왕』이라고 불리는 모양이야. 그 왕은……."

그레고르의 목소리에서 흥분은 전혀 느껴지지 않았다. 그에 비해 데일은 다 억누르지 못한 격정을 더더욱 드러내갔다.

"『백금의 공주』라고 불리는 미인을 총애하고 있다고."

평상시 데일이었다면 그레고르의 표정에 하겔과 똑같은 곤혹이 나타나 있음을 눈치챘을 것이다.

데일은 그레고르에게 아무런 말도 없이 무단으로 모습을 감췄다.

밤늦은 시간이기는 했으나 그레고르는 데일의 그 행동을 물론 알아차리고 있었다. 그렇게 될 것을 알고서 정보를 흘린 것이었고, 지금의 데일은 말린다고 해서 멈추지 않을 터였다.

막지 않고 보내주기로 했는데도 한숨이 나오려고 해서 그것을 삼켰다.

'이 부자연스러움은…… 데일을 의도적으로 불러들이는 거라고 봐야 하나……?'

하늘에서 빛나는 달은 아무 말도 하지 않았으나, 그레고르는 공중을 올려다보며 『빨강의 신』에게 보내는 기도의 문구를 중얼거렸다.

6. 백금의 용사와 황금의 마왕, 그리고 백금의 마왕.

라반드국 크로이츠의 남쪽 숲. 그곳에서 더 나아간 곳에 마인족의 나라 바실리오가 있다.

데일이 바실리오에 관해 아는 것은 그 정도였다.

오랜 세월, 쇄국 정책을 취하며 타국과 교류하지 않은 바실리오에 관한 정보는 거의 없었다. 알 기회조차 얻을 길이 없다고 해도 좋았다.

자세한 지리상의 위치도 모르는 그 나라를 데일이 헤매지 않고 갈 수 있었던 것은 하겔이 그의 동행자였기 때문이다.

빈트 수준의 정밀도는 아니라고 자칭했지만, 바실리오와 거리가 좁혀들면서 『그』의 코는 라티나의 기척(냄새)을 잡아냈다. 그것으로 바실리오의 정확한 위치를 파악하기에 이른 것이었다.

'빈트가 너무나도 평범하게…… 라티나의 기척(냄새)으로 뭐든 파악하는 걸 봐왔지만…… 그 녀석이 하는 일은 역시 『보통』이 아니었구나…….'

조급한 마음과 걱정 속에서도 데일은 그런 태클을 떠올리기도 했다.

"우리의 거처에서 너희가 사는 사람의 마을까지 가는 것도 평범한 천상랑이라면 불가능한 일이야."

"……빈트는 간단한 것처럼 말했는데 말이지……."

"나도 바람의 방향이 일치한다면 가능할지도 모르지만…… 결코 쉬운 일은 아니다."

빈트는 늘 「하면 잘하는 아이」라고 자칭했는데 그것은 단순한 자칭이 아니었다.

숲이나 바위산 같은 자연물만 보이던 시야에 인공물의 그림자가 들어왔다.

다른 어떤 나라와도 크게 다른 실루엣의 도시를 보고 데일은 목적지에 도착했음을 깨달았다.

"하겔."

"……아이의 기척(냄새)은 가까워."

그 대답을 듣고 데일은 일단 지상에 내렸다.

마왕을 토벌하는 것만이 목적이라면 심야에 침입해도 상관없지만 자신은 저 도시 어딘가에 있는 라티나를 찾아야 했다.

한숨도 못 자고 초조하게 아침을 기다렸다. 가슴속에 소용돌이치는 감정은 쉽게 분류할 수도 없을 것 같았다.

날이 밝고 이른 아침, 하겔은 아침노을이 펼쳐진 하늘을 달렸다. 하늘에서 내려다보는 바실리오의 거리는 역시 본 적 없는 경치였다.

자신이 아는 정석이 들어맞지 않는 곳이라서 왕성에 해당하는 장소는 알 수 없었다. 도시를 구성하는 배치가 그의 지식과는 크게 달랐다.

대신 『신』의 기척이 강한 장소는 곧장 알아차렸다. 크로이츠 등지의 『사람을 위해 쌓아 올린 신전』과는 달리 신의 은총이 깊기에 만들어진, 그의 고향과 마찬가지로 『신을 모시기 위한 장소』였다.

"『보라의 신』 신전……?"

"……아이의 기척(냄새)은 거기 있다."

하겔의 대답을 듣고 데일은 바로 마음을 정했다.

"라티나에게 가줘."

방해하는 자가 있다면 전부 베어 넘기겠다.

자신의 등 위에서 데일이 그 의사를 숨기려 하지도 않는 것에 하겔은 복잡한 듯이 목 안쪽을 낮게 울렸다.

하겔은 신전 위에서 몇 번 선회했다. 그사이에 데일은 건물의 위치 관계를 대략적으로 파악했다.

"라티나 근처에."

"알겠다."

고도를 급격히 떨어뜨린 하겔이 다시 하늘 높이 상승했다. 건물에 접촉할 듯이 내려간 그 한순간에 데일은 안정적으로 지붕 위에 착지했다. 무게를 경감시키는 마법을 자신에게 썼기에 착지 시의 발소리도 거의 없었다. 검은 코트가 뒤늦게 지면에 닿았다. 암살자처럼 은밀한 행동을 익숙하게 처리하는 데일을 보며 하겔은 하늘 위에서 복잡한 얼굴을 했다.

건물 위에서 지상으로 내려갔다.

방해되는 것을 없애는 것도, 방해하는 자를 죽이는 것도 데일은 개의치 않을 생각이었지만 라티나의 모습을 확인할 때까지는 쓸데

없는 소동을 피하고 싶기도 했다.

기척을 찾고 신중하게 앞을 살피면서도 빠르게 걸음을 서둘렀다.

'인기척은 있어…… 하지만 이 부자연스러움은 뭐지……?'

먼 곳에는 확실히 사람이 있는 분위기였다. 그러나 지금 데일이 나아가는 이 중추 부분에서는 아무런 기척도 느낄 수 없었다. 부자연스러울 만큼 아무도 없는 공간이 뻥 뚫려 있는 감각이었다.

데일은 다른 마왕을 토벌할 때 그들의 거성에 침입했었지만 이렇게까지 누구에게도 방해받지 않고 나아가지는 못했었다.

하지만 욱신거리는 왼손의 감각 때문에 그는 철저해질 수 없었다.

광대한 부지 안, 건축물이 몇 채나 들어서 있어도 데일은 확신을 가지고서 안쪽으로 나아갔다. 어떤 책략이 펼쳐져 있든지 간에 그런 사소한 것은 발을 멈출 이유가 되지 않았다.

도달한 곳은 호사스러운 별궁 앞이었다.

맑고 시원한 바람이 부는 그 앞에서 데일은 가슴이 북받치는 것을 느꼈다.

왼손을 스스로 움켜쥐었다.

논리적인 이유 따위 모르겠지만 자신은 확신하고 있었다. 이곳에는 자신이 잃어버린『조각』이 있다.

뜨거운 감정을 억누르고, 얕게 물이 채워진 샘 위에 걸린 다리를 건너갔다. 잔잔한 바람에 흔들리는 얇은 천을 손으로 잡고 입구를 지났다.

라티나가, 있었다.

숨이 멎는 줄 알았다.

낯선 모양새의 의상은 바실리오 양식의 옷일 것이다. 침대에 그 몸을 누이고 부드러운 침구를 덮고 있었다.

살며시 다가갔다. 꿈인 것은 아닐까, 꿈이면 어떡하나, 눈으로 봐도 믿을 수가 없어서 숨을 죽이고 옆에 섰다.

만지고 싶어서 견딜 수가 없었다. 끌어안고 싶어서 견딜 수가 없었다.

하지만 그녀가 깨어난 순간 사라져버리지는 않을까 생각하면 무서워서 그럴 수가 없었다.

긴 속눈썹이 내려와 있어서 다정한 빛깔의 회색 눈은 보이지 않았다.

기억 속 모습보다도 야윈 듯이 보이는 그녀는 그다지 안색이 좋지 않았다. 그래도 규칙적으로 오르내리는 가슴을 보고 참을 수 없는 안도를 느꼈다.

떨리는 손을 조심조심 뻗었다.

부드러운 뺨에 살짝 닿아서 황급히 손을 뺐다. 그녀가 사라져버리지 않음을 확인하고 다시 한 번 손을 뻗었다.

그녀의 따뜻한 온기가 전해졌다.

너무나도 당연해질 만큼 줄곧 자신 곁에 있었던 그 온기를 느끼고 데일은 자신의 이성을 총동원하게 되었다. 막무가내로 끌어안고 키스하고 싶다는 충동을 억눌렀다.

이렇게 평온하게 잠든 그녀를 놀라게 할 수는 없었다.

그래서 데일은 줄곧 그래왔던 것처럼 그녀의 머리를 쓰다듬었다. 매끄럽고 감촉 좋은 그녀의 머리카락을 쓸어내리고, 간지러워하기는 하지만 그녀가 기분 좋아하는 장소인 뿔 밑동 부근으로 손바닥을 미끄러뜨렸다.

"응……."

라티나가 살짝 몸을 뒤척였다. 아기 고양이처럼 기분 좋은 한숨을 흘렸다.

변함없이 사랑스러운 그녀의 동작을 보고 풀어졌던 데일의 표정이 그녀의 목소리를 듣자마자 딱딱하게 굳었다.

"크리소스……?"

타인의 이름을 부르는 그녀의 모습에 머릿속이 순식간에 끓어올랐다.

이렇게 무방비한 모습으로, 얇은 명주만을 걸쳐 몸의 선이 훤히 드러나는 모습으로, 자신이 아닌 다른 사람의 이름을 부르는 그녀의 모습을 보자 다른 모든 감정이 덮여버렸다.

이곳이 특수한 궁이라는 것 정도는 한눈에 알 수 있었다.

다른 마왕에게 해악일 터인 『여덟째 마왕』인 그녀를 몰래 감춰둔 『첫째 마왕』의 심정 따위 생각하지 않으려 했었다.

총애받는 공주. 그 말을 듣고 품었던 어두운 감정도 그녀를 본 순간에는 잊어버릴 수 있었다.

그것을, 그녀의 단 한마디가 다시 떠올리게 했다.

"……?!"

아플 정도로 강한 힘에 양팔이 구속되어 라티나의 의식은 꿈결 속에서 부상했다.

반사적으로 벗어나고자 몸을 비틀어도 강한 힘은 느슨해지지 않았다.

'뭐지…… 뭐지……?'

공포로 눈물이 고인 눈을 깜박여 초점을 맞췄다. 깜짝 놀랄 정도로 가까운 거리에 있는 존재가 남성임을 깨달았을 때, 그녀는 자연스럽게 몸에서 힘을 빼고 있었다.

자신의 신체 반응을 머리가 쫓아가지 못했다.

무의식중에 상대가 누구인지를 이해하고 받아들이는 몸에 비해 머리는 현재 상황을 이해하지 못했다.

이곳에 데일이 있다는 것을 그녀는 파악하지 못한 상태였다.

"데일……?"

라티나를 더욱 당황스럽게 한 것은 데일의 표정이었다.

보고 싶었다는 말도, 얘기하고 싶은, 얘기해야 할 말이 있었다는 것도, 전부 잊어버릴 정도로 혼란에 빠졌다.

데일이 지금 자신에게 보내고 있는 노골적인 감정이 격렬한 질투임을 이해하지 못한 라티나는 숨쉬기가 괴로워 헐떡였다.

줄곧 데일은 라티나에게 온화하고 상냥한 감정을 보내왔었다. 라티나는 어릴 때부터 쭉 데일의 따뜻한 애정에 감싸여 지냈다.

데일에게서 처음 받아 보는 분노에 가까운 격정의 이유를 알 수 없어서 그녀는 자신을 깔아 누르는 그를 겁먹은 얼굴로 올려다보았다.

라티나의 그 반응조차 데일의 감정을 자극했다.

켕기는 일이 있기에 나오는 반응이라고 결론지었다.

"어째서……?"

"라티나."

힐문하는 데일의 목소리에 라티나는 움찔, 몸을 움츠렸다. 평소 데일은 아무리 화가 나 있어도 그녀가 그런 반응을 보이면 목소리를 누그러뜨려 주었다. 그런데 지금 데일은 분노를 억제하려고 하지 않았다.

"크리소스가 누구야?"

"데일……?"

어째서 데일이 크리소스의 이름을 알고 있는지도 이해할 수 없어서 라티나는 말문이 막혔다. 일단 한번 막히자 말이 제대로 나오지 않게 되었다.

무서워서 눈물이 고였다.

불안정한 지금의 라티나는 사랑하는 사람과 만났다는 기쁨보다도 분노 앞에 노출된 공포 때문에 크게 동요하고 말았다.

"……『첫째 마왕』의 이름인가?"

"읏……."

데일은 목소리가 나오지 않는 라티나를 노려보듯 지그시 응시했다.

숨길 수는 있어도 거짓말을 못 하는 라티나는 요동치는 눈동자로 여실히 본심을 말했다. 그것을 통해 바라던 대답의 확신을 얻은 그는 그녀에게 다음 질문을 부딪쳤다.

"『첫째 마왕』은 어디 있지?"

"……!"

라티나의 눈이 크게 흔들렸다. 휙 움직인 시선 끝이 원하는 대답임을 이해하고 데일은 어두운 미소를 지었다.

"조금만 더 기다리고 있어…… 라티나. 『첫째 마왕』만 처리하면 끝이야. 그러면 내 곁으로 돌아올 수 있겠지."

"데……일……?"

잠긴 목소리로 물어본 라티나는 짓눌릴 듯한 불안에 몸을 떨었다. 그 정도로, 깊은 광기와도 닮은 감정이 지금 데일에게 깃들어 있었다.

"그러면 전부 용서해줄 테니까, 얌전히 기다려."

몸을 일으키고 발길을 돌려 방을 나가는 데일의 모습을 보고 그제야 라티나는 일어나지 않길 바랐던 일이 일어나려 하고 있음을 깨달았다.

"아…… 안 돼……! 부탁이야, 데일…… 크리소스는……!"

데일이 화난 이유를 이해하지 못한 라티나는 그렇게 크리소스를 감싸는 말을 할수록 데일의 감정을 더욱 부채질한다는 사실을 눈치채지 못했다.

등 뒤에서 들린 그 목소리에 데일은 증오를 감추려고도 하지 않고, 라티나가 시선을 보냈던 곳으로 걸음을 재촉했다.

왕좌가 있는, 알현실이라고 불러야 할 장소는 하늘에서 건물 배치를 봤기에 짐작이 갔다. 그것을 라티나의 시선이 뒷받침했다. 집무실 등의 장소는 또 다르겠지만, 틀렸다면 그때는 하나하나 찾을 뿐이다.

방해하는 자가 있다면 전부 서슴없이 베어 죽일 것이다.

찾아다니던 라티나의 모습을 확인한 이상, 그녀를 되찾기 위해 무슨 대가를 치르더라도 아깝지 않았다.

그래도 그녀를 빼앗으려 한 존재는 결코 용서할 수 없었다.

배신당했을지도 모른다며 가슴이 에였지만, 그래도 자신은 그녀를 미워할 수 없었다.

그래서 상대를 증오했다.

갈가리 찢어도 시원찮았다.

그러면 라티나는 슬퍼하고 자신을 미워할까.

그래도 도저히 멈출 수는 없을 것 같았다.

이윽고 도착한 곳은 몹시 휑하고 살풍경한 방이었다.

벽과 기둥의 섬세한 장식은 지금 데일의 시야에는 들어오지 않았다. 넓은 공간 앞쪽은 바닥이 몇 단 높여져 있었고, 천장에서 늘어뜨린 발이 공간을 나누어 그 앞에 있는 인물을 직접 볼 수 없게 되어 있었다.

그곳에서 인기척이 움직였다.

명백하게 귀인이 있는 곳임을 헤아린 순간, 데일은 검을 뽑고 달렸다. 작은 금속음을 귀가 주워 담았다. 재빠르게 외운 것이 방어벽을 만들어내는 마법임을 의식하기 전에 직감적으로 이해했다.

"그딴 거……!"

그대로 거리를 좁혔다.

마법으로 생겨난 방어벽을 힘으로 때려 부쉈다. 빛으로 만들어진 벽은 날카로운 소리와 함께 깨졌고, 휘둘러진 검이 발을 대각선으로 가르며 뒤쪽으로 털어냈다.

그대로 칼을 되돌리면서 목적하는 인물을 베려던 데일은—.

우뚝, 움직임을 멈췄다.

"무슨……?!"

멍하니— 분노도 증오도 전부 잊고, 움직이는 것조차 잊어버린 듯이 데일은 그 자리에 못 박혔다.

그때, 가벼운 발소리가 등 뒤에서 작게 울렸다.

돌아볼 필요도 없이 데일은 그것이 누구의 발소리인지 알고 있었다.

숨을 몰아쉬며 알현실로 달려온 라티나는 데일 옆을 지나쳐 발

안쪽에 있는 크리소스를 끌어안았다.

"데일, 부탁이야, 그만해…… 크리소스는…… **리쏘**는……!"

"……플라티나."

라티나**보다도** 낮은 목소리가 그녀의 이름을 다정하게 불렀다.

뺨이 서로 닿을 정도로 가까이 있어서 **똑같은 백금색 머리카락**이 누구 것인지 알아볼 수 없을 만큼 뒤섞였다.

얼굴 생김새도, 키와 몸집도— 원래는 똑같은 것이었다고 해도 믿어버릴 것 같았다. 두 사람이 낀 똑같은 형태의 은팔찌가 동시에 빛을 반사하며 반짝였다.

유일한 차이점은 눈물을 머금은 상냥한 회색 눈동자와 그것을 걱정스럽게 바라보는 **금색** 눈동자뿐이었다.

비교할 것도 없이. 이렇게 나란히 놓고 보니 더더욱, 두 사람은 매우 닮아 있었다.

"쌍둥이…… 자매……?"

멍하니 중얼거리는 데일 앞에서, 갑자기 끈이 끊어진 것처럼 라티나의 몸에서 힘이 빠졌다. 제정신으로 돌아온 데일보다도 먼저 크리소스가 축 늘어진 라티나를 안아 들었다. 크리소스는 염려 어린 표정으로 왕홀을 옆에 내려놓고 라티나를 양손으로 끌어안았다.

"그 모습을 보건대…… 역시 플라티나는 짐에 관해 그대에게 무엇 하나 말하지 않은 모양이군."

크리소스는 희미한 쓴웃음을 짓고, 검을 넣는 것조차 잊어버린 데일을 올려다보았다.

"아……."

당황하는 데일 앞에서 크리소스는 라티나의 이마에 맺힌 땀을 부드럽게 닦았다. 그제야 데일은 라티나가 괴롭게 호흡하고 있음을 깨달았다.

"라티나……!"

"플라티나를 침대로 옮기고 싶다. 도와주지 않겠나."

데일은 검을 던져버리는 기세로 바닥에 떨어뜨리고 라티나를 껴안았다. 마침내, 마침내 품속에 되찾은 그녀는 기억 속 모습보다 상당히 야위어 있었다.

크리소스는 데일에게 라티나를 맡기고서, 당연하다는 듯이 데일에게 등을 돌리고 그를 선도하여 걷기 시작했다. 라티나와 똑같은 백금색 머리카락이 데일 앞에서 나부꼈다.

예전에 라티나의 머리에 달려 있던 것과 똑같은 검은색 말린 뿔에는 금은 세공과 색색의 보석이 반짝이는 훌륭한 장식품이 걸려 있었다. 하지만 그것보다도 반들반들한 뿔이 빛을 머금고서 반짝이는 것이 더욱 아름다웠다.

크리소스가 데일을 이끌고 간 곳은 아까 라티나가 있던 별궁이었다. 덥고 건조한 토지임에도 불구하고 이 별궁이 시원한 바람으로 적절하게 식혀진 장소라는 것을 데일은 그제야 깨달았다. 피가 거꾸로 솟았던 자신은 여러 가지로 시야가 좁아졌던 모양이지만, 이 아름다운 궁은 상당히 지내기 편하게 만들어진 것 같다고 늦게나마 생각이 미쳤다.

그것은 요양에도 적합하다는 뜻이었다.

침대에 라티나를 눕히자 크리소스는 침대 모퉁이에 앉아 라티나의 이마로 손을 뻗었다. 주변 공기가 확연히 다르게 바뀌더니 괴로워 보였던 라티나의 호흡이 안정되었다.

거기서 크리소스는 다시금 데일을 똑바로 보았다.

라티나보다도 살짝 기가 세 보이는 표정을 짓고 있다고 데일은 반사적으로 느꼈다. 금색 눈동자는 마력 형질일 것이다. 「마력이 많지 않다」고 말했던 라티나와 달리 보유 마력량이 많다는 뜻일까.

드문 일이기는 하지만, 마력 형질은 유전과는 관계없이 일어나는 현상이었다. 쌍둥이라고 해서 똑같이 나타나지는 않는다. 두 사람의 눈동자 색 차이는 그 때문일 것이라고 멍하니 생각했다.

머리가 상황을 쫓아가지 못해서 도저히 사고가 정리되지 않아 얼빠진 반응이 되어버렸다.

조금 전까지 자신을 모조리 태울 것 같았던 감정이 완전히 헛다리였다는 것을 깨닫고 혼란 상태가 풀리지 않았다.

라티나가 방심한 모습을 보이던 상대가 눈앞의 여성이라면 그것은 어쩔 수 없는 일이었다.

이 천진한 어리광쟁이 아가씨는 언니 — 쌍둥이지만 라티나는 아무리 생각해도 막내 기질의 어리광쟁이라고 반쯤 단정 짓고 말았다 — 에게 의지해버릴 것이 틀림없었다.

그렇게 자신의 감정을 정리하는 데일 앞에서 크리소스는 입을 열었다.

라티나와 닮았지만 라티나보다도 낮은 울림의 목소리가 데일에게 전해졌다.

"짐은 『황금(크리스소스)』. 이 『백금(플라티나)』과 한배에서 났으며 『첫째 마왕』의 자격을 지닌 자다."

"플라티나……."

마인족은 어린아이에게 애칭으로 이름을 부르게 한다고 예전에 들었던 것을 떠올렸다. 『라티나』라는 것도 애칭이었던 건가, 하고 이해했다.

"라티나는…… 쌍둥이 자매가 있다는 말은 한 번도……."

그렇게 말했지만, 데일은 과거에 딱 한 번 마음에 걸리는 이야기를 들은 적이 있었다.

어린 라티나가 『친구』에 관해 물어봤을 때였다. 그녀는 「함께 노는 친구는 없었냐」는 데일의 질문에 「가족」이라고 대답했다. 그런데도 그 후 형제자매는 없다고 대답했다. 그래서 어휘가 부족한 라티나와의 의사소통 문제라고 이해했었다.

그보다 더욱 데일이 의문으로 여겼던 부분은 라티나가 『아빠와 함께 있었다는 점』이었다.

마인족 여성 글라로스가 가르쳐준 마인족의 관습에 따르면 마인족 아이는 모친이 키운다고 했다. 완전한 모계 사회일 터였다. 추방당한 라티나와 함께 고향을 나온 것이 왜 모친이 아니었는지 의문으로 여기고 있었다.

라티나의 모친에게는, 부모에게는, 지켜야 할 아이가 한 명 더 있었던 것이다.

그것이 해답이었다.

"플라티나는 짐을 지키기 위해, 그리고 자신의 안전을 지키기 위해, 짐에 관해 말하는 게 금지되어 있었다."

"지키기 위해……?"

"짐의 선대, 이전 『첫째 마왕』이 살해당한 건 알고 있는가?"

"아…… 그래. 『둘째 마왕』이 죽였다고……."

데일의 대답에 크리소스는 작게 고개를 끄덕이고 말을 이었다. 그사이에도 손끝으로 라티나의 뿔 근처를 상냥하게 어루만지고 있었다.

라티나가 그곳을 쓰다듬는 감촉을 느끼고 크리소스의 이름을 불렀던 이유를 이해했다. 이곳에서 자신을 그런 식으로 만질 수 있는 상대가 『언니(크리소스)』로 한정되어 있었기 때문이었다. 데일이 있을 가능성은 라티나에게 예상 밖이었다. 새삼 생각하자 어쩔 수 없는 일이었다.

"선대가 살해당한 장소는 이 신전 안. 그리고 선대뿐만 아니라 그 후에 태어난 『첫째 마왕 후보자』 역시 『둘째 마왕』이 죽였다. 내통자가 있는 거겠지. 짐의 양친은 그것을 무엇보다도 걱정했다."

"경비는……."

침입자인 데일이 말하기도 뭐하지만, 제대로 된 경비가 깔려 있다는 느낌은 아니었다. 부자연스럽다고는 생각했으나, 핀포인트에서 자신의 침입을 알아차린 이유는 알 수 없었다.

"플라티나를 잘 따르는 환수가 가르쳐줬으니 말이지. 그대가 오리라는 건 쉽게 알 수 있었다."

"……빈트……."

해당하는 환수는 한 마리밖에 없었다.

때때로 묘한 반응을 보일 법도 하다고, 데일은 최근 하겔의 모습을 반추했다. 하겔은 제 아이가 이곳에 있음을 알았던 것이 틀림없다.

"누구의 피도 흘리게 할 생각이 없었기에 짐 혼자 그대를 맞이했다."

그리고 크리소스는 살짝 심술궂게 미소 지었다.

"그대는 짐이 **누구인지** 알면 결코 상처 입히지 못할 거라고 생각했다."

처음 보는 상대가 그렇게 단언하니 아무리 데일이라도 역시 불만스러웠다.

하지만 확실히 지금 크리소스에게 적의를 유지할 수 있느냐고 묻는다면 미묘했다.

크리소스는 너무나도 라티나와 닮아 있었다.

예쁘고, 좋아하고, 사랑하는 라티나와 똑같은 얼굴이라는 것만으로도 속수무책으로 해의가 꺾여버렸다.

명백한 적이라고 인식할 수 있다면 이야기는 또 달라지겠지만, 라티나가 크리소스를 소중히 여기는 모습을 보고 말았다. 그리고 크리소스 역시 라티나를 소중히 대하고 있었다.

그런데도 크리소스에게 검을 겨누는 것은 데일에게 어려운 일이었다.

'실력으로는 압도할 수 있겠지만…… 도저히 죽일 수 없을 것 같아…… 나, 지는 거 아니야……?'

그런 유감스러운 퀄리티의 생각을 할 수 있을 정도로 데일은 급속히 평소의 자신을 되찾고 있었다.

"짐과 라티나는 신전 안쪽에서 비밀리에 자랐다. 짐이 『첫째 마왕』이 된다고 예언으로 확정됨과 동시에 플라티나가 받은 예언은 『재앙』이라고 불릴 만한 것이었다. 그런데도 그 예언을 받아들이고 플라티나를 죄인으로 만드는 것에 짐의 양친이 동의한 건……."

크리소스는 그렇게 말하고 라티나의 부러져버린 뿔을 위로하듯 만졌다. 밑동밖에 안 남은 라티나의 뿔은 크리소스와 똑같은 반짝임을 지닌 칠흑색이었다.

"그것이 플라티나를 이 나라 밖으로 가장 자연스럽게 내보내는 방법이었기 때문이다."

"죄인은…… 추방당한다."

"그래. ……쌍둥이의 탄생은 마인족에게 경사스러운 일이지만 매우 드문 일이야. 『둘째 마왕』에게 짐의 동복인 플라티나의 존재를 들킨다면……."

크리소스의 표정은 거기서 흐려졌다.

"플라티나는 짐을 가지고 놀기 위한 장난감으로서 끌려가게 된다. 희대의 무녀공주는 그렇게 예언을 내렸어."

『둘째 마왕』이 다음 『첫째 마왕』을 노릴 것은 간단히 예상할 수 있었다. 그런 상황에서, 보기 드문 쌍둥이 동생의 존재를 들킨다면 『둘째 마왕』은 틀림없이 동생을 노릴 것이다. 그녀들의 부모는 그렇게 확신했다.

가장 효과적으로 『첫째 마왕』을 가지고 놀기 위해 피를 나눈 자매끼리 죽고 죽이는 상황을 연출할지도 몰랐다. 단순히 살해당하는 것보다도 지독한 꼴을 당할 터였다.

마력 형질과 함께 강대한 마력을 물려받지 못한 라티나는 크리소스보다도 자기 몸을 지킬 방도가 없었다.

그래서 그녀들의 부모는 자신들의 딸을 떼어놓고 숨기는 방법을 택했다. 그렇게 하면, 그것만으로도 『쌍둥이』라는 사실을 숨길 수 있었다. 마인족에게 있어 『쌍둥이』는 그 정도로 드문 존재였다.

"그래서 플라티나는 짐에 관해 누구에게도 말하지 않았다. 짐과 플라티나가 자매임을 누구에게도 들키지 않는 것. 그것이 먼 땅에 있는 짐을 지키기 위해 플라티나가 할 수 있는 유일한 일이었으니까."

『둘째 마왕』의 권속이나 내통자가 어디에 있을지 모른다.

아무리 신뢰할 수 있는 상대여도 정보가 어딘가에서 샐지도 몰랐다. 비밀을 아는 자는 적으면 적을수록 좋았다.

어릴 때부터 똑똑했던 라티나는 부모의 가르침을 이해하고 단단히 지켰다.

소중한 크리소스를 지키고 싶었기에 데일에게조차 그 비밀을 숨겼다.

라티나 자신이 할 수 있는 일은 그것뿐이었으니까. 그리고 그것이 그녀가 마지막으로 가족과 맺은 약속이었기 때문이다.

라티나에게, 그리고 크리소스에게, 가족 간의 유대는 그 정도로 소중한 것이었다. 원래부터 마인족은 동료 의식이 강해서 자신과 관련된 식구를 아끼는 경향이 짙었다. 그중에서도 라티나와 크리소스 두 사람은 『둘째 마왕』이 그 존재를 알아차리지 못하도록 신전 안쪽에 숨겨져서 신뢰할 수 있는 제한된 자들과만 접촉하며 자랐다. 좁고 작은 세계가 전부였던 자매에게, 철들기 전부터 함께 있는 서로는 무엇과도 바꿀 수 없는 존재였다. 어린 시절 두 사람은 그야말로 어디서 뭘 하든 함께였고, 서로 떨어지게 될 거라고는 생각한 적도 없었다.

그래서 크리소스는 왕이 되기 위해 온 힘을 다했다.

지키기 위해 추방해야만 했던 쌍둥이 동생을 되찾고자 하루라도 빨리 왕으로 설 수 있도록 힘썼다. 이번에야말로 자신의 힘으로 지키기 위해 거리끼지 않고 노력을 거듭했다.

"바실리오는 어디에 『둘째 마왕』의 권속이 섞여 있을지 알 수 없다. 그래서 마인족이 얼마 없는 인간족의 땅으로 플라티나를 보냈을 거라고 생각했다…… 짐이 공공연히 부하에게 명령을 내릴 수 있게 된 것은 『첫째 마왕』으로 즉위한 후. 플라티나가 걱정돼도 짐은 어떻게 할 수가 없었다."

크리소스의 목소리에는 안타까울 정도로 라티나를 향한 마음이 담겨 있었다.

"라티나는 왜 여기에 있는 거지?"

그날, 라티나는 데일 곁에서 홀연히 사라졌다.

그런 그녀가 어째서 지금 이곳에 있는가.

본래 맨 처음에 품어야 할 의문에 겨우 생각이 미쳐서 데일은 크리소스에게 물어보았다.

"플라티나는…… 『여덟째 마왕』은 모든 마왕이 함께 실시한 주문으로 봉인되었다."

데일에게 대답하는 크리소스는 거기서 미묘하게 불만스러운 얼굴을 했다. 그런 표정을 짓자 정말로 이 자매는 닮았다는 느낌을 받았다.

"플라티나는 그 봉인이 약간 느슨해졌다고…… 자력으로 빠져나온 모양이야."

"……그런 일이 가능해?"

"원래대로라면 말도 안 되는 일이다."

크리소스는 어딘가 언짢은 모습으로 대답했다가 데일의 묘한 표정을 알아차리고서 더욱 미묘한 얼굴이 되었다.

"……플라티나는 뭔가…… 해왔던 건가?"

"아니…… 라티나라면 그럴 수도 있겠다…… 싶어서……."

"플라티나……."

"줄곧…… 나는 라티나를 봐왔지만…… 깜짝 놀라는 일들뿐이었지……."

아무래도 친언니(크리스소스)가 보기에도 라티나는 규격을 벗어난 행동을 하고 있는 모양이었다.

『키운 부모(데일)』와 『친언니(크리스소스)』 사이에 무언가 서로 통하는 느낌을 받고 말았다.

"그렇다고 해도 플라티나를 구속하는 주문이 완전히 풀린 건 아니다."

크리소스스는 그렇게 말을 이었다.

"플라티나는 지금 매우 불안정한 상태다. 짐의 힘으로 간신히 안정을 유지하고 있어."

하지만 거기서 크리소스스가 지은 표정은 안도가 담긴 미소였다.

"짐과 플라티나가 『한없이 닮았기에』 망정이지. 다른 자였다면 불가능했을 것이다. 플라티나는 무의식중에 그랬을 테지만…… 짐 곁으로 와줘서 정말로 다행이었다."

크리소스스가 『첫째 마왕』이라는, 신의 말석으로서 힘을 다루는 것에 뛰어난 존재라고는 해도 원래는 타인의 잃어버린 힘을 대행할 수는 없었다.

하지만 크리소스스는 라티나와 자신이 『다른 마왕』들과는 다르다는 것을 눈치채고 있었다.

마왕만이 인식할 수 있는 『옥좌』의 공간에서는 다른 마왕의 존재를 느낄 수는 있어도 모습을 볼 수는 없었다.
그런데 크리소스와 라티나는 서로가 서로를『볼 수』있었다.
마인족에게서 태어나는 일도 드문 쌍둥이가 둘 다 마왕이 되는 것이 얼마나 낮은 확률일지는 생각할 필요도 없다.
자신들은 전례 없는 존재이리라.
깊은 이유 따위 어찌 돼도 좋았다.
유일한 형제인 그녀를 구할 수 있다면.

"짐은 이렇게나 플라티나를 사랑스럽게 여기고 있는데 플라티나는 그대를 택했다."
갑자기 크리소스가 그런 말을 해서 데일은 내심 당황했다.
라티나처럼 뺨을 부풀리지는 않았지만 금색 눈동자가 지그시 노려보니 마음이 진정되지 않았다.
"짐 곁에는 돌아올 수 없다고 했다."
"라…… 라티나가……."
데일은 적잖게 기뻤으나, 헤벌쭉거리면 크리소스가 더 노려볼 것 같았기에 힘껏 표정을 다잡았다.
"짐에게서 플라티나를 빼앗다니 허락할 수 없다."
"그렇게 말해도……."
말을 이으려던 데일은 예전에 들은 이야기를 떠올렸다.『마인족』에게는『혼인』이라는 관습이 없었다.
라티나는 지금 자신의 눈앞에 있는 크리소스에게 자신과 결혼하여 함께할 거라고 잘 전했을까. 전했더라도 크리소스는 그것을 이해했을까.

인간족이 마인족의 문화를 거의 모르듯이 마인족도 인간족의 문화를 거의 모른다고 봐도 될 것이다.

사랑하는 **동생**를 빼앗길까 보냐면서 데일에게 언짢은 눈길을 보내는 크리소스는 털을 세운 고양이를 떠올리게 했다.

그런 분위기도 라티나와 닮아 있었다.

그렇게 라티나와 닮은 모습을 발견해버리기 때문일까, 데일은 초대면이며 일국의 왕인 크리소스를 상대로 자신을 겉꾸미는 것을 잊어버린 상태였다.

검을 들이대며 달려들었던 것을 생각하면 너무나도 새삼스럽지만, 데일은 원래 그 자리에 맞는 예의를 지키는 인간이었다.

그런데도 꾸밈없는 모습으로 대하고 마는 것은 라티나와 닮은 크리소스를 상대로 자연스럽게 긴장을 풀고 있다는 증거였다.

"라티나의 봉인은 풀 수 없는 건가?"

데일이 질문하자 크리소스는 조용히 대답을 돌려주었다.

"봉인은 『모든 마왕의 인증』하에 구축되었다."

대답하면서도 크리소스의 오른손은 잠든 라티나의 머리를 계속해서 다정하게 쓰다듬고 있었다.

"짐은 그대가 우리 이외의 『마왕』을 토벌하기를 기다리고 있었다."

크리소스가 미소 지었다. 웃는 얼굴이지만 희미한 비정함이 안쪽에 내비쳤다. 그것은 라티나가 가지고 있지 않은 것이었다.

"지금 존재하는 『마왕』은 짐과 플라티나뿐이다."

그 차가움은 라티나와 달리 자신의 목적을 위해서라면 서슴없이 희생을 치르겠다는 느낌을 주었다.

『첫째 마왕』이라는 왕의 자격을, 라티나가 아니라 크리소스가 얻은 것을 납득할 수 있었다.

그리고 그와 똑같은 종류의 차가움을 데일도 가지고 있었다.

"전부를 푸는 건 어려울지도 모른다. 하지만 짐은 섭리의 시작인 『첫째 마왕』. 그리고 플라티나는 섭리의 밖이며 끝인 『여덟째 마왕』…… 우리 두 사람의 힘을 이용하면 주문을 변질시킬 수는 있겠지."

"……내가 다른 마왕을 제거하길 기다린 건가."

"최소한 『둘째 마왕』이 제거되어야 짐도 플라티나도 겉으로 나설 수 있었다. 그대처럼 『재앙』과 간단히 대치하는 건 보통은 불가능한 일이야."

크리소스는 어이없어하며 한숨을 쉬었다.

"플라티나처럼 『용사』를 권속으로 삼고…… 커다란 힘을 주는 건…… 그런 대항 수단은 본래 강구할 수 없어."

"아."

무심코 나온 데일의 목소리를 듣고 크리소스가 의아한 얼굴을 했다.

"왜 그러지?"

"아니……."

데일은 그제야 겨우 깨달았다.

'라티나…… 내가 『용사』라는 거…… 모르지 않나……'

그뿐만 아니라 데일이 평범한 권속 이상의 힘을 받았다는 것조차, 저 맹한 아가씨는 눈치채지 못했을지도 모른다.

그것을 크리소스에게 전해야 할까 생각하자 식은땀이 났다.

"……이번 대 『둘째 마왕』을 없애기 위해 짐은…… 이 나라는 많은 희생을 치러왔다. 아무리 사랑하는 플라티나를 위한 일라고는 해도…… 그것만큼은 짐이 후세를 위해 해야만 하는 일이었다."

데일은 사랑스러운 어린아이 모습이었던 마왕을 떠올렸다.

지금의 자신은 압도할 수 있었지만 그것은 마족이 되었기에 가능한 결과였다.

그리고 『마인족』 안에서는 마왕의 대적하는 존재인 『용사』가 나타나지 않는다.

『둘째 마왕』이 마인족을 표적으로 정했을 때, 그것을 막을 수 있는 존재는 다른 마왕밖에 없었다.

크리소스는 탁월한 마법 실력을 지닌 것 같았지만 『둘째 마왕』과 크리소스가 싸우게 된다면 크리소스가 패배할 것이라고 데일은 간파했다. 근접 전투에 뛰어난 데일이 보기에도 그 『재앙』은 그만큼 월등한 살해 기술을 가지고 있었다.

크리소스는 선대를 잃었을 때부터 바실리오가 품었던 비원을 완수해야 하는 입장이었다.

"『용사』가 우리의 비원을 이루어준다면 그 기회를 놓칠 이유는 없지."

"그런 거냐……."

냉정함을 되찾은 머리가 상황을 파악해갔다.

지금 와서 생각해보면, 아마 그레고르도 부자연스러움을 이해하고 있었을 것이다.

『둘째 마왕』을 토벌한 직후에 라티나가 이곳에 있음을 데일이 알게 된 것은 정보가 조정된 결과이리라.

바실리오와 국교를 연다는 중대한 사안에 라반드국 재상인 공작각하가 연관되어 있지 않을 턱이 없었다.

그리고 데일은『둘째 마왕』을 쓰러뜨리기 위해 찾아갔을 때 느꼈던 감각을 떠올렸다. 크리소스의 말에 담긴 감정이 그 감각을 뒷받침했다. 말하고 싶지 않다고 주저함과 동시에 그것을 계속 숨겨서는 안 된다고, 이성이 감정을 웃돌았다.

"……『둘째 마왕』의 거처에서, 나는…… 보라색 머리카락의 고위신관과 만났어."

"그런가."

데일이 흘린 말에 크리소스는 그다지 감정이 담기지 않은 목소리로 응했다.

"그 신관은…… **내가**……."

"희대의 무녀공주는 모든 것을 알면서『둘째 마왕』에게 갔다."

데일의 말을 차단하며 입을 연 크리소스의 금빛 눈동자는 미미하게 흔들리고 있었다. 감정을 느끼지 않는 것이 아니라 자신의 감정을 숨기는 데 뛰어난 것이라고, 데일은 크리소스를 이해했다.

그것은 자신의 감정을 솔직하게 드러낼 수 있는 라티나와 일국의 왕으로서 자제와 결단을 강요받는 크리소스의 큰 차이였다.

"상대가 누구든 흔들리지 않는 힘이 짐에게 있었다면 필요 없었을 일."

그 말에 담겨 있는 것은 후회였다.

어머니(모브)는 제 아이(크리소스)를 지키기 위해 그 몸을 바쳤다.

『둘째 마왕』이 관심을 갖고, 잠시라도 놀면서 시간을 낭비할 만한 가치가 자신에게 있음을 알고 있기에 그렇게 한 것이었다. 살아 있는 것보다도 죽을 수 없는 고통에 시달릴 것을 알면서도 향했다. 각오라는 말로는 부족한 강한 의지를 관철했다.

크리소스가 왕으로 설 시간을 벌기 위해. 자신이 바라는 미래에서 딸들을 위협하는 재앙을 없앨 『용사』의 안내인이 되기 위해.

"원래대로라면 짐이 해야 할 일이었다. ……그대에게는 감사하고 있어."

지옥 같은 고통 속에 있는 모친(모브)을 구할 유일한 방법을 크리소스는 잘 이해하고 있었다. 그리고 그것은 어머니의 소원대로 『첫째 마왕』이 된 자신이 완수해야 할 일이라고 생각했다.

금빛 눈에 얇은 막이 펼쳐지며 흔들림이 커졌다.

회색 눈을 가진 그녀였다면 진즉에 굵은 눈물방울을 흘렸을 텐데 크리소스는 목소리를 떨지도 않았다.

그래도 그녀에게 아무런 감정도 없는 것은 결코 아니었다. 데일은 라티나를 잘 알기에 크리소스가 자신의 감정을 강하게 억제하며 참고 있음을 헤아릴 수 있었다.

"그대는, 구해준 것이다."

크리소스의 용서하는 말을 듣고 데일은 자신이 해온 일이 조금은 보답 받았다고 느꼈다.

†

모든 빛과(흑백) 모든 색으로 구성된 세계.

그 안에서 라티나는 주위를 둘러보았다.

원래대로라면 자신이 앉아야 할『옥좌』위에서 소중한 보석 세공 팔찌가 쓸쓸하게 빛나고 있었다.

그것을 보고 라티나는 자신이 있는 곳이『본래 자신의 옥좌』가 아님을 깨달았다.

'나는…… 분명……?'

의식을 잃기 직전 일을 떠올렸다. 날 선 검의 반짝임이 지독히 차갑게 보여서 온몸의 피가 얼어붙는 착각을 느꼈다.

"「크리소스…….」"

"「왜 그러지?」"

무심코 중얼거리자 다정한 목소리가 돌아왔다. 무사하다는 것에 안도하며, 바로 등 뒤에서 들린 그 목소리의 주인에게 시선을 돌렸다.

그곳에는 예상한 대로 그 인물이 있었다.

자신과 얼굴이 아주 닮은 사람. 오랫동안 떨어져 있었지만 한눈에 알았다. 다른 사람과 착각할 리가 없는, 태어나기 전부터 함께 있었던 소중한 존재였다.

"「나…… 줄곧 크리소스가 보고 싶었어.」"

"「짐도 그렇다.」"

"「크리소스…… 있지…… 라그는…… 나를 지키며 여행하는 사이에 몸이 망가져서…….」"

"「그럴 것이라고…… 모브도 말했었다. ……라그도 모브도, 전부 알고서 우리의 앞날을 염려해준 것이다.」"

"「그럼…… **역시**…… 모브도……?」"

라티나의 떨리는 목소리를 듣고 크리소스는 동생을 품에 안았다.

"「……짐에게는, 이제…… 그대밖에 없어…….」"

"「크리소스…….」"

크로이츠에서 재회했을 때는 서로의 상황을 이야기할 여유가 없었다. 라티나가 바실리오에 도착한 후에도 라티나가 만족스럽게 의식을 유지할 수 있는 상태가 아니었기에 느긋하게 대화하지 못했다.

마침내 나눈 대화 속에서 라티나는 조금 전 재회한 사랑하는 사람의 이름을 입에 올렸다.

"「있지, 크리소스…… 데일은 나를 구해준 사람이야.」"

크리소스가 소중하기에, 라티나는 이번에도 크리소스에게 자신의 마음을 똑바로 전하자고 생각했다.

"「데일이 구해주고, 함께 지내면서…… 나는 데일을 좋아하게 됐어.」"

라티나의 가슴속에는 크리소스와는 전혀 다른 위치에 데일에 대한 마음이 있었다.

포기하지 못하고『마왕』의 힘조차 원해버렸던 마음. 그것은 라티나의 근간을 이루는 마음이었다.

"「크리소스는 소중해. 하지만 나는 앞으로도 데일과 함께 있고 싶어…… 데일과 같이 살고 싶어.」"

크리소스는 동생의 머리에 뺨을 문지르고 한숨을 쉬었다. 인정하고 싶지 않은 라티나의 말을 부정할 수도 없지만 긍정할 생각도 들지 않아서 대답을 회피하기로 했다.

"「그렇다면 우선은 그대를 자유롭게 해야 해.」"

"「크리소스…….」"

"「그것이 모브와 라그의 소원이기도 하니까.」"

일곱 늘어선『옥좌』위에 이제 그들 외의 기척은 없었다.

하지만 그것도 잠깐일 것이다.『옥좌』가 비어도, 자격 있는 자가 나타나면『마왕』으로서 그 자리에 앉게 된다.

그것이 언제가 될지는 예측할 수 없었다.

크리소스가 라티나를 자유롭게 만들기 위해 쓸 수 있는 유예가 어느 정도인지는 알 수 없는 일이었다.

피 묻은 날붙이는 부서졌고, 물병은 깨졌다. 나무는 크게 갈라졌고, 책은 불탔으며, 대검은 부러졌다. 왕을 나타내는 휘장인 깃발은 원형을 알 수 없을 만큼 찢겨 있었다.

섭리의 수가 붙는 주인을 유일하게 가진 『옥좌』 위에서 크리소스는 자신의 상징인 왕홀을 잡은 손에 힘을 주었다.

“「크리소스…… 무슨 일이 벌어진 거야? 내가 잠들어 있는 동안…… 무슨 일이 일어나 버린 거야?」”

심상치 않은 주위 모습을 보고 불안해하며 말하는 라티나를 크리소스는 다시 한 번 끌어안았다.

“「모든 것은 그대가 깨어난 뒤에.」”

끌어안고 있던 팔을 풀었다. 크리소스는 몸을 떼고 라티나를 가볍게 밀쳤다.

툭, 한순간 충격을 느낀 뒤, 라티나는 『자신의 옥좌』 위에 있었다.

깜짝 놀라서 커다란 회색 눈을 깜박이는 그녀를 향해 크리소스는 단호하게 잘라 말했다.

“「그대의 봉인을 풀겠다. 할 수 있겠지, 플라티나.」”

“「어……?」”

“「그대는 봉인의 틈을 뚫기까지 했다. 그 정도로 자신의 힘을 제어할 수 있다면 가능한 일일 터.」”

“「크리소스…….」”

그래도 불안해 보이는 라티나에게 크리소스는 엄격하고 의연한 표정을 보내며 왕홀을 들어 올려 보였다.

“「짐에게 맞춰라, 플라티나.」”

명령하는 울림을 목소리에 싣고서 크리소스는 자신이 『마왕』으로서 가진 힘을 조종했다.

일찍이 『여덟째 마왕』인 라티나를 봉인했을 때보다도 복잡하고 정교한 마법을 구성해갔다.

힘을 다루는 기술에 뛰어난 『첫째 마왕』이기에 가능하다고 자부하는 복잡한 술법이었다. 당황한 모습이었던 라티나는 그래도 자신의 『옥좌』에 있는 힘으로 크리소스에게 응해갔다.

『재앙』 이외의 마왕이 토벌되는 것을 크리소스가 가만히 보고 있던 이유가 이 복잡한 술법 때문이었다.

봉인을 푸는 정규 수단은 봉인을 실시한 모든 마왕의 동의로 주문을 푸는 것이다. 하지만 그것은 불가능한 일이기도 했다. 마왕들은 자신에게 해를 끼치는 공통된 존재인 『여덟째 마왕』이 상대였기에 일시적으로나마 손을 잡은 것이었다. 그것의 해방을 인정하리라고는 생각할 수 없었다. 그리고 무엇보다도 봉인은 『모든 마왕』이 동의했다. 그것은 **봉인된 『여덟째 마왕』의 동의도 얻어서** 이루어진 일이었다. 봉인을 푸는 데 필요한 『동의』에는 봉인된 『여덟째 마왕』 자신의 것도 들어갔다. 정규 수단으로 봉인을 푸는 것은 불가능했다.

그렇기에 크리소스는 처음부터 조건의 틈을 비집는 일그러진 형태로 라티나의 봉인을 풀게 될 것을 알고 있었다. 그 전제로 해제 술법을 구축해왔다.

그리고 그 술법을 발동하려면 봉인할 때보다도 훨씬 고도하고 섬세한 힘의 제어가 필요함을 알았을 때, 크리소스는 다른 마왕이 술법을 성공시키는 데 불안 요소가 될 뿐임을 깨달았다.

라티나 혼자라면 보조해서 이끌 수도 있었다. 하지만 생판 남인 다른 마왕들까지 신경 쓸 여유는 없었다.

크리소스는 자신이 원하는 바를 위해서라면 다른 것을 잘라버리는 냉혹함을 가지고 있음을 부정하지 않았다.

원래대로라면 국가 원수라는 공인으로서 사용하는 그 자질을 이번에는 개인적으로 이용했다.

한 번은 공인으로서 포기했던 사랑하는 자신의 반쪽을 이번에야말로 구하기 위해 다른 자를 잘라버렸다.

크리소스는 다듬어진 자신의 힘을, 지휘봉을 휘두르는 듯한 동작으로 원하는 형태로 배치해갔다. 그 뒤를 라티나가 동질이지만 명백하게 다른 자신의 힘으로 덧그렸다. 라티나는 처음엔 당황했지만 이제는 능수능란하다고 할 수 있을 만큼 자신의 힘을 행사하고 있었다. 크리소스가 상정했던 것보다도 훨씬 빠르고 정확하게 마법이 구축되어갔다.

크리소스가 깜짝 놀랄 정도로 라티나는『힘을 다루는 기술』에 뛰어났다.

먼 기억 속, 부친인 스마라그디에게 처음으로 마법의 기초를 배웠을 때가 떠올랐다. 마력 제어가 좀처럼 이해되지 않아 고민하는 자신 옆에서 라티나는 간단히 마력을 다루었다.

모친에게 방대한 마력을 물려받은 자신처럼 라티나는 천재적인 마력 제어를 부친에게 물려받았다면서 양친은 웃었다.

자신들 쌍둥이는 판박이처럼 보여도 눈동자 색같이 다양한 부분이 달랐다.

그것은 『마왕』으로서의 성질에도 나타났다.

『왕이 된다』는 예언을 받고 태어난 아이가 쌍둥이라는 사실에 바실리오의 신전 사람들은 큰 혼란에 빠졌었다고 한다. 『여덟째 마왕』은 존재 자체가 거의 알려져 있지 않았다. 단 하나뿐인 줄 알았던 『마왕 자리』에 후보자가 두 명이 되었으니 혼란에 빠지는 것도 어쩔 수 없었다.

하지만 출산율이 낮아 아이의 탄생을 중히 여기는 바실리오에서 쌍둥이의 탄생은 경사였다.

그래서 크리소스와 라티나 두 사람은 둘 다 신전 안쪽에 숨겨졌다.

결과적으로 예언은 이루어졌다.

크리소스도 라티나도 모두 『마왕』이 되었다.

그러나 그것은 전혀 다른 조건을 충족한 결과였다.

마인족이라는 백성을 이끄는 왕. 문자 그대로 마왕이며, 공인으로서의 입장을 중시하고 비정함도 요구되는 『첫째 마왕』이 된 크리소스.

자신의 백성이 아닌 다른 백성에게 마음을 보내고, 마왕이라는 존재를 부정하는 것도 불사하는 존재. 마왕이면서도 마왕이라는 존재로부터 가장 먼 존재인 『여덟째 마왕』이 된 라티나.

전혀 다른 자신들이 똑같기에— 한없이 닮았기에 가능한 일도 있었다.

'그렇기에 지금 **라티나**를 구할 수 있어.'

눈에 보이지 않는 『마왕의 힘』을 발동하고 있는데도 두 사람 사이에 흐르는 역장은 마치 정해진 악보를 연주하는 것처럼 어우러지고 있었다.

아름답게 완성된 예술같이 서로의 술식이 구축된 것에 크리소스는 성공을 깨닫고 안도하여 표정을 부드럽게 풀었다.

—눈을 뜨자 완전히 익숙해져버린 별궁의 천장이 시야에 들어왔다.

무의식중에 크게 심호흡했다가 신선한 공기에 폐가 기뻐하는 감각을 느끼고 살짝 놀랐다. 약해진 신체는 상당히 무겁게 느껴졌으나, 마음대로 움직일 수조차 없었던 지금까지와는 확연하게 달랐다.

"후아……."

한숨을 흘리니 자신이 깨어났음을 알아차린 옆에 있던 사람들이 안도의 숨을 내쉬었다.

"라티나……!"

"플라티나."

데일과 크리소스의 모습을 보고 라티나는 미소로 답했다.

"데일…… 리쏘……."

미소 짓는 라티나의 손목에서 화초 의장 팔찌가 빛을 반사하여 반짝였다.

†

크리소스가 라티나의 봉인을 풀기 위해 『옥좌』로 의식을 보내고 있던 사이, 데일은 자신의 무력함에 이를 갈았다.

마족으로서 강대한 힘을 얻어도 『마왕』이 아닌 자신은 아무것도 할 수 없다는 사실이 괴로웠다.

머리로는 이해하고 있었다.

할 수 있는 일과 할 수 없는 일은 누구에게나 반드시 존재하고, 각자에게 역할이 있을 것이다.

하지만 기도밖에 할 수 없는 것은, 기다릴 수밖에 없는 것은 몹시 괴로웠다.

'그래서 나는…… 모든 것을 쓸어버려서라도 검으로 이룰 수 있다면…… 그렇게 하자고 택한 거구나…….'

생각하며 데일은 라티나와 크리소스에게 시선을 돌렸다.

라티나를 끌어안고 싶다는 충동이 일었지만, 자신의 쓸데없는 간섭이 불확정 요소가 된다면서 크리소스가 못을 박은 상태였다. 지금은 참을 수밖에 없었다.

침대 위에 나란히 누운 두 자매는 불안함에 흔들리는 데일이 보기에도 탄식할 만큼 아름다웠다.

고급스러운 시트 위에 펼쳐진 백금색 머리카락은 부드럽게 빛을 머금고 반짝였다. 찬찬히 보니 살짝 체형이 다른 두 사람의 몸은 각각 유연한 곡선을 그리고 있었다.

두 사람의 가장 큰 차이인 눈동자 색은 지금은 보이지 않았다.

'플라티나…… 백금과, 크리소스…… 황금……인가. 두 사람의 이름도 한 쌍이구나.'

크리소스와 말을 섞은 시간은 짧았지만, 라티나를 맡기는 게 불안하지 않을 정도로는 그녀가 동생 라티나를 소중히 여기고 있음을 데일도 잘 알았다.

『첫째 마왕』으로서 라티나를 봉인한 것에 대한 분노가 없느냐고 자문하면 복잡해지기는 했다.

그래도 지금은 크리소스를 베지 않아서 다행이라는 생각이 들었다.

데일이 지켜보는 가운데, 먼저 눈을 뜬 것은 크리소스였다.

"……!"

"그런 얼굴을 하지 않아도 짐이 일을 그르칠 리가 없잖은가."

근거 없는 허세일지라도 크리소스의 목소리에는 상대를 납득시키는 힘이 있었다.

크리소스는 상반신을 일으켜 라티나의 머리를 살며시 쓰다듬었다.

"모든 봉인을 풀었다고는 할 수 없어. 플라티나는 『마왕』으로서 행사할 수 있었을 터인 많은 힘을 대가로 지불하게 돼."

"……그런가."

"그래도 지금처럼 마음대로 움직일 수도 없는 상태는 벗어날 테지. 다른 『마왕』이 새롭게 나타나 그 힘을 강화한다면 플라티나는 영향을 받게 될지도 모르지만…… 이제 생명의 위기에 빠질 일은 없을 것이다."

크리소스의 대답을 듣고서야 데일도 어깨에서 힘을 뺐다. 라티나의 머리는 크리소스가 독점하고 있기에 그녀의 손을 가만히 잡았다.

언제나 맞잡고 걸었던 손. 이 손을 다시 잡게 되었다는 안도감에 숨쉬기조차 힘들었다.

크리소스와 데일이 지켜보는 가운데, 라티나가 천천히 눈을 떴다.

멍하니 천장을 올려다보던 라티나가 몇 번 눈을 깜박인 후에 데일과 크리소스를 알아차렸다. 해죽 풀어진 그녀다운 미소를 보고 데일은 떨리는 목소리로 그녀의 이름을 불렀다.

"라티나……!"

"플라티나."

크리소스의 목소리에도 숨기려 하지 않는 기쁨과 안도가 있었다.

"데일…… 리쏘……."

크리소스를 어릴 적 애칭으로 부른 라티나가 그 언니보다도 먼저 자신의 이름을 불렀음을 이해했을 때, 데일의 인내는 한계를 맞이했다.

"라티나!"

"꺄……!"

힘을 담아 꽉 끌어안았다. 데일은 일반인을 아득히 뛰어넘는 힘을 얻은 상태였지만, 그것을 제어하지 못하여 그녀가 고통스러울 만큼 옥죄지는 않았다.

라티나가 깜짝 놀라 외쳐도, 크리소스가 불만스러운 시선을 보내도, 물러설 수는 없었다.

"라티나…… 라티나!"

"데일, 있지, 데일……."

곤혹스러워하는 라티나의 목소리도, 데일은 그녀의 목소리를 들을 수 있다는 사실 자체에 기쁨을 느끼고 말았다.

"데일…… 있지…… 나, 해야 할 말이…… 사과해야만 하는 게……."

"됐어."

목소리가 목 안쪽에 걸렸다.

살짝 어깨를 으쓱인 크리소스가 침대에서 내려왔다. 조용히 방을 뒤로하는 것을 등으로 느끼며 데일은 마음속으로 감사 인사를 중얼거렸다.

자신도 라티나에게서 떨어지고 싶지 않을 텐데 먼저 그 시간을 양보해준 것이 고마웠다.

"네가, 무사히…… 돌아와 준 것만으로도…… 나는, 그걸로 됐어."

데일의 목소리가 떨리고 있음을 알아차리고 라티나가 표정을 바꾸었다.

당황하여 바르작거리던 몸에서 힘을 빼고 데일이 하는 대로 몸을 맡겼다.

"데일……."

라티나가 데일의 등에 팔을 둘러 끌어안았다.

위로하듯 그 등을 살며시 쓸어내렸다.

"라티나."

어깨를 떠는 데일의 모습에 라티나는 말을 삼키고 입술을 깨물었다.

라티나는— 데일이 눈물 흘리는 모습을 처음으로 보았다.

데일은 언제나 울보인 자신을 껴안고 달래주는 쪽이었다.

라티나는 북받쳐 오른『괴로운 것』을 필사적으로 삼켰다. 그것은 자신이 울 때보다도 힘들고 괴로운『무엇』이었다.

해야 할 말을 찾을 수 없었다. 언제나 데일이 해줬던 것처럼 하고 싶은데 어떻게 하면 좋을지 알 수 없었다.

"데일…… 미안해…… 미안해……."

"……!"

라티나는 자신의 어깨가 젖는 것을 느끼고 거기 눌린 데일의 얼굴에서 뜨거운 것이 흘러나오고 있음을 이해했다. 어떻게든 사죄의 말을 꺼내자 데일은 희미하게 고개를 가로저었다.

"지킬 수 없는 게, 무엇보다, 무서워…… 부탁이니까, 지킬 수 있게 해줘…… 아무것도 할 수 없는 괴로움을, 맛보지 않게, 해줘……!"

숨이 찼다.

강하게 끌어안긴 것보다도 가슴이 죄어드는 감각 때문에, 라티나는 자신이 저지른 일을 깨닫고 허덕였다.

"미안해……."

라티나에게는 다른 말이 떠오르지 않았다.

흐를 것 같은 눈물을 참았다. 지금 울어도 되는 사람은 자신이

아니었다.

"미안해……."

더는 아무런 말도 없이 그저 자신을 끌어안는 데일의 등을 쓸어 내리며 위로할 수밖에 없었다.

이윽고 얼굴을 든 데일은 빨개진 눈 말고는 울었다는 것조차 알 수 없도록 미소 지었다.

검을 휘두르며 계속해서 마왕을 노륙하던 때의 광기 어린 냉정함은 그 표정에 없었다.

라티나도 데일을 따라 미소 지었다.

진심에서 우러나온 미소라고 하기는 어려웠다. 라티나는 자신이 저질러버린 일의 일부를 이해하고 마음이 술렁이고 있었다. 가슴 속이 괴로워서 눈물이 날 것 같았다.

그래도 지금 자신이 할 수 있는 일은 그를 위해 웃는 것뿐이라고 라티나는 생각했다. 데일이 바라는 것이 그것임을 알고 있으니까 자신이 할 수 있는 일로 응해야 했다.

"데일……."

아무리 반복해도 부족할 사죄 말고 다른 말을 찾았다. 데일을 위해 자신이 해야 할 말은 분명 사죄가 아니었다.

"보고 싶었어……."

"나도 보고 싶었어, 라티나."

결코 자신을 책망하려 들지 않는 데일은 자신이 사죄하는 것도 바라지 않을 테니까, 라티나는 필사적으로 눈물을 참았다.

'나는 항상 틀리기만 해…… 왜 제대로 못 하는 걸까…….'

자책하는 라티나의 고민을 감지하면서도 이제 데일에게는 모든 것이 어찌 돼도 좋았다.

그녀를 품속에 되찾고 절실히 생각했다.

마왕들을 섬멸한 것도, 『재앙』 때문에 커다란 타격을 받은 세계 정세도, 전부 아무래도 상관없었다.

소중하고 사랑스러운 존재 앞에서는 사소한 일이라고 잘라버리는 것을 자신의 마음은 허용하고 있었다. 원래부터 품어왔던 자신의 심경을, 그녀를 『주인』으로 둔 『유일한 권속』으로서의 자세가 긍정했다.

그녀가 아니라 자신 스스로 그렇게 정해버렸다.

그녀를 모든 것에서 최우선으로 삼아도 된다고, 왼손의 증표는 그 생각을 허락하는 결정적인 면죄부였다.

그러니 괜찮았다.

"라티나…… 정말로, 다행이야. ……이제, 멋대로, 어딘가로 가지 말아줘……."

"……응. 데일……."

라티나가 자신의 품속에서 미소 지어주었다. 그것만으로도 모든 것이 보상되었다. 자신에게 있어 당연했던 온기가 돌아온 것은 자신이 무엇보다 바라던 일이었다.

'나…… 분명, 많이…… 스스로 생각하는 것보다도…… 잘못했던 거구나…….'

손목에 걸린 팔찌를 꽉 잡고서 자신의 죄에 관해 생각하며 몸을 떠는 라티나를 책망할 생각도 들지 않았다.

—때에 따라서는 책망받는 쪽이 편해짐을 알고 있어도 그럴 생각은 없었다.

라티나를 손에서 놓는다는 발상은 데일에게서 완전히 사라져 있었다.

그래도 싸움이 생업인 자의 본능으로 주위를 살폈다. 그것은 품속에 있는 그녀의 안전을 생각한다면 어쩔 수 없는 행동이기도 했다.

시선을 별궁 입구 쪽으로 돌렸다.

사실 지금 심정으로는 라티나 외의 것을 시야에 넣고 싶지 않았지만 별수 없었다.

입구는 문이 없고 얇은 천이 바람에 흔들릴 뿐이었다. 그것은 이 더운 토지에 적응한 구조일 것이다.

조금 전까지는 인기척이 거의 없었으나 지금은 여러 기척이 움직이고 있었다.

'한 명, 두 명…… 적의는 없네. 그리고…… 저건 크리소스인가.'

기척만을 더듬고서 크리소스를 바로 판단한 자신의 모습에 놀랐다. 다시금 기척을 살피자 크리소스는 역시 라티나와 닮은 느낌을 휘감고 있었다. — 닮았다고는 해도 물론 데일은 라티나를 누구와도 착각하지 않을 터였다 — 크리소스가 데리고 있는 것을 보면 다른 기척은 시녀겠다고 데일은 추측했다.

'건물이 후궁 같은 위치 관계였고…… 여성의 생활 공간과 인접해

있는 거야…… 경비병이 있다고는 해도 남자의 출입은 제한될 테니까…….'

명백한 침입자인 자신에 관해서는 무시한 채 생각했다.

'그렇게 생각하면…… 라티나는 안전한 곳에 격리되어 있었구나.'

이렇게 예쁜 라티나가 약해진 모습으로 무방비하게 자고 있었다. 보호 본능을 마구 부추길 것이 틀림없다. 그것뿐이라면 그래도 괜찮지만, 엉망진창으로 만들어버리고 싶다는 욕망에 불을 지펴도 어쩔 수 없었다.

라티나는 너무 예뻤다. 그래서 만인이 그렇게 생각해버리는 것도 이해할 수 있었다. 하지만 물론 허용할 리는 없었다.

자신도 지금은 참아야 할 것이다.

불쌍하게도 라티나는 오랫동안 상태가 안 좋았던 모양이었다. 기억 속 모습보다도 조금 수척해서 최고였던 안는 맛이 떨어져버린 상태였다. 애처로워서 괴로웠다.

아껴주고, 아껴주고, 아껴주자.

요양시키면서 잔뜩 함께 보내자. 아주 찰싹 달라붙어서 지내자. 아니, 그렇게 해야만 했다.

그러고 보니 오늘 라티나는 풍기는 향기가 평소와 달랐다. 크로이츠에서 쓰는 향유와 똑같은 것을 쓸 수도 없었던 걸까. 하지만 역시 라티나는 좋은 냄새가 난다.

그런 생각을 하는 데일은 완전히 통상(유감 모드) 사양으로 돌아와 있었다.

어릴 때처럼 라티나를 자신의 무릎 위에 올리고서 옆으로 앉히고 품속에 넣었다. 머리카락 냄새를 맡는 김에 어깨 부근에 얼굴을 묻고 입술을 눌렀다.

굉장히 치유되었다.

온기와 아로마의 이중 효과는 탁월했다.

데일은 꽤 진심으로 전부 어찌 되든 상관없어졌다.

이대로 둘이서 침대에 누워 전심전력을 다해 그녀를 아껴주고 싶다는 욕구가 엄습했다. 하지만 몸 상태가 정상이 아닌 그녀를 상대로 어디까지 『아껴줄 수 있을지』 자제심을 믿을 수가 없었다.

그런 이성적인 판단만이 지금 데일을 억제하고 있었다.

'하지만 조금만이라면 괜찮으려나…….'

이성은 바람 앞의 등불처럼 위태로웠다.

데일 속 긴장의 끈은 뚝 끊어진 상태였다. 그 반동으로 전력으로 늘어져 있고 싶다는 생각이 들었다. 솔직하게 표현하자면 지금은 라티나와 하트만 날려대고 싶었다.

'괜찮겠지…….'

인내의 한계는 찰나적이었다.

데일이 육식 동물과 비슷한 분위기를 드러내기 시작했을 무렵, 별궁 입구 쪽에서 유리를 울리는 시원한 소리가 났다.

데일이 의문으로 여겼을 때, 품속에서 라티나가 목소리를 냈다.

"「*****.」"

'응……? 의문, 인가.'

라티나가 소리 낸 질문은 주문언어와 똑같은 말이었다. 마법을 다룰 줄 아는 데일은 『마인족』의 모어인 그 언어를 쓸 수 있지만, 대화가 가능할 만큼 정통하다고 하기는 어려웠다. 단적으로 단어의 의미를 이해하는 정도였다.

입실한 것은 뿔에 가느다란 금세공 장식을 늘어뜨린 여성 두 사람이었다. 그녀들은 생소한 동작으로 머리를 숙였다.

"「*****?」"

라티나는 조용한 목소리로 여성들에게 질문했다.

똑같이 심플한 의상을 입은 마인족 여성들은 라티나의 의문에 대답해갔다.

"「*****, *****.」"

"「**……?」"

"「**. *************.」"

주고받는 대화를 데일은 절반도 알아들을 수 없었다.

한동안 여성들과 이야기하던 라티나는 데일이 상황을 파악하지 못한 얼굴이라는 것을 깨닫고 「아차!」 하는 표정을 지었다.

"있지…… 바실리오에서는 신전에 있는 사람들만 뿔에 장식을 달고 있어. 뿔 장식을 보면 대략 역할도 알 수 있고. 『마왕』인 크리소스와 마족. 그리고 고위 신관들만 장식에 여러 가지 색을 쓸 수 있으니까. 인간족 임금님처럼 왕관은 안 써."

단색 금세공 장식을 단 눈앞의 여성들은 시녀에 해당했다.

마왕이 통치하며 세습제로 권력을 물려받지 않는 바실리오에서 왕후·귀족에 해당하는 특권 계급은 『첫째 마왕』의 권속으로서 힘과 신뢰를 얻은 『마족』임을 데일은 추측하며 이해했다.

“나한테 손님이 왔나 봐. 크리소스가 들여보낸 걸 보면 분명한 이유가 있겠지만…… 뭘까?”

“그런가.”

데일에게 상황을 설명하고 라티나는 시녀들에게 알겠다는 뜻을 전했다.

“「******. ******.」”

“「**.」”

그것을 듣고 한 시녀가 머리를 숙이고서 방을 나갔다.

남은 시녀를 보고 라티나는 난처한 얼굴을 데일에게 돌렸다.

“데일…….”

“왜?”

“손님, 온대…….”

“그래?”

“……내려줬으면 좋겠는데…….”

“싫어.”

무릎 위에서 구속된 라티나가 곤혹스러워해도 데일은 전혀 동요하지 않았다.

무슨 소리냐고 말하는 듯한 데일의 대답을 듣고 라티나는 더더욱 난처한 얼굴이 되었다.

"있지…… 지금 입고 있는 거, 잠옷이야."

"그런가. 그렇겠지, 자고 있었으니까."

"옷…… 갈아입고 싶은데……."

"그래?"

"데일이 놔주지 않으면…… 옷…… 못 갈아입어."

"그런가."

당연한 것을 차근차근 친절하게 설명해도 데일은 라티나를 놓으려 하지 않았다.

하지만 데일도 라티나의 이 무방비하기 짝이 없는 모습을 다른 사람에게 보일 수는 없었다. 그렇다면 어떻게 해야 할까 생각하지만, 더는 1초라도 떨어지지 않겠다고 결심했으니 그건 어떻게 할 수도 없는 일이었다.

"옷을 못 갈아입으면 무리 아니야?"

"어…… 어어……."

"무리니까 어쩔 수 없지. 그러니 이대로 같이 꼭 끌어안고 있자."

한마디로 말하자면 『심각하게 악화한』 데일의 모습에 라티나는 자신이 저지른 『죄』를 깨닫고 더욱 몸을 떨었다.

라티나는 마왕에게 『봉인』된 이후의 기억이 거의 없었다. 대부분의 시간을 계속 잤고, 깨어 있는 사이에도 정신이 몽롱하여 제대로 사고할 수 없었다.

그래서 라티나에게 있어 데일과의 이별 체감 시간은 불과 며칠이었다. 그러나 데일의 모습을 보고서 그것이 결코 짧은 시간이 아니었음을 헤아렸다.

데일을 강하게 거절하고 떨어질 수는 없었다. 하지만 눈앞에는 시녀가 있다. 원래부터 그런 부분의 수치심을 남들만큼 확실히 가지고 있는 라티나는 시녀의 곤혹스러워하는 시선을 견디기 힘들었다.

시녀가 자신의 몸단장을 도와주기 위해 이 자리에 대기하고 있다는 것도 라티나는 알고 있었다. 그런데 지금 자신은 몸단장은커녕 끌어안긴 채 데일의 볼 부비부비를 받고 있었다. 어떻게 대처하면 좋을지 판단하기 어렵다는 시녀의 심경조차 눈에 보여서, 라티나는 이리저리 시선을 옮기며 어딘가에 묘안이 떨어져 있지는 않을까 찾고 말았다.

그때 방문도 고하지 않고 크리소스가 들어왔다.

크리소스는 고개 숙이는 시녀 쪽은 쳐다보지도 않고, 침대 위에서 끌어안은 두 사람에게 어이없다는 눈길을 보냈다.

"「크리소스…….」"

"「역시 이렇게 됐나.」"

한심한 목소리를 낸 라티나를 보며 한숨을 쉰 크리소스는 남의 눈을 전혀 신경 쓰지 않는 데일에게 낮은 목소리로 말했다.

"플라티나를 놔주지 않겠나."

"싫어."

"그런가."

뜻밖에도 간단히 그렇게 대답한 크리소스는 뒤를 돌아보았다.

"그렇다는군. 입실을 허락한다."

크리소스의 말뜻을 이해한 라티나는 깜짝 놀란 모습으로 더욱 어쩔 줄을 몰라 했지만 데일은 전혀 개의치 않았다.

하지만 그런 데일도 방에 들어온 손님의 모습을 보고 눈이 휘둥그레졌다.

적어도 손님 쪽으로 의식을 보낼 수 있을 정도로는 충격적인 모양이었다.

"오랜만이에요, 데일 님."

선명한 장미색 머리카락을 흔들며 로제가 고요한 미소를 짓고서 귀부인답게 인사했다.

"라티나 양도 무사히 『돌아온』 것 같아서 다행이에요. 『황금의 왕』 폐하께는 미리 허가를 받았습니다만, 플라티나 공주라고 부르는 편이 좋을까요?"

"손님이란 건 로제 님이었군요……."

깜짝 놀란 얼굴을 한 라티나는 로제에게 목례했다.

현재 상황에서는 고개를 숙이는 것조차 마음대로 되지 않았다.

"크리소스는 『왕』이지만 저한테는 아무런 권한도 없어요. 바실리오는 라반드국과 달리 세습제로 권력을 물려받는 게 아니라서……."

살짝 난처한 표정을 짓고 라티나는 말을 이었다.

"공식적인 자리에서는 진짜 이름을 써야겠지만…… 저는 그쪽 이름이 별로 익숙하지 않거든요. 지금까지처럼 불러주시는 편이 좋아요."

"알겠어요. 그럼 그렇게 할게요."

라티나와 로제는 나이 차도 있어서 친구라기보다는 자매 같은 관계였다. 그래도 두 사람 사이가 좋다는 것은 틀림없었다.

"인사가 늦어져서 죄송해요, 로제 님. 오랜만에 뵙게 되어 기뻐요. 그리고……."

라티나는 거기서 로제 뒤에 고용인처럼 서 있는 미녀를 보았다.

"헤르미네 씨도, 건강하신 것 같네요……."

금발을 땋아 올린 푸른 눈의 미녀는 생긋 웃는 것으로 라티나의 말에 답했다.

한편, 불편한 상대인 미녀의 갑작스러운 출현에 데일은 아주 살짝 라티나에게서 몸을 뗐다.

그래도 여전히 라티나는 데일의 무릎 위였고 구속에서 해방된 것은 아니었다. 그런 데일을 보면서도 로제는 미소를 지우지 않았다.

"데일 님."

"오랜만이네…… 로제. 바실리오에 와 있었던 건가."

"그것도 포함하여 말씀드리겠어요."

"그런가."

거기서 침묵이 내려앉았다.

로제는 변함없이 미소 지으며 데일을 보고 있었다.

무관심을 관철하는 데일은 그렇다 쳐도, 라티나는 로제의 시선을 견디기 힘들어서 당황한 모습으로 쩔쩔맸다.

"데일 님."

"왜?"

"아무리 약혼자라고 해도 너무 친밀하지 않은가요?"

"딱히, 평범하잖아."

로제의 웃는 얼굴은 흔들림 없었다. 그렇기에 라티나의 당황은 격심해져 갔다. 뻔뻔한 데일도 한 줄기 땀을 흘렸다.

"데일 님."

목소리도 결코 사납지 않았다. 로제답게 부드럽고 고요했다. 그런데도 묘하게 앉아 있기 불편한 기분을 들게 했다.

"……왜."

"저는 공작 각하의 명령으로 이곳에 왔습니다. 그와 동시에 데일 님께 드릴 편지를 맡았지요."

"나한테…… 각하가 보낸 건가?"

"아뇨. 데일 님의 고향에서 보냈다고 합니다. 내용은 저도 알고 있습니다."

"티스로우에서……?"

"당주 대행으로서 『첫째 마왕』 폐하와의 회담에 임하라는 내용입니다."

로제의 말에 데일은 혀를 차더니 마침내 제대로 된 표정을 지었다.

"할멈인가…… 어디까지 알고 있는 거야?"

"그것까지는 저도 모릅니다. 저도 이쪽으로 오기 전까지는 거의 아무것도 몰랐으니까요."

로제에게 응대하는 모습에 침착함을 되찾으면서도 데일은 라티나를 안은 팔을 풀지 않았다.

라티나는 데일의 그 팔을 살며시 건드렸다.

"데일……."

"……놓고 싶지 않아."

"응…… 멋대로 없어져서 미안해."

평탄한 음성으로 말하는 데일의 말을 듣고 라티나는 다시 흘러내릴 것 같은 눈물을 꾹 참았다.

"그러니까 잠시만 놔줘…… 데일이랑 같이 있기 위해, 방에서 나갈 수 있는 차림을 할 테니까."

"꼭, 놔야만 해?"

"있지…… 나…… 바실리오의 옷은…… 입는 법을 잘 몰라서……."

라티나의 대답에 데일은 살짝 어안이 벙벙해졌다.

"어릴 때 입었던 옷은 간단한 원피스 같은 형태였으니까 그럴 일은 없었지만…… 지금 크리소스가 걸친 옷을 봐도 입는 법을 잘 모르겠어…… 나 혼자서는 못 입어……."

통풍을 중시한 형태로 만들어진 바실리오의 옷은 라반드국의 옷과 크게 달랐다. 단추 등이 거의 안 보이는 넉넉한 의류는 어떻게 고정하고 있는지 언뜻 봐서는 알기 힘들었다.

조금 전까지 일어나 있기도 어려웠던 라티나는 바실리오에 온 뒤로 줄곧 시녀에게 모든 시중을 받으며 지냈다.

어떤 시중을 받았는지도 그다지 기억나지 않았다.

"……그런가."

쓰게 웃는 데일은 평소 모습으로 돌아온 것처럼 보여서 라티나는 살짝 안도했다.

"그러니까 조금만 기다려줘."

"조금만……?"

"응. 조금만."

라티나가 말을 되풀이하자 데일은 마침내 팔을 풀었다. 마치 억지로 떼어놓는 것 같은 데일의 어색한 움직임을 라티나는 눈치채지 못한 척했다.

데일의 그런 동작을 볼 때마다 라티나는 가슴이 괴로워졌다.

숨을 제대로 쉴 수 없어졌다. 그것을 들키지 않도록 라티나는 미소 지었다.

"그럼…… 금방 돌아오는 거지?"

"응."

거듭 확인하는 데일에게 여전히 웃는 얼굴로 대답했다.

크리소스가 앞서 걷는 것을 좇아 별궁을 나서는 로제를 따라가기 직전까지 데일은 라티나를 보고 있었다. 그렇기에 라티나는 짐짓 별일 아닌 것처럼 미소 지었다.

데일의 모습이 보이지 않게 되자 라티나는 침대 위에 털썩 쓰러졌다.

호흡이 괴로워 가슴이 오르내렸다. 라티나의 몸 상태는 아직 완전히 돌아와 있지 않았다. 이렇게 오랫동안 일어나 있는 것도 오랜만이라서 이미 온몸이 피로로 나른했다.

하지만 지금 이렇게나 괴로운 이유는 몸 상태 때문이 아니었다.

"흐……윽……!"

뚝뚝, 지금껏 참고 있던 눈물을 흘렸다.

이 짧은 시간만으로도 자신이 얼마나 데일을 고통스럽게 했는지 알아버렸다.

지키고 싶었을 뿐인데, 잘 안 되었다.

'……알고 있었어. 분명 데일을 괴롭게 만들 거라고, 알고 있었어…… 그런데 나는…….'

손등으로 눈물을 닦고서 몸을 일으켰다.

계속 이렇게 울고 있을 수는 없었다.

"「『백금의 공주』님…….」"

"「괜찮아요. 신경 쓰지 마세요.」"

걱정하는 시녀의 목소리를 뿌리치듯 대답하고 라티나는 그녀의 도움을 받아 옷을 갈아입기 시작했다.

데일을 이 이상 기다리게 할 수는 없었다.

이 이상, 그를 괴롭힐 수는 없었다.

'나는…… 어떻게 하는 게 옳았던 걸까…….'

가슴을 옥죄는 질문의 해답은 아직 나올 것 같지 않았다.

크리소스가 데일과 로제를 데리고 간 방은 아까 데일과 크리소스가 교전했던 알현실이 아니었다. 그래도 거주 구역인 중추보다는 바깥쪽에 위치한 방이어서 외부 손님을 맞이하는 곳임을 상상할 수는 있었다.

마인족의 문화로는 『고급스러운』 방이지만 라반드국 문화권에서 보면 매우 검소하고 담백한 인상을 주는 방이었다.

벤치 같은 형상의 긴 의자가 벽을 등지고 설치되어 있고, 그 앞에 투명감이 느껴지는 돌로 만든 직사각형 테이블과 낮은 등받이 의자가 늘어서 있었다.

언뜻 보면 심플한 가구였으나 자세히 보면 다리 부분에 조각이 새겨져 있었다.

문득 데일은 어떤 사실을 깨닫고 깜짝 놀란 얼굴로 중얼거렸다.

“이 돌…… 진귀하네.”

데일이 테이블에 손을 미끄러뜨리자 크리소스는 감탄하듯 탄식했다.

“아는 건가.”

“결정을 깎아내서 만든 건가? ……이 정도 크기라면 상당할 텐데?”

태어난 고향의 특수성도 있어서 데일은 광물이나 광석에는 조금 까다로웠다.

“바실리오는 기후가 가혹하여 농경에 적합하지 않은 땅도 많지만 이런 것은 가지고 있지.”

크리소스의 말을 듣고 데일은 공중에서 보았던 바실리오의 거리에 석조 건축물이 많았던 것을 떠올렸다.

크리소스는 긴 의자에 앉더니 데일에게 자신의 앞자리를 권했다. 그 후, 로제를 데일과 같은 줄에 있는 의자에 앉혔다. 헤르미네는 호위 입장이라 의자에는 앉지 않고 로제의 후방에서 대기했다.

"바실리오는 인간족의 국가, 라반드국과 국교를 바라고 있다."

그것은 데일도 그레고르에게 전해 들은 이야기였다.

"이번 『재앙』들의 행동으로 『마인족』 전체를 향한 불신은 커지고 있을 것이다. 짐은 백성을 이끄는 자로서 나의 동포를 지켜야 한다."

마인족은 오랜 세월 폐쇄적으로 지냈기에 다른 인족에게 편향된 지식만 알려져 있었다. 그로 인해 생겨나는 편견이 앞으로 『마인족』이라는 종족 전체에 대한 박해로 이어질지도 모른다고, 크리소스를 비롯한 바실리오의 수뇌부는 판단을 내렸다.

바실리오와 가장 가까운 국가는 라반드국이었고, 그 나라는 이번 『재앙』에서 큰 역할을 했다.

라반드국이 받아들여 준다면 다른 나라와도 교섭하기 쉬워진다.

이것도 한 가지 좋은 기회라면서 크리소스는 라반드국에 사자를 보낸 것이었다.

"공작 각하는 그 조정을 위해 저를 바실리오에 보내셨어요. 많은 부분이 기밀이었기에 저도 이곳에 도착한 후에야 그 사실을 알았지만요."

그렇게 끼어든 로제를 향해 데일이 질문했다.

"로제는 귀족 계급이기는 해도 외교관은 아니잖아? 왜 각하는 로제를……?"

"각하가 즉각 움직일 수 있는 인재 중에서 제가 가장 뛰어난 『마법사』였기 때문이에요. 마법을 쓸 수 있는 것이 최저 조건. 그리고 저 같은 마법사는 언어의 의미에 정통해야 하니까요."

"아……."

로제의 말을 듣고 데일도 당연한 사실에 생각이 미쳤다.

마인족의 모어와 마법을 쓸 때 사용하는 주문언어는 똑같았다.

하지만 마법을 쓰는 모든 자가 어구의 의미와 문법을 이해하고 있다고 하기는 어려웠다. 내용을 이해할 수 없어도 문장만 올바르면 주문은 발동했다. 간이식만 통째로 외워서 대응하는 자도 적지 않았다.

그에 반해 우수한 마법사는 임기응변으로 마법을 다루기에 마법 언어에도 뛰어나야 했다.

우수한 마법사는 어학 면에서도 마인족의 사자로서 필요한 자질을 가지고 있다는 뜻이었다.

"여성이신 『첫째 마왕』 폐하를 배려하여 여성일 것. 또한 라티나 양과 면식이 있다는 점이 각하가 제게 이 역할을 명령하신 이유예요."

"어?"

로제의 말에 데일은 멍한 얼굴이 되었다.

"왜, 라티나가?"

"저는 데일 님이 모르신다는 점이 놀라운데요. 『황금의 왕』과 라티나 양이 혈연관계라는 사실을 각하께 전한 건 크로이츠의 『춤추는 범고양이』였다는 것 같아요."

"뭐?"

더욱 어안이 벙벙해진 데일을 보며 로제는 확인 사실을 하듯이 되풀이했다.

"아마도 현재 라반드국 내에서 바실리오에 관한 자세한 정보를 가장 많이 가지고 있는 건 『춤추는 범고양이』일 거예요."

"……뭐?"

그가 모르는 곳에서 『범고양이』의 면면이 암약하고 있었다는 것을 데일이 안 순간이었다.

한편 라티나는 시녀의 도움을 받아 옷을 다 갈아입은 상태였다.

데일이 걱정되기는 해도, 지금 이곳에서는 자신의 처신에 따라 크리소스가 큰 책임을 져야 한다는 것도 라티나는 이해하고 있었다. 바실리오의 예의범절은 먼 기억 저편에 있어서 상당히 모호했다. 그래도 터부시되는 행동 등, 기억하는 것도 있었다.

얇은 천을 겹쳐 입는 바실리오의 옷은 매우 단순해 보이는 외양이지만 모르는 자에게는 알기 어려운 구조였다.

세게 압박하지 않으면서도 요소요소에서 단단히 매듭지어져 있었다. 겉으로 드러나 있는 띠의 매듭법에도 의미가 있어서 『첫째 마왕』의 동생으로 공주 대우를 받고 있는 라티나는 귀인에게만 허락된 형태로 매듭이 완성되어 있었다.

울어서 부은 눈을 식히고 머리카락을 정돈했다.

마지막으로 시녀는 크리소스가 라티나를 위해 준비한, 섬세하게 만들어진 베일을 그녀의 머리에 고정했다.

마인족에게 『뿔』은 소중한 부위였다.

그것이 『부러진 모습』은 지독히 생생한 흉터와 비슷했다. 마음 약한 자라면 직시하는 것조차 어려웠고 속이 안 좋아지는 경우도 있었다.

죄인이 되어 부러지는 것 외에도 상처나 사고로 뿔을 잃기도 했다. 그런 자가 주위 사람들의 눈을 배려하여 쓰는 것이 이와 같은 머리 장식이었다.

장식으로 사용된 것은 금은 사슬과 일곱 색깔 보석. 왕인 크리소스에 준하는 것이었다. 이것만으로도 현재 라티나가 크리소스의 깊은 총애하에 있음을 누구나 알 수 있었다.

라티나가 별궁을 나서니 다른 시녀가 기다리고 있었다.

그녀가 한 번 인사한 뒤 선도하여 나아가는 것을 라티나는 질문하지도 않고 따라갔다. 어릴 적에는 확실히 이런 식으로 그다지 말이 없는 사람들에게 시중받았던 기억이 있었다.

"컹!"

익숙한 목소리를 듣고 라티나는 발을 멈췄다.

시야 대부분이 베일에 가려져 있었기에 살짝 얼굴을 들었다.

낯익은 회색 모피는 예상했던 것 하나뿐만이 아니었다.

"빈트."

"멍!"

빈트는 자신과 똑같은 회색 모피 위에서 사지를 쭉 뻗고 있었다. 등에 제 새끼를 태운 하겔은 이미 갑옷을 벗은 상태였다. 그 거구만 봐서는 믿을 수 없을 만한 사뿐한 움직임으로 라티나 옆까지 걸어왔다.

그리고 그 하겔 옆에서—.

“오랜만이야, 라티나.”

긴 이별 후라고는 생각할 수 없을 만큼 가벼운 말투로 말하며 『초록의 신』의 신관복을 입은 실비아가 웃고 있었다.

“실비아……? 어째서……?”

“어째서냐니…… 굳이 말하자면 라티나를 찾으러 왔달까.”

깜짝 놀란 라티나에게 실비아는 꿍꿍이가 있어 보이는 독특한 미소를 보내며 말했다.

“여기 있는 멍멍이가 라티나는 이곳에 있다고 가르쳐줬거든.”

“멍.”

“와버렸어.”

아주 가벼운 어조였다.

라티나와 함께 실비아와 천상랑 두 마리가 일동 앞에 모습을 나타내자 로제와 그 호위 위치에 있는 헤르미네는 성체 환수를 보고 깜짝 놀란 모습이 되었다.

빈트는 하겔의 등에서 훌쩍 내려와 느긋하게 나아가더니 크리소스에게 머리를 한 번 문질렀다. 그것으로 의리는 다했다는 듯이 꼬리를 흔들며 라티나 곁으로 돌아왔다.

“빈트?”

데일은 『범고양이』에서 본 적 없었던 빈트의 동작에 고개를 갸우

뚱했다. 거기서 데일은 하겔이 표정에는 드러내지 않으면서도 미묘하게 꼬리를 살랑거리고 있다는 것도 깨달았다.

데일의 시선을 알아차린 하겔은 어색한 모습으로 말했다.

"음…… 먼 땅에서도 느끼기는 했으나…… 이 땅의 왕은 아이와 기척(냄새)이 많이 닮았군."

"닮았다. 그러니까 뭐, 어쩔 수 없다."

고개를 주억거린 빈트도 똑같은 의견인 모양이었다.

데일 역시 라티나와 크리소스 두 사람의 닮은 모습을 보고 놀랐지만 그것은 천상랑이라는 환수의 관점에서도 그런 모양이었다.

빈트가 테오의 「저쪽」이라는 애매한 정보만으로 크로이츠에서 바실리오까지 헤매지 않고 도달한 것도 바실리오에 『라티나와 닮은 누군가(냄새)』가 있었기 때문이었다.

빈트는 기본적으로 라티나 말밖에 안 듣는 마이페이스지만 크리소스 앞에서는 「어쩔 수 없네.」 하는 얼굴이 되었다.

라티나와 다른 사람이지만 닮았으니까 참아주겠다는 거만한 대응이었다.

쇄국 상태라서 바실리오에는 『우편』 조합의 지점이 없었다. 마인족 중에도 『중앙』 속성 마법사는 있기에 마인족 간의 연락 수단은 가지고 있지만, 라반드국이나 그곳의 개인에게 연락할 수단은 없었다.

거기서 빈트의 능력이 유용하게 쓰였다.

빈트의 『후각』은 아빠 늑대인 하겔보다도 뛰어났다.

크로이츠와 바실리오 사이를 오가며 통신 수단을 맡는 것도, 더욱 먼 곳으로 사람을 찾으러 가는 것도 가능했다.

데일 일행이 『둘째 마왕』과 한창 교전하고 있을 때, 빈트는 하겔 곁에 불쑥 모습을 드러냈다.

크리소스에게 부탁받아 「어쩔 수 없네.」라면서 심부름을 온 것이었다.

갑자기 나타난 제 자식에게서 「라티나, 마인족 나라에 가.」라는 단편적인 정보만을 들은 하겔은 어떻게 반응하면 좋을지 매우 난감했다. 「전했으니까, 라티나한테 돌아간다.」 하고 훌쩍 떠나려 하는 빈트를 황급히 앞발로 눌러서 물리적으로 붙잡았다. 데굴데굴 굴리면서 이야기를 들어보았지만 빈트의 서툰 설명은 너무 단적이라 하겔은 사태를 잘 파악할 수 없었다.

"데일 데려오면, 될 거야."

"……그런가."

"설명 어렵. 보면 알고."

그러고서 파닥파닥 날아가 버린 제 새끼를 배웅한 후, 하겔이 데일에게 자세한 이야기를 생략한 것은 이 혼돈함을 어떻게 설명하면 좋을지 모르겠다는 점이 컸다.

왜 제 새끼가 그 정보를 알고 있는지도, 왜 지금 그것을 전하러 왔는지도, 하겔은 대답을 가지고 있지 않았다.

보면 안다고 했고, 일단 그렇게 해볼까. ―하는 심경이 되어버렸다. 어차피 다음에 갈 곳은 그 나라이기도 하고, 라고도 생각했다.

마이페이스 멍멍이
하겔은 역시 근본적인 부분에서 그 빈트의 아빠 늑대였다.

두 마리 천상랑의 모습에 어안이 벙벙해진 일동을 보며 실비아는 히죽히죽 웃었다.

"크로이츠에서는 이미 다들 라티나와 임금님이 자매라는 거 알고 있으니까."

실비아는 말투도 태도도 일국의 왕을 앞에 두고 있다고는 생각할 수 없을 만큼 스스럼없었다. 그런 실비아의 무례한 태도를, 이 자리에서 가장 고귀한 입장인 크리소스가 타박하지 않았기에 로제도 따로 할 말은 없었다. 이미 크리소스와 로제, 실비아 세 사람은 몇 번이나 얼굴을 마주하고 있었다.

"어떻게?"

라티나가 깜짝 놀라자 실비아는 태연하게 말했다.

"내 앞에서 『황금(크리소스)』이라고 말한 건 라티나잖아. **그때** 라티나는 『백금의 공주』라고 불렸고. 뭔가 관계있는 걸까 하고 생각하는 건 당연하지 않아?"

"그때……라니……?"

어리둥절해 하는 라티나를 보고 실비아는 후후후 웃으며 손가락을 흔들었다.

"『초록의 신』 사도의 정보(특종) 탐지 능력을 얕보면 안 되지, 라티나. 재밌어 보이는 얘기를 하면 당연히 듣고 있지 않겠어?"

"어, 으음…… 그때라는 건, 『그때』?! 그치만 실비아, 말을 모르는 것 같았는데……."

"후후후……."

깜짝 놀라는 라티나와 의미심장하게 웃는 실비아의 대화도 다른 사람들은 무슨 일인지 이해할 수 없었다. 그리고 지금 라티나는 그런 주위를 신경 쓸 여유가 없었다.

"나한테 『마인족 말』을 가르쳐준 건 라티나잖아."

초록의 신 신관의 정보에 대한 집념은 라티나의 이해를 넘어서 있었다.

라티나가 말한 『그때』는 크리소스의 명령을 받고 크로이츠를 찾아온 한 마족과 라티나가 조우했던 때를 뜻했다. 그 자리에는 확실히 실비아가 있었다.

라티나는 상대와 마인족 말로 대화했지만 실비아가 그것을 이해하지 못하는 반응을 보였기에 주의하지 않았다.

하지만 실비아는 라티나에게서 마인족 말의 기초를 배웠다. 전부 알아듣는 것은 어려웠으나 단편적인 단어를 이해하는 정도는 가능했다.

실비아에게는 『초록의 신』의 가호가 있었다. 강하지는 않지만 그녀에게 깃든 그 힘은 가야 할 길을 제시해주었다.

그것을 따라 실비아는 그때 라티나의 뒤를 쫓았다. 서구에서 나고 자란 실비아는 라티나보다도 그곳 지리에 밝았다. 원래부터 미행은 초록의 신의 신관에게 중요한 스킬이었다. 주의력이 산만한 상태였던 라티나나 이방인인 마족 남성에 비해 지형적 이점이 있는 실비아 쪽이 유리했다.

거기서 실비아는 멀리서 봐도 알 수 있을 만큼 라티나와 판박이인 존재를 확인했다.

두 사람의 혈연을 확신한 것은 당연한 결과였다.

라티나가 행방불명된 후, 실비아는 루돌프의 협력을 얻어 『라티나와 똑같이 생긴 여성』의 존재를 확인했다.

크로이츠 내부에 들어가려면 도시 주위를 에워싼 벽에 있는 동서남북의 문 어딘가를 통과해야 했다. 라티나와 면식이 있는 남문 이외의 문지기라도, 보기 드문 백금색 머리카락의 미인이라면 아마 기억에 남아 있을 것이었다. 헌병대에 소속되어 있는 루돌프가 조사할 수 있는 내용이었다.

조건과 일치하는 여성은 바로 확인되었다. 「소문의 『요정 공주』도 존재감이 묻힐 듯한 미인이었다.」라는 목격자의 발언을 부정했다가 괜히 라티나에게 관심을 가질 수도 있었기에 루돌프는 아무런 반론도 하지 않았다. 동시에 라티나와 똑같이 생겼다면 그런 감상도 어쩔 수 없다고 생각할 만큼은 그도 완전히 터득한 상태였다.

케니스도 손님들의 이야기를 통해 라티나와 닮은 특징을 지닌 여행자의 소문을 듣고 있었다. 크로이츠 정도의 대도시에서 누구에게도 들키지 않고 지내는 것은 불가능에 가까웠고, 필요 이상으로 신원을 감추는 것은 쓸데없이 다른 사람의 눈길을 끌었다. 어느 정도 얼굴을 노출하는 편이 다른 사람의 기억에 새겨지지 않고 숨을 수 있는 규모의 도시였다.

다른 마을이라면 크리소스의 외모는 특출났겠지만 크로이츠는

『백금의 요정 공주』 소문이 자자한 곳이었다. 그 소문에 섞여 크리소스의 이야기는 두드러지지 않았다.

유일한 예외는 『춤추는 범고양이』의 단골손님이었다. 라티나 본인을 아는 자가 마침 서문을 통해 마을에 들어오는 크리소스를 보았다. 라티나인 줄 알았는데 다른 사람이었다— 그런 잡담이 케니스 귀에도 들어왔다.

"타인이라고 생각하는 건 무리가 있어. 남남인데 우연히 닮았을 가능성보다 혈연관계 쪽이 훨씬 자연스러워."

"아가씨는 고향에 관해 거의 말하지 않았지."

"그렇기에 타인일 가능성을 부정할 근거도 없어."

그런 대화를 하며 『범고양이』를 중심으로 활동하는 면면은 『라티나는 자매, 그것도 아마 쌍둥이 자매가 있다』는 결론에 이르렀다.

이 이상의 정보를 얻으려면 바실리오에 직접 가야 한다고 결단하고 바실리오의 정보를 모으기 시작했을 때, 빈트와 테오가 『라티나는 바실리오에 있다』는 폭탄 발언을 떨어뜨린 것이었다.

실비아가 먼저 바실리오에 가겠다고 지원했다.

하지만 라티나처럼 빈트를 타고 가기에는 불안이 남았다. 빈트 본인도 「어찌어찌 잘 풀렸다.」라는 신빙성 없는 코멘트를 내뱉었기 때문이다.

거기서 힘을 발휘한 것이 『범고양이』에 모이는 『요정 공주 친위대』 사람들이었다. 베테랑이 지휘를 했고, 젊은 신인도 경험을 쌓을 다시없는 기회라며 지원했다.

『넷째 마왕』에 의한 혼란도 평정될 조짐이 보였기에 현병대가 지금 이상으로 크로이츠 방위에 힘쓰며 후원하겠다고 명언했다.

게다가 『초록의 신』의 신전도 전면적인 협력을 자청했다. 바실리오는 새로운 정보의 신세계였다. 초록의 신의 사도가 모르는 척할 수 있는 프로젝트가 아니었다.

"우리의 저력을 얕보면 곤란하지."

"이 정도로 커다란 일은 좀처럼 없으니까 말이야. 보람도 있겠어."

『춤추는 범고양이』 단골손님을 주체로 한 모험가 무리는 의기양양하게 크로이츠를 떠났다. 후방 지원을 담당하는 케니스에게 여유로운 얼굴을 보내며 그의 배웅을 받았다.

"아가씨의 고향과 크로이츠를 잇는 길이고."

"역사에 남을 일을 젊은 녀석한테 체험시켜주는 것도 나쁘지 않아."

제각기 말한 모험가들은 고난과 위험은 당연한 것으로 받아들이고서 크로이츠 남쪽 숲을 헤치고 나아갔다. 라반드국에서도 굴지의 모험가가 모이는 도시, 크로이츠이기에 도전할 수 있는 대규모 프로젝트였다.

여기서도 빈트의 역할은 컸다.

빈트의 코라는 고성능 레이더는 어떤 조건에서도 바실리오의 방향을 놓치지 않았다. 비교적 안전한 길을 고르면서도 최단기간에 갈 수 있었다.

하루아침에 완수할 수 있는 일은 아니었다. 그래도 그들은 크로이츠 남쪽 숲을 답파했다.

남쪽 숲을 빠져나가면 실질적으로 라반드국과 바실리오 양국의 지배가 미치지 않는 공백 지대였다. 그들은 그곳에 거점을 구축했다. 이때는 『일곱째 마왕』과의 전쟁에 병사들이 투입되어 있어서 어려웠지만, 정식으로 바실리오와 국교가 결정되면 공작 각하가 병사를 파견할 터였다. 라반드국과의 보급과 휴식의 거점이 될 장소였다. 장래에는 마을로 개척하는 요소가 될 곳이었다. 지금도 그곳은 모험가들이 지키고 있었다.

라티나가 바실리오에 있음을 알고 있어도 그 이상의 정보가 전혀 없는 상황에서 모든 인원이 바실리오로 향하는 것은 위험성이 너무 컸다.

그렇기에 정보를 모으는 척후 역할을 맡음과 동시에 바실리오 측과 접촉할 사자로서 실비아가 빈트와 함께 그 나라로 향했다.

그때 실비아는 클로에에게 빌린 라티나의 뿔 조각을 목에 걸고 있었다.

바실리오에서 『뿔』 조각이 적개심으로 받아들여진다는 것을 실비아는 잘 알았다.

하지만 실비아는 크로이츠에서 루돌프에게 흥미로운 이야기를 들은 상태였다.

"내가 가지고 있는 라티나의 뿔 조각을 본 삼인조 중에서 가장 지위가 높은 녀석은 불쾌한 반응을 보이지 않았어."

기억을 더듬으면서도 루돌프가 단언한 것을 듣고 실비아는 고개를 갸웃했다. 그녀가 아는 『상식』에서 벗어난 현상이었다.

"그래?"

"라티나는 그 녀석이 뿔에 담긴 라티나의 『마음』까지 봤던 게 아닐까 하고 말했어."

"……지위가 높은 녀석, 이지? 내가 봤던 「라티나를 찾던 사람」과 동일인이라면……."

마인족으로 보이는 남자는 여러 사람이 보고 있는데도 망설임 없이 라티나 앞에 무릎 꿇고 고개를 숙였다.

그것은 어떻게 봐도 귀인을 대하는 신하의 행동이었다.

"라티나…… 혹은 라티나의 언니나 동생은 바실리오에서 상당히 높은 신분이라는 거네."

"전에 『범고양이』에서 들은 적 있고 우리도 생각했던 건데…… 라티나는 좋은 집안의 아가씨이지 않을까?"

루돌프가 라티나를 알게 된 것은 실비아보다도 빨랐다.

학교에 다니기 전, 말도 제대로 못 했던 라티나는 작고 어렸으나 서민 거리에서 자란 루돌프와 친구들에게 『공주님 같은 여자아이』라는 인상을 주었다.

이종족이고 타국 출신인 라티나는 『상식』을 모르고 맹한 면이 눈에 띄었다. 하지만 예의범절은 확실했으며 사고방식이 일반 서민과는 달랐다.

제왕 교육 등은 받지 않았기에 점차 서민파 소녀로 바뀌었지만, 라티나의 어릴 때를 아는 자일수록 그 인상은 강했다.

"라티나를 찾던 녀석은 아무리 봐도 라티나를 『죄인』으로 취급하진 않았는데."

"그건 『범고양이』에서도 들은 적 있어."

실비아의 의문에 루돌프가 대답했다.

그는 『범고양이』에 드나들면서 단골손님들과 이야기할 기회도 있었고, 헌병대 일원으로서 『죄』에 관해 생각할 기회도 많았다.

"애초에 라티나가 추방당한 건 그 녀석이 일곱 살일 때였어. 그 나이에 마인족에게 있어 최고형에 해당하는 추방형이라니, 보통은 집행될 리가 없잖아."

루돌프는 그렇게 말했다.

마인족과 인간족의 가치관이 똑같다는 보장은 없지만 마인족은 아이를 소중히 여기는 종족이라고 들었다. 그렇다면 아이가 죄를 범했을 시 부모의 책임을 묻는 것이 당연하지 않을까. 게다가 과실이라면 모를까, 그렇게나 작고 착한 라티나가 중죄를 범할 수 있을 턱이 없었다.

"라티나의 『아빠』는 죄인이 되지 않았던 것 같아."

라티나의 부친이라고 여겨지는 시신을 데일이 매장했을 때, 양쪽 뿔이 있음을 확인했다. 소꿉친구들은 라티나에게 그런 이야기도 들었다.

"그러니 라티나가 추방당한 『죄』라는 건 종교거나…… 정치적인 이유일 가능성이 크다고 했었어. 그런 게 『평범한 아이』에게 일어날 『죄』일 리가 없지. 라티나는 당파 싸움이 일어날 만한 집안의 아이였을 거야."

바실리오는 세습제로 권력을 물려받지 않는 나라이기는 했지만, 그들은 그런 식으로 정확하진 않아도 아주 틀린 것은 아닌 결론에 이르렀다.

그래서 실비아는 클로에가 가진 뿔 조각을 빌렸다.

라티나를 아는 자, 가능하다면 라티나의 자매라고 하는 바실리오의 상층부 사람과 만났을 때, 이 조각은 자신이 『라티나와 친한 상대』임을 증명해줄 것이다.

라티나가 루돌프에게 알려줬던 『부적이 되었다』는 말을 믿고 싶기도 했다.

클로에는 조각을 빌리러 온 실비아에게 이렇게 말했다.

"무사히 돌아와, 실비아. 가능하다면 라티나도 데리고서. 전력으로 한 대 때려줄 거니까."

—라고.

실비아는 최종적으로 빈트를 타고서 바실리오에 침입했다. 짧은 거리라면 실비아의 마법으로도 어떻게든 대응할 수 있다며 도박에 나선 것이었다.

빈트는 라티나가 어디 있는지 알고 있었다. 그리고 빈트 본인은 『백금의 공주』의 충실한 짐승(멍멍이)으로 인식되어 있었다. 마법에 격추될 일은 없었다.

실비아의 예상 밖이었던 것은 『라티나의 언니』인 크리소스가 바실리오의 국왕 『황금의 왕』이라는 점이었다.

공중에서 내려온 빈트 위에 사람이 타고 있는 것을 보고 크리소스 곁을 따르던 호위들은 동요했다. 그때 긴장감 없는 목소리가 울렸다.

"실비아, 라티나 친구."

빈트가 소개해준다는 미묘한 상황 속에서 실비아는 크리소스 앞에 내려섰다.

솔직히 말해 실비아도 깜짝 놀란 상태였다. 라티나를 잘 아는 실비아가 보기에도 크리소스는 황금색 눈동자를 제외하면 라티나와 아주 닮아 있었다.

빈트가 데려왔다는 점도 있을 것이다. 크리소스는 호위들을 제지했다. 자신을 똑바로 바라보는 실비아를 향해 서툰 어조로 물었다.

"……플라티나, 인간족, 지인인가?"

"「저는 실비아. 라티나와 크로이츠…… 라반드국의 도시에서 만났습니다.」"

인간족이 쓰는 서방대륙어를 어색하게 사용하는 크리소스와, 난해한 단어는 다루지 못하지만 마인족의 말을 최소한으로는 구사하는 실비아. 기본적인 의사소통이 가능한 소양은 갖추어져 있었다.

크리소스는 실비아가 내민 라티나의 뿔 조각을 놀란 얼굴로 보았다.

"「이것이 증거.」"

"「플라티나…….」"

크리소스의 눈에는 뿔에 어린 상냥한 기운이 분명하게 보였다.

자신의 마력과 닮았으나 더 부드러운 마력. 이 조각을 가진 자의 행복을 순수하게 바라는 기도를 구현한 듯한 모습이었다.

"「저는 라티나를 찾으러 왔습니다. 라티나는 이곳에 있습니까?」"

겁먹지 않고 강한 눈빛을 보내는 실비아의 말을 들으며, 동생(라티나)은 이 상대를 해하는 것을 결코 바라지 않으리라는 사실을 크리소스는 깨달았다.

그리고 크리소스도 인간족과의 연결을 바라고 있었다.

마왕만이 지각할 수 있는 『옥좌』의 공간에서는 날이 갈수록 마왕의 기척이 사라져갔다.

타이밍을 봤을 때 『여덟째 마왕』 관련자가 얽혀 있겠다고 추측해도, 정작 라티나 본인은 여전히 대화할 수 있는 상태가 아니었다. 인간족과 연줄이 없는 크리소스는 바깥 세계에서 일어나고 있는 일을 알기에는 제한이 너무 많았다. 이 미증유의 긴급 사태에 오랜 세월 쇄국 정책을 펼친 대가를 받게 되었다.

『재앙』이 인간족에게 간섭하면서 『마인족』이라는 종족의 상황은 악화 일로를 걷고 있었다. 바실리오 밖에도 동포는 있다. 『왕』인 크리소스는 도움을 요청받으면 그들을 구해야 할 입장이었다.

『재앙』과의 싸움에 가장 크게 공헌하고 있는 『용사』를 데리고 있는 나라, 라반드국. 마침 크리소스는 이웃 나라이기도 한 그 나라에 사자를 보낼 필요성을 느끼고 있었다.

바실리오 측 사자가 된 것도 실비아였다. 실비아는 『초록의 신』의 신전을 경유해 라반드국 수뇌부, 즉 에르디슈테트 공작에게 바실리오의 의향을 전했다.

이때부터 실비아는 양국 사이를 중개하는 메신저 역할을 맡았다.

에르디슈테트 공작이 크리소스의 사자로서 실비아를 받아들인 배경에도 『춤추는 범고양이』가 연관되어 있었다.

데일의 행방은 불명이지만, 그가 전 세계를 전전(轉戰)하면서 『용사』 역할을 다하고 있다는 것은 크로이츠에도 전해졌다.

어디 있는지 모르는 상대여서야 전 세계 많은 지역을 커버하고 있는 『우편 조합』이더라도 소식을 전할 수는 없었다. 통상 가장 많이 쓰이는 연락 수단인 『편지』를 보낼 수 없다는 뜻이었다.

라티나와 관련 있는 어떤 인물이 바실리오에 있다는 것, 게다가 행방불명인 라티나가 바실리오에 있는 모양이라는 것. 『범고양이』의 면면은 그것들이 밝혀질 때마다 데일과 연락을 시도하기는 했었다.

그 결과 『범고양이』가 취한 수단은 아마도 데일이 연락하고 있을 상대, 즉 그의 고향 티스로우와 고용주인 에르디슈테트 공작에게 일부 정보를 보내는 것이었다.

"뭐?"

거기까지 듣고 데일은 무심코 얼빠진 목소리를 냈다.

"잠깐만…… 케니스는 라티나가 여기 있다는 걸…… 언제부터 알고 있었던 거야?"

"으음…… 분명 『일곱째 마왕』과의 전쟁이 시작될 무렵에 거기 있는 멍멍이가 가르쳐줬으니까. 그 가게는 그때 알고 있었어."

실비아의 단언을 듣고 어안이 벙벙해진 데일 옆에서 빈트는 에헴

하고 가슴을 쭉 폈다.

"하면 잘하는 아이."

"……빈트, 나를…… 크로이츠에서 옮겨 온 거야?"

"할 수 있었다."

기억이 애매한 라티나가 식은땀을 흘리며 묻자 빈트는 분명하게 긍정했다.

"어? 라티나……?"

"나…… 정신 차리고 보니 바실리오에 있었어…… 아무래도 봉인에서 나온 직후에는 크로이츠에 있었던 것 같은데…… 여기까지 빈트가 옮겨준 모양이야……."

그런 사정을 전혀 몰랐던 데일이 물어보자 라티나는 난처한 얼굴로 대답했다.

"아……."

데일은 하늘을 올려다보며 한숨을 쉬었다.

정신적으로 괴롭다는 소리 말고 한 번이라도 『범고양이』에 돌아갔다면 상황은 크게 바뀌었을 것이라고 데일은 스스로 반성했다.

그 가게에 있는 멤버의 능력을 얕보지는 않았지만 좀 더 의지해도 좋았던 것이다.

라티나를 소중히 여기는 사람은 자신뿐만이 아니었다.

라티나를 위해 무언가를 하고 싶어 하는 사람은 그 마을에 많이 있었다.

"공작 각하는 바실리오의 요구를 간단히 받아들인 건가?"

"물론이죠. 그게 라반드국에도 이점이 크니까요."

로제는 부드럽게 웃으며 데일에게 대답했다.

"저도 자세한 사정은 모른 채 이곳에 왔어요. 실비아 양과 『첫째 마왕』 폐하께 사정을 듣고, 각하가 보낸 명령서도 이곳에서 받았어요."

얼마 안 되는 호위만을 데리고서 비룡으로 바실리오에 들어온 로제를 맞이한 것은 양국의 연락 역할인 실비아였다.

『둘째 마왕』이 건재하고, 『보라의 무녀』인 모브가 목숨 걸어 성취하려 한 『때』를 앞둔 바실리오는 정보 관리에 과민할 정도로 신중해져 있었다.

에르디슈테트 공작이 로제에게조차 자세한 사정을 말하지 않은 것은 그것에 대한 배려였다.

"제 역할은 정식 외교가 아니에요. 양국의 차이를 각하에게 전하고 조정을 도모하는 것. 우선은 바실리오에 받아들여지는 것이야말로 제 역할이었기에, 『첫째 마왕』 폐하의 동생 공주인 라티나 양과 면식 있는 제가 명령을 받은 거죠."

"이 나라는 신전이 중요한 역할을 맡고 있다. 로제 정도의 가호를 가진 신관이라면 공경받아 마땅해."

"그렇게 따지자면 데일 님의 가호도 고위입니다만."

로제가 말하자 크리소스는 데일을 힐끔 보고서 「하!」 하고 코웃음 쳤다. 크리소스의 반응에 라티나는 어쩌지 싶어 허둥거렸다.

"아직 물밑에서 조정 중인 문제이기도 해서 각하는 관리나 군무원 파견에는 신중하신 모양이에요."

"……내가 했던 일도 그런 면을 신경 썼으니까 말이지."

데일이 오랫동안 공작 아래에서 맡았던 일도 표면적으로 군을 움직일 수 없기에 『모험가라는 불특정 소집단』이라는 형식으로 전장에 섰던 것이었다.

"라반드국은 대국이지만 그다지 관계가 좋지 않은 나라도 있고…… 정규 사절단을 파견하기 전까지는 사적인 관계성이라는 방침을 유지하고 싶으신 것 같아요."

"짐도 인간족의 풍습은 모르는 것투성이다. 사절단을 받아들이기 전에 내 나라의 자들에게 서방대륙어를 가르쳐야 할 필요도 있고 말이지."

"적성이 없는 자는 마법 언어를 쓸 수 없으니까요."

난처한 얼굴로 웃은 로제는 크리소스 옆에 다소곳이 앉은 라티나를 보았다.

"라티나 양은 크로이츠에 와서 바로 서방대륙어를 배웠다고 하던데요."

"아…… 맞아. 일주일쯤 만에 일상 회화는 가능해졌었지."

주위를 관찰하고, 더듬거리면서도 금방 대화할 수 있게 된 총명한 라티나 덕분에 고생하지 않을 수 있었다고 데일은 옛날을 떠올렸다.

"『첫째 마왕』 폐하도 저와 실비아 양과 대화하며 점차 능숙해지셔서…… 지금은 신전 내의 누구보다도 서방대륙어에 정통하셔요."

로제가 감탄하며 말하자 크리소스는 라티나보다도 빈약한 가슴을 쭉 폈다.

"플라티나가 사용하는 언어다. 오랫동안 고국을 떠나 있던 플라티나와 대화할 수 없게 되는 건 견딜 수 없는 일이지."

데일도 어렴풋이 깨닫고 있었지만, 아무래도 크리소스는 골수 시스콤인 모양이었다.

라티나는 원래 데일 옆에 앉으려고 했었다. 그것을 크리소스가 당연하다는 듯이 자신이 앉은 긴 의자로 오라고 부른 것이다. 데일이 짜증스러운 시선을 보내도 코웃음 치며 당연하게 라티나를 만졌다.

다른 누가 하더라도 화가 날 행동이지만, 그래도 데일은 판박이인 자매의 사이좋은 모습을 보고 누그러지기도 했다.

물론 크리소스는 데일처럼 그저 한결같이 스킨십을 꾀하며 달라붙어 있고 싶은 것이 아니라 몸 상태가 안 좋은 동생을 걱정하는 것이었다.

라티나는 그것을 알았기에 옆에 있는 크리소스에게 때때로 감사하는 시선을 보냈다. 크리소스도 미소로 응했다.

풍겨 나오는 온화한 분위기는 이 자매가 매우 사이좋다는 것을 주위에도 어필하고 있었다.

그래도 질투라는 것은 억제할 수 있는 게 아니었다. 『우리 딸 결핍증』의 최대 특효약을 빼앗긴 데일은 역시 「으으윽.」 하고 신음하고 말았다.

마음을 다잡고 로제에게로 얼굴을 돌렸다. 아직 본론에 들어가지 않았다.

"라반드국이 간단히 승낙한 이점이란 건 뭐야?"

"『첫째 마왕』 폐하께서 제시하신 요건은 바실리오가 가진 자원이에요."

데일의 의문에 로제는 그렇게 대답했다.

"저는 비전문가라 그다지 자세히 알지는 못하지만…… 바실리오는 보석류를 비롯하여 『마금속』 광맥을 가지고 있다고 해요."

"……할멈이 나한테 얘기를 들으라고 한 이유가 그건가."

로제의 말을 듣고 데일의 표정이 바뀌었다.

『마금속』이라고 불리는 금속류는 마력과 친화성이 높은 금속의 총칭이다. 『땅』 속성 마법은 광석 등을 소환할 수도 있지만, 희귀하거나 마력과 친화성이 높은 광석일수록 소환이 어려웠다.

화폐에 쓰이는 은이 언데드에게 효과적인 무기 제작에 사용되거나, 무엇에도 부식되지 않는 성질 때문에 금이 호부 제작에 이용되는 것에서도 그 단편이 엿보였다.

그런 금속류는 역시 광맥을 가진 토지에서 직접 캐내야 했다.

라반드국에도 광산은 있지만 채굴할 수 있는 광석 종류는 한정적이었다. 지금까지 원방의 여러 나라에서 사들일 수밖에 없었던 것을 이웃 나라인 바실리오에서 채취할 수 있다면 그 이익은 무시할 수 없다. 물건이 물건인 만큼 이송 비용은 거리에 따라 커졌다.

『마금속』은 『마도구』의 원재료였다.

마도구 제작이 생업인 티스로우와도 크게 관련 있는 이야기였고, 비전문가인 로제보다도 당주 교육을 받았던 데일 쪽이 자세히 아는 이야기이기도 했다.

"바실리오에서는 돌의 가치는 알고 있어도 금속에는 그다지 관심이 없다."

"『마력 부여(인챈트)』는 인간족의 종족 특성이니까…… 마인족한테는 그렇게 가치 있는 건 아니구나."

"그렇지…… 마법 발동체로 쓸 때가 있지만…… 인간족만큼 가치를 찾아내고 있지는 않아."

크리소스는 그렇게 대답하고 실비아를 보았다.

라반드국과의 교섭을 우위까지는 아니어도 원활하게 진행하기 위해 광맥 자원의 유효성을 조언한 사람은 인간족인 실비아였다.

가치관이 다르기에, 마인족만 있었다면 나오지 않았을 발상이었다.

마인족은 모든 사람이 마법을 쓸 수 있었다. 일상의 다양한 일에도 도구보다 마법에 의지하는 면이 컸다. 생활 양식이 다른 이 나라에서 타국의 『상식』은 이해 범주 밖이었다.

그렇다고 해서 라반드국의 일방적인 착취로 기운다면 개개인의 능력이 높은 마인족이 반항했을 때 위험했다.

라반드국 재상인 에르디슈테트 공작의 걱정과 진중함은 그것에 기인했다.

긴 시간을 사는 마인족과의 최초 교섭에서 적절한 타협점을 찾아야 했다. 앞으로 오랫동안 좋은 이웃으로 있으려면 중요한 안건이었다.

"공작 각하…… 라반드국이 바실리오와의 교류를 받아들인 이유는 이해했지만……."

그렇게 데일과 다른 사람이 서로 대화를 나누는 사이, 라티나는 묵묵히 이야기를 듣고 있었다.

라티나는 크리소스의 친동생이지만 바실리오 안에서의 권력은 전혀 없다고 해도 좋았다. 발언을 허락받을 입장이 아니라고 그녀는 판단했다.

바실리오는 신이 선출한 『첫째 마왕』과 신전이 통치하는 국가. 다른 나라들보다 『신』에 대한 신앙이 두터운 나라였다.

최고위 신관인 로제와 데일은 그것만으로도 이 나라에서 어느 정도 대우받게 된다.

라티나 자신에게 『가호』는 없었고, 『여덟째 마왕』이라는 특수한 입장임을 밝힐 생각도 없었기에 그녀는 원래 이 나라에서 아무런 뒷배도 권한도 없었다. 하지만 『첫째 마왕의 총애』를 받는다는 상황은 그런 것들도 간단히 뒤엎는 입장을 보증했다.

이 나라에서 『마왕』은 『신』의 대변자였다.

'하지만 그건 크리소스의 힘이지 내가 대단한 게 아니야…… 그걸 분명히 알아야 해…….'

그렇게 생각하며 라티나는 대화에 집중했다.

하나하나 단어를 연결하여 자신이 모르는 정보를 도출했다. 공백의 시간을 메우기 위한 작업이었다.

일국의 주인으로서 국익과 국민을 위해 교섭 자리에 앉은 크리소스의 모습은 어릴 때 동경했던 당당한 엄마(모브)의 모습과도 닮아서 라티나는 살며시 숨을 내쉬었다.

'열심히 했구나…… 크리소스…….'

자신은 도저히 흉내 낼 수 없는 모습이었다.

'……그래도 분명…… 그렇기에 크리소스는 내가 돌아와 주길 바랐던 거겠지…….'

일국을 짊어진 책임은, 젊은 크리소스가 혼자 감당하기에는 너무 무거웠다.

주위에 유능한 자가 없는 것도 아니고, 좋은 부하가 없는 것도 아니었다.

크리소스가 그저 한 명의 개인으로서 제 모습 그대로 있을 수 있는 장소를 원해도 무리는 아니었다.

신이 아니라 한 사람의 『자신』으로 받아들여 주는 상대를 바라는 것도 무리는 아니었다.

라티나에게는 데일이 있었다.

그저 작은 여자아이로, 그리고 누구보다도 소중한 여성으로 대해주는 상대가 있었다.

그래서 라티나는 『마왕』이 되었어도 자신의 근간은 흔들리지 않았다. 『사람』으로서의 자신을 잃지 않을 수 있었다.

크리소스에게 『그 상대』는 생이별한 동생(라티나)이었다.

마왕이라는 중압도, 주위가 보내는 시선도, 모든 것을 극복할 버팀목으로서 동생을 마음의 지주로 삼았다.

'나는…… 크리소스도 고통스럽게 했구나…….'

크리소스는 지키고 싶은 것을 위해 라티나가 자신을 희생하는 것을 이해하는 존재이기는 했다.

하지만 그것은 지독히 괴로운 결단이었음을, 라티나는 새삼 되돌아보고 가슴 아파했다.

라티나가 골똘히 생각에 잠기는 것도 어쩔 수 없는 일이었다. 라티나는 근본적으로 왕이나 공주가 아닌 지극히 평범한 여느 소녀였다. 상냥한 성격의 그녀는 소중한 사람들을 괴롭게 만들었다는 것만 생각하면 가슴이 무거워졌다.

하지만 라티나 말고는 어찌 되든 좋다고 너무 딱 잘라내고 있는 그녀의 연인을 생각하면, 그녀가 고민하는 것으로 균형이 맞을지도 몰랐다.

일과 친구 그리고 생각.
초록 신의 신관,

바실리오에 오는 것은 실비아의 오랜 꿈이었다.

라티나는 고향에 관해 별로 말하고 싶어 하지 않았지만, 그래도 호기심에 자신이 졸라대면 띄엄띄엄 이야기해주었다.

그것은 단편적인 정보였어도 어느 것이나 자신이 모르는 세계의 이야기뿐이라서 언젠가 직접 눈으로 확인해주겠다며 결심하기에는 충분했다.

실비아는 바실리오의 신전에서 개인실을 빌리고 있었다. 대량의 자료가 흩어져 어수선하지만 원래는 심플한 세간이 갖추어진 깔끔한 방이었다. 간소한 인상을 주었으나 바실리오의 양식이 그런 것일 뿐, 환영받지 못하고 있는 것은 아니었다. 애초에 합리주의적인 면이 있는『초록의 신』의 신관에게는 필요한 것이 과하거나 부족하지 않게 갖춰져 있기만 하면 그 이상은 바랄 게 없었다.

'지금 생각해보면, 라티나는 이 신전 안쪽에서 살았다고 했고…… 그다지『바깥』에 관해 몰랐겠지…….'

독백하면서도 손은 쉬지 않았다.

라반드국과의 연락 역할로 일하면서 실비아는 틈틈이 본래 자신의 목적인 바실리오의 풍토와 모습을 리포트로 정리하고 있었다. 너무 바빠서 그다지 진행되지는 않았지만 거리를 산책했을 때 받았던 느낌 등의 기행문 같은 내용을 휘갈겨 두었다.

이것들은 『초록의 신』의 신전에 보낼 보고서였다. 이 정보는 훗날 실비아의 동료인 신관들과 많은 여행자, 모험가가 이 나라를 방문할 때 지침이 될 것이다. 굶주린 하이에나처럼, 사소해도 좋으니 더욱 많은 정보를 바라는 본국의 신전은 두서없는 정보여도 기뻐하리라는 것을 실비아는 잘 알고 있었다.

'뭐…… 라티나에게 있어 고향 얘기를 한다는 건 언니 얘기를 하는 것이기도 하니까…… 말할 수 없었다고 하는 편이 올바르려나.'

그렇게 마음속으로 중얼거리며 실비아는 크리소스와 처음 만났을 때를 떠올렸다.

사전에 모은 정보로 어느 정도 예상하기는 했지만 솔직히 말해서 깜짝 놀랐다.

'역시 라티나와 닮았단 말이지…….'

라티나의 충실한 종으로 인식된 빈트가 이 신전에 돌아왔을 때, 그는 등에 실비아를 태우고 있었다. —예측하지 못한 사태에 크리소스는 내궁에서 나와 안뜰에서 빈트를 맞이했다.

주위 사람들의 배치를 보고 크리소스가 귀인임을 이해하기는 했지만 그때 실비아는 크리소스가 『왕』이라고는 생각하지 않았다.

일국의 주인이 수상한 자를 직접 마중 나올 줄은 생각도 못 했다.

—크리소스가 『황금의 왕』이라는 별호로 불리는 존재임을 나중에 알고서 실비아는 생각했다.

'아. 역시 라티나랑 자매구나.'

다 지울 수 없는 천진함을 느낀 것이다.

『마왕』은 용사가 아니면 해를 입힐 수 없기에 침입자에게 과잉 반응할 필요가 없었을 뿐이었다. 『둘째 마왕』과 『백금의 용사』가 타국에 있음을 알고 있는 상황이라 크리소스 주위는 비교적 경비가 느슨한 상태였다. 그러므로 실비아의 감상은 크리소스 입장에서 몹시 유감스러웠다.

실비아가 크리소스를 보고 느낀 첫인상은 라티나보다도 빈틈없다는 것이었다.

주위를 침묵시키는 위엄은 라티나에게 없었다.

라티나에게도 카리스마라고 불러야 할 성질은 있을 것이다. 크로이츠의 강인한 모험가와 헌병대의 열광적인 지지를 받고, 환수마저도 인덕과 기술로 따르게 했다는 친구의 비범함을 실비아는 그 외의 말로 표현할 수 없었다.

그에 비해 크리소스가 가진 분위기는 『왕자(王者)』다운 풍격이 있었다. 젊고 호리호리한 체격의 여성이라는 것조차 그 인상을 약화시키지 못했다. 라티나와는 다른 인상의 카리스마였다.

결코 라티나처럼 포근한 것이 아니었다.

반들반들한 검은 뿔에 금은 세공 장식품을 걸고, 심플한 의상을 걸쳤으면서도 그 몸 자체에 휘감은 풍격으로 주위를 압도했다.

아름다운 공주라기보다 아름다운 여왕이라는 수식이 어울리는 것은 그 등에 분명하게 책임을 짊어지고 있다는 자부도 있기 때문이리라.

이런 것은 역시 나중에야 생각한 것이고— 크리소스를 본 실비아의 『두 번째 인상』이라고 해야 할 것은 본인에게는 절대 말할 수 없는 내용이었다.

크리소스와 실비아는 그런대로 잡담하는 사이가 되었다.

크리소스가 인간족의 말인 서방대륙어를 배우고 싶어 했고, 무엇보다 실비아가 라티나와 어릴 때부터 알고 지낸 친구라는 점이 큰 이유였다.

크리소스는 라티나의 이야기를 듣고 싶어 했다.

고향에서 추방되어 소식을 알 수 없었던 동생을 걱정하던 크리소스에게, 라티나가 이국땅에서 다복하고 평온하게 지냈다는 이야기를 듣는 것은 무척 행복한 일이었다. 그것은 실비아도 바로 알 수 있었기에 원하는 대로 친구와의 추억을 이야기했다.

"플라티나는 『용사』와 함께 있었던 건가……?"

데일 이야기를 들은 크리소스는 깜짝 놀란 얼굴로 실비아를 보았다. 『초록의 신』의 신전이라는 정보기관의 일원인 실비아는 데일이 『주황의 신』과 『파랑의 신』의 『가호』를 모두 가진 용사라는 사실을 당연히 알고 있었다.

“그렇게 되네.”

“어떤 인물이지?”

“으음…….”

거기서 실비아는 자신이 알고 있는 라티나와 데일의 사이좋은 모습을 최대한 크리소스에게 이야기했다. 실비아는 바실리오에 오기 전 『범고양이』에 드나들면서, 라티나가 했던 『애인 자랑』은 사실보다 상당히 완곡한 표현이었음을 알게 되었다.

애인 자랑을 뛰어넘은 사실이라는 것도 상당히 무서운 사태였다.

실비아의 이야기를 들으며 크리소스의 표정은 점차 미묘하게 변해갔다.

“…….”

“어어, 임금님?”

역시 일국의 주인을 이름으로 부르기는 뭐해서 실비아는 크리소스를 『임금님』이라고 불렀다.

“인간족 나라에서는 그런 게 보통인가?”

“아니. 그건 보통 이상.”

실비아가 단호하게 잘라 말하자 크리소스는 굉장히 쓰디쓴 것을 삼킨 듯한 얼굴을 했다.

라티나가 아무것도 모른 채 곤히 자는 사이에, 과하게 사이좋은 데일과의 크로이츠 일상을 친구가 친언니에게 폭로하고 있었다.

그것은 동시에, 『백금의 용사』라고 불리는 만난 적도 없는 영웅이 실제로는 딸바보가 마구 악화한 유감스러운 용사임을 크리소스가 안 순간이기도 했다.

"……하지만 라티나가 행복하다는 건 보고 있는 이쪽도 알 수 있었어."

"그런가……."

실비아는 뒤늦게 두둔해보았지만 크리소스는 살짝 빛이 죽은 아득한 눈이 되어 있었다.

후일 듣게 된 로제의 이야기도 데일에 대한 크리소스의 인상을 불식하지는 못했고 — 오히려 로제가 말을 얼버무리며 미소 짓는 것을 보며 악화했다 — 그런 선입관을 가진 채 크리소스는 데일과 직접 대결하게 되었다.

직접 만난 결과, 그의 통상(본질) 사양 쪽이 역전의 전사로서의 패기나 필살의 살기를 가볍게 무산시켜버렸기에 역시 『유감스러운 용사』라는 인상으로 남고 말았다.

크리소스는 데일의 손에 죽을 뻔했지만 그 사실을 그다지 심각하게 인식하지 않는 것도 이런 이유 때문이었다.

†

딸랑, 하는 맑은 소리를 듣고 실비아는 기억을 더듬는 작업을 중단했다.

건물 구조상 각각의 방을 나누는 문이 별로 없는 바실리오에서는 노크하는 관습도 없었다. 개인실 등에 들어갈 때는 입구 근처에 있는 종을 울린다는 관습도 바실리오에 도착한 뒤에 들은 것이었다. 종도 언뜻 봐서는 종이라는 것을 알 수 없었다. 라반드국에서는 본 적 없는 외관이었다.

"「네.」"

"실비아, 나야."

실비아가 꺼낸 마인족 말에 서방대륙어가 되돌아왔다.

"들어가도 돼?"

"응~."

가볍게 대답하자 라티나가 빼꼼, 얼굴을 내밀었다.

"라티나, 벌써 돌아다녀도 괜찮은 거야?"

"계속 누워만 있으면 나을 것도 안 나아. 조금씩 몸이 익숙해지도록 신전 안을 산책하고 있어."

실비아가 입구로 힐끔 시선을 주니 라티나를 따라온 듯한 시녀의 모습이 보였다. 실비아의 시선을 알아차리고 라티나도 난처한 얼굴로 웃었다.

"솔직히 귀찮지만…… 그렇다고 떼어놓을 수도 없어서……."

"옷 갈아입는 거나 목욕도 전부 시녀가 해주는 거야?"

"목욕은 단호히 거절했어."

실비아가 웃으며 말하자 라티나는 미소를 거둔 본연의 표정으로 말했다.

"옷은…… 정말로 귀찮지만…… 스스로 입고 싶지만…… 저 사람들도 그게 일이니까, 내 멋대로 침해해서는 안 될 영역이지 않을까 생각해…….”

“하지만 본심은?”

“귀찮아…… 그러니까 적어도 목욕만큼은 느긋하게 하고 싶었어…….”

라티나의 주장도 이해가 가지만, 불과 며칠 전까지 제대로 움직이지도 못했던 친구를 보고 있었던 입장으로서는 걱정이 먼저 들었다.

“그건 좋지만, 몸은 괜찮은 거야?”

“한 번 물속에 잠길 뻔했는데…… 조심하고 있으니까 괜찮아.”

“그런 건 괜찮다고 안 해.”

역시 이 맹한 아가씨는 문제였다.

라티나는 흩어진 서류와 자료를 흥미롭게 보고 있었다. 그 기분도 알 것 같았다. 이곳은 『신전』이기 때문인지 오락이라고 할 만한 것이 거의 없었다. 책을 빌리려고 해도, 실비아뿐만 아니라 라티나도 마인족 말을 읽지 못했다.

일에 쫓기고 있는 실비아처럼 주어진 책임도 없는 지금의 라티나는 심심함을 주체할 수가 없을 것이다.

거기서 실비아는 조금 전까지 회고하고 있던 일을 떠올렸다.

지그시 라티나를 보았다.

“왜?”

“음…….”

갸웃, 라티나가 고개를 기울이자 백금색 머리카락과 머리에 쓴 섬세한 베일이 흔들렸다.

"아니…… 역시 임금님과 라티나는 많이 닮았네. 쌍둥이지?"

"응. 나랑 크리소스의 눈 색이 다른 건 크리소스만 마력 형질을 가지고 태어났기 때문이야."

"라티나는 회색인데 임금님은 금색이지."

그런 실비아의 말에 라티나는 미소로 답했으나, 실비아가 보기에 두 사람의 차이는 그것뿐만이 아니었다.

'뭐랄까, 정말로 라티나는…… 미소녀란 말이야.'

친구로서 솔직하게 그런 생각이 들었다.

라티나는 본판부터 흠잡을 데 없이 좋지만 그뿐만이 아니었다. 어릴 적부터 연상의 남성을 사랑했던 그녀는 자기 평가가 낮은 점도 어우러져서 남들보다 배는 노력을 아끼지 않는 소녀이기도 했다.

'열심히 했지…… 라티나.'

정보통인 실비아에게서 이것저것 가르침을 받고, 때로는 헛돌기도 했지만 클로에에게 패션 강의도 받았다. 식사는 균형 있고 건강하게, 거기다 미용에 효과가 있다는 소문의 식품도 적극적으로 섭취했다.

사랑하는 상대가 돌아봐 주는 여성이 될 수 있도록, 같은 여자인 실비아가 보기에도 고개가 숙여지는 노력을 라티나는 거듭했다.

"쌍둥이라는 건…… 본래 스펙은 똑같다는 거니까……."

"응?"

"라티나는…… 정말로 열심히 했구나 싶어서……."

"응?"

잘 모르겠다는 표정으로 고개를 갸웃하는 친구를 앞에 두고 실비아는 살짝 먼 곳을 바라보는 얼굴을 했다.

"라티나…… 줄곧 신경 썼지……."

"응?"

실비아가 크리소스를 봤을 때 느낀 『두 번째 인상』은—.

'아. 역시 뭔가 라티나랑 겹치는 게 있네…….'

—쭉 떨어지는구나, 라는 것이었다.

현재 라티나는 나올 곳은 나오고 들어갈 곳은 들어간 여성적인 스타일을 유지하고 있었다.

그에 비해 크리소스는 예전 라티나가 떠오르는, 약간 유아 체형을 방불케 하는 스타일이었다.

그것은 시녀의 시중을 받으며 생활하는 크리소스와, 남들보다 배는 부지런히 움직이는 라티나의 생활 양식 차이 때문이기도 했다. 식생활의 영향도 컸다.

거기까지는 실비아가 알 수 없는 부분이었지만 아는 것도 있었다.

친구의 노력은 분명하게 결실을 보았다.

"잘됐다, 라티나."

"응?"

친구가 반복적으로 하는 말이 무슨 뜻인지 알 수 없어서 라티나는 다시 한 번 고개를 갸웃, 기울였다.

■ 작가 후기

「오오 용사여, 죽어버리다니 한심하구나.」 하는 대사를 반복적으로 듣게 되는 국민적 RPG가 저의 한 가지 원점입니다.

많은 분께는 안녕하세요, 혹시 어쩌면 처음 뵙겠습니다. CHIROLU라고 합니다. 이번에 이렇게 졸작 『우리 딸을 위해서라면, 나는 마왕도 쓰러뜨릴 수 있을지 몰라.』 5권을 구매해 주셔서 진심으로 감사합니다.

성격이나 동작 면에서 시간에 쫓기는 종류의 게임을 어려워하는 저입니다. 결과적으로 RPG나 퍼즐 풀이 게임을 짬짬이 플레이하는 것을 좋아합니다. 자신의 페이스로 내킬 때 하고 싶다는 성격이라 온라인 게임은 「그게 아니라고.」 느낌으로 씨름하고 있습니다. 그것을 제쳐 두더라도 최근에는 집필 활동에 시간을 빼앗겨서 게임할 시간을 짜낼 수 없다는 현실도 있습니다.

『우리 딸』은 근본적인 부분만 빼내면 왕도가 되도록 테마를 잡고 쓰기 시작한 이야기입니다.

다만 그 과정에서 설정을 채움에 따라, 국민적 RPG에도 있었던 양식미라고 해야 할 「임금님의 요청 하나에 주인공이 만난 적도 없는, 혹은 방금 막 만난 참인 공주님을 위해 목숨을 건 위험한 여행에 나선다」는 전개에는 그다지 납득할 수 없었던 저입니다.

그래서 졸작의 주인공은 『공주님』을 위해 목숨을 걸어도 좋다고 생각할 수 있을 만한 관계성을 쌓아 올리게 되었습니다. 하지만 쓰면 쓸수록 왕도 영웅 판타지와는 다르게 「뭔가 이게 아닌데.」 하는 것으로 변질되어버렸습니다만…… 뭐, 제가 이 모양이니 어쩔 수 없는 일일지도 모릅니다.

힘써 주신 관계자분들. 마침내 어른이 된 『딸』도 사랑스럽게 그려주신 케이 님. 그리고 무엇보다도 수많은 작품 중에서 이 작품을 구매해 주신 여러분께 진심으로 감사드릴 따름입니다.

조금이나마 『우리 딸』을 보며 마음이 따뜻해지셨기를 바랍니다.

2016년 12월 CHIROLU

우리 딸을 위해서라면, 나는 마왕도 쓰러뜨릴 수 있을지 몰라. 5

1판 1쇄 발행 2017년 7월 20일
1판 3쇄 발행 2018년 2월 19일

지은이_ CHIROLU
일러스트_ Kei
옮긴이_ 송재희

발행인_ 신현호
편집국장_ 김은주
편집진행_ 최은진 · 김기준 · 김승신 · 원현선 · 김솔함 · 권세라
편집디자인_ 양우연
국제업무_ 정아라 · 고금비
관리 · 영업_ 김민원 · 이주형 · 조인희

펴낸곳_ (주)디앤씨미디어
등록_ 2002년 4월 25일 제20-260호
주소_ 서울시 구로구 디지털로 26길 111 JnK디지털타워 503호
전화_ 02-333-2513(대표)
팩시밀리_ 02-333-2514
이메일_ lnovelpiya@naver.com
L노벨 공식 카페_ http://cafe.naver.com/lnovel11

ISBN 979-11-278-4205-5 04830
ISBN 979-11-278-2428-0 (세트)

값 9,800원

L BOOKS
2
저자 카규 쿠모
일러스트 칸나츠키 노보루
고블린 슬레이어
GOBLIN SLAYER!
L BOOKS

이세계 식당 1~3권

이누즈카 준페이 지음 | 에나미 카츠미 일러스트 | 박정원 옮김

직장가와 인접한 상점가 한구석.
문에 고양이가 그려진 가게 「양식당 네코야」.
그곳은 창업한 이래 50년간 직장인들의 배고픔을 달래 온 곳으로,
양식당이라지만 이외의 메뉴도 풍부하다는 점이 특징인 지극히 평범한 식당이다.
그러나 「어떤 세계」 사람들에게는 특별하고 유일무이한 공간으로 탈바꿈한다.
「네코야」에는 한 가지 비밀이 있다.
정기 휴일인 매주 토요일, 「네코야」는 『특별한 손님』들로 북적거린다.
딸랑딸랑 방울 소리와 함께 찾아오는, 출신, 배경, 종족조차도 제각각인 손님들.
그들이 원하는 것은 세상 어디에서도 찾아보기 힘든 신기하고 맛있는 음식들.
사실 직장인들에게는 자주 먹어 익숙한 메뉴지만
「토요일의 손님」 = 「어떤 세계 사람들」에게는 듣도 보도 못한 음식들뿐.
경이롭고 특별한 요리를 내놓는 「네코야」는 「어떤 세계」사람들에게 이렇게 불린다.
—「이세계 식당」.

그리고 딸랑딸랑 방울 소리는
이번 주에도 변함없이 울려 퍼진다.

라이트노벨의 새로운 빛! L북스의 신간은 매월 20일에 발매됩니다. http://cafe.naver.com/lnovel11